风味中国

范命辉 著

湖南科学技术出版社

山水间，不同的风俗里，人们以灶生火，一种风味就产生了。

而不同的人掌控火候，一个个风味名吃就出现了。

目 录

山水／风俗／美食

那年秋天，岳麓书院丹桂飘香，湘江碧波荡漾。

我启程去黄河边，开启人生第一次异域美食之旅，由此一发而不可收。一回回在黄河畔边寻找美食，一次次坐在长江两岸品饮，或者沿塔里木河一路前行，远眺根河，上青藏高原，登黄山，爬泰山，游西湖，到钱塘江观潮，跨闽江，甚至过西江越珠江，三十多年来走走停停，断断续续。每到一地，观民风，访民俗，在水与山地之间寻味。

黄河边的山西人每餐一碗醋，那是各色面食营养的密码；长江边的四川人一勺红油一把花椒煮开锅；珠江流域的潮汕人一锅卤水走过春夏秋冬；东北人要腌一缸大白菜过冬、一锅乱炖；浙江人少不了一把雪菜，比如雪菜黄鱼，用雪菜来烧，增鲜富味；北京人不离两把壶，高醋矮酱油；湖南呢？一坛辣椒走天下。

泰山脚下，鲁菜几乎传承了几千年来的传统味道，菜系的融合创新潮似乎都被泰山挡在山外，从我们吃过的几家鲁菜馆感觉到，他们都以拥有的传统而骄傲，甚至觉得是鲁菜奠定了中国菜的技术基础。

　　内蒙古草原上，牧民们过的却是另一种从容简单的生活。一头羊大块分割后，放入一锅冷水中，切一两个洋葱放进去，敞锅一煮，手抓羊肉在野韭菜花酱的调理下，嫩香独具，那是草原深处的自然之香。

　　在天山峡谷之间，蓝天白云下毛毡房前，我们在身着红色长裙的哈萨克人的点拨下，自由自在地烤羊排羊肉串。肥瘦相间的羊肉一坨坨地穿在铁签子上，露天炭火一烤，在孜然粉、辣椒粉，还有盐巴的激活下，烤得油溢烟升香飘飘的，那外酥内嫩、香辣弹牙的感觉，挑逗着舌尖上的味蕾，以前所未有的活跃度，将胃口打得开开的。

　　在西藏藏族人家，藏粑的原粗本味和酥油茶的细腻原香，与那一片蓝天下的圣洁与善良，绘成了一幅精美的生活图，浓缩着西藏高原纯朴的民风民俗风情，而雪莲花炖鸡，给我烙上了抗寒与抗压的养生记忆。

　　到了云南香格里拉，烹饪是另一种轻松。刚刚从高海拔的森林里采来的松茸菌切片，只放一把盐一煎，叫"盐煎松茸"，焦香含鲜，鲜嫩回甘，尤其是那清香被牙齿挤溢出来，带着幽深的森林味道，是天然的极品。

以石为器也是云南一些地方的烹饪特色，石锅鱼、石舂鳝等就是代表。他们把鳝鱼油炸后放入石舂中，加辣椒、花椒油，擂碎吃，叫"舂鳝鱼"，麻辣酥香软嫩。类似的吃法还有"舂鸡"：土鸡煮熟，沥干水，抹上盐巴，凉晒，顺着鸡肉纹里撕开，放入石舂中，加辣椒和盐擂软，让调味料在外力的作用下充分渗入主料中，和味出鲜。

洛阳，九朝古都。"真不同"的大师手巧艺高，一个萝卜为主料做出牡丹燕菜，形如牡丹，色比燕窝，是当之无愧的天下第一宴"洛阳水席"头菜。

走在青藏高原的草原上，秋风吹来的是一阵阵淡淡的羊屎臭味，而一旦走进牧民用毛毡布搭建的帐篷里，或者老百姓的屋檐下，闻到的却是浓浓的羊肉香。

高原的羊肥嫩味重，随便用水煮开，煮熟了砍成大块大块的，就一个手抓着吃，鲜嫩嫩的。而内陆山地上长大的羊，肉紧味鲜，适合文火慢炖。用这样的办法，浏阳人把大围山长大的黑山羊炖粉皮炖得软糯温润，香辣醇鲜。

从青藏高原出发的黄河，在玛曲转一个弯，穿越兰州，沿鄂尔多斯南下，一路蜿蜒前行4000公里，到了壶口，平静的黄河水突然变得激烈，流出了世界上最大的黄色瀑布——壶口瀑布。50米的落差，丰水季节超过千米宽，好一个悬河天险。

看过瀑布，我们在壶口，黄河之东、山西的地盘上吃饭。说是山西风味，因为只一河之隔，其实也不乏陕西特色。

山西，那是一个擀面杖神奇力量擀出的面食文化区，挨家挨户遍布醋坛子，各种面食都是醋的下饭菜。

黄河流入开封，成为地上悬河，河比城高，也就有了"鲤鱼焙面"跳龙门的遐思。

从黄河源头到渤海湾，黄河流出了北方粟作农业文明，而进入山东半岛，从泰山到崂山，黄河孕育了鲁菜的兴盛，由浓油赤酱咸鲜逐渐变为厚味清鲜。也因为泰山是距离京城最近的山，泰山成为历代帝王登山封禅最多的地方，泰山尊，鲁菜兴，鲁菜成了北方菜的代表。

黄河的北边，在中国最北的版图上，从大兴安岭流出了根河。

根河像一条银色的玉带，自东北向西南弯弯曲曲地在平坦的草原上流淌，流出了一个小鸡炖蘑菇的美食带，与烤羊肉的酥嫩焦脆一起飘香。

黄河西头，绵延1600公里的秦岭把中国分为北方与南方。

秦岭的北侧有华山。
坐在飞机上俯瞰，华山，像一块花岗岩，白白的，零星点缀着绿色。

华山以北是渭河平原。渭河在西安的高陵县接纳了泾河，一浊一清，泾渭分明，孕育了长安。浑浊的渭河夹带着泥沙，再一路东去入黄河，冲击出了号称"八百里秦川"的关中平原，成为小麦的丰产区。远古农耕文明带来的小麦丰收，为军队野战提供了源源不断的供养，崛起了大秦帝国。

馍，就是滋养秦帝国崛起的小麦做成的最朴素的食物。传统搭配好吃的当然是水盆羊肉泡馍，汤清，肉烂，馍酥，吃上一碗唇齿留香。

不论你走在西安的街头，还是渭水河畔，那里是羊肉泡馍的故乡，水盆羊肉的源头。同盛祥的羊肉泡馍水围城、老孙家的酱香牛肉配清汤、德发长的百饺百味、西安饭庄的葫芦鸡外酥里嫩等，都丰富了搭配羊肉泡馍的多样吃法。

而在秦岭南麓，数以万计的溪流奔流出长江最大的支流——汉江。

奔流了 1577 公里的汉江在武汉注入长江。

在长江流域澧水边，湖南彭头山遗址发现的水稻壳距今约8000 多年。最早的考古发现，是 1973 年在浙江余姚河姆渡发现的，距今 7000 年，它比印度的稻作历史早了 3000 年。湘江流域的湖南道县玉蟾岩遗址发现了迄今最早的稻谷，确认古栽培稻的年代距今 14000 年到 18000 年。考古证明，湖南是世界水稻起源地之一。

《史记·货殖列传》："楚越之地，地广人稀，饭稻羹鱼，或火耕而水耨。"饭稻羹鱼是长江两岸的饮食特色写照。一路东去，麻辣的川菜，鲜辣的湘菜，重味的徽菜，精致的苏菜，各有特色。

川厨只要花椒在手，就能烹出称心的滋味。一只跑山鸡宰杀制净煮熟，迅速放入冰开水中冷却，剁块，青花椒在锅中油炸出香，明麻，或者隐藏着麻，调入生抽干辣椒粉葱花蒜泥响油，浇在鸡块上，口水鸡、泉水鸡、椒麻鸡就出来了，椒麻香辣，皮脆肉嫩。

苏菜，淮扬菜是主体，历史上的扬州、苏州又占据更高地位。

和瘦西湖一样美的是扬州菜的鲜美。因为运河的方便，因为扬州盐商富甲天下，清朝皇帝南巡必到扬州，造就了扬州菜精奢见富、味和南北，搏得皇上欢喜的满汉全席就出在这里。

扬州人只要一把刀，就能烹出精致鲜美的菜肴。一块厚厚的豆干切出细丝，拿鸡汤一烫，细如发丝，有火腿的鲜，还原豆腐的嫩，回味无穷，是扬州人早上最美妙的茶点"烫干丝"，连南巡后的乾隆爷回到京城后，仍是他的最相思。所谓"食在广州，刀在扬州"，说的就是扬州人的刀工出鲜。

"扬州鲜笋趁鲥鱼，烂煮春风二月初。"此时和鲥鱼一起好吃的，还有清蒸刀鱼、香干马兰头，清鲜，爽口。

"正月菜花鲈、二月刀鱼、三月鳜鱼、四月鲥鱼、五月白鱼、六月鳊鱼、七月鳗鱼、八月鲃鱼、九月鲫鱼、十月草鱼、十一月鲢鱼、十二月青鱼。"这是坊间流传"尝头鲜"的吃鱼时间表。在他们看来适时而食比什么都好。

到了长江出海口,上海的美食已经超越了"海派"的概念,从过去喜欢的甜味虾米鲜跳转到咸鲜为主,至少从饮食文化的层面摆出了向世界经济中心迈进的姿势。在上海城隍庙南翔馒头店,传统与创新把精致的小笼包打造得更加多滋多味。在正大广场的廊亦坊,那里的糟三件、鸽蛋丸子、草头油焖笋、上海双味虾等,展示着地道的上海味道。朋友说,店老板曾经在绿波廊工作,接待过美国前总统克林顿、古巴前领导人卡斯特罗。

从杭州到北京,古人用智慧开挖出了京杭大运河。一条运河不仅连接了浙江、江苏、山东、河北、天津、北京,还贯通海河、黄河、淮河、长江、钱塘江五大水系,而且以运河为纽带,促进了杭邦菜、苏菜、鲁菜间的交流,形成了运河两岸独特的饮食文化,丰富多彩。

更有意思的是,钱塘江从安徽流向浙江,一头连着徽菜,一头滋润着浙菜,流出了一个凡菜都习惯用火腿来调味增鲜的生活区域,也铸就了一个闻名于世的火腿品牌——金华火腿。

黄山云深处,刀板香带来的是时间发酵为乡愁的味道。刚刚破土而出的春笋,在那块屋檐下朝晒夜露了几个月的咸肉油润下,味道变得更加饱满圆润,咸鲜之外是甘鲜。

西子湖畔,杭州的烹饪大师将手剥虾仁用龙井茶一"泡",

晶莹透亮,那种意境美胜比西湖,成为名符其实的中国风味名菜"龙井虾仁"。

到了温州,虾不再"泡",而是"敲":鲜虾去头、剥壳、留尾,拍上干淀粉用小木槌敲成虾片,沸水中一焯水,虾尾鲜红,虾片洁白透明,这样敲出来的虾嫩滑艳美,汤清味鲜,他们说这是"玻璃虾扇"或"凤尾敲虾"。如果拿它做码子下一碗面,那叫"敲虾面"。

就像钱塘江大潮总能给人带来惊心动魄一样,杭帮菜的可爱之处是大气雅致惊艳。就连雪菜烧蚕豆、腌笃鲜、齐菜春笋炒年糕、齐菜水饺这些平常之物,做出来都是精精致致的,嫩鲜多滋。这些荤与素,最大的区别是大荤油亮,清蔬雅美。

在长沙,湘江北去,有毛主席与湘菜的故事。屈原漫步湘江沅水时遇见的湘菜,如今还能在《楚辞》中吟唱。哪怕只拿一块腊肉骨头就着白辣椒炖一锅泥鳅,炖出的是浓浓的原味乡愁。

一个鳙鱼头,一劈两开,撒上剁辣椒一蒸,红艳艳的,活色生香,那叫"鸿运当头",先不说味,光这吉祥的寓意,剁椒鱼头也有了走南闯北的底气。

一锅杂鱼用白辣椒紫苏姜蒜红泥炉一煮,香辣清鲜。

一只三黄鸡,放入酱辣椒一蒸,酸辣开胃。

在湖南的酸坛子里掏出酸豆角、酸蒜苗、酸藠头、酸萝卜、酸辣椒，剁碎成米子，与海参一烧，那是旧时湖南富贵人家餐桌上的湘菜头一味——酸辣海参。而到了茅亭子谭延闿的家里，组庵鱼翅成了家常菜，吃一顿组庵湘菜一时成为达官贵人炫耀的资本。

湘江之东，闽江从武夷山奔腾而来，水急，清流，从北港流过福州，自西向东入海，孕育出了闽菜的清鲜淡雅。福州的名厨似乎也感觉到了闽江的大气磅礴，做起菜来也从不小气。他们把鱼翅、鲍鱼、海参、干贝、花胶、瑶柱等海味，放进坛子里一焖就是十多个小时，因为"坛启荤香飘四邻，佛闻弃禅跳墙来"而得名"佛跳墙"，一度成为海上丝绸之路上最诱人的美食。

南岭把长江流域和珠江流域南北隔开。珠江冲积出了面向南海的珠江三角洲，叫南粤，深藏着江鲜山珍与海味，拿来生猛，或者老火一煲，清鲜原味，粤菜的特色。

"冬鲫夏鲤。""正月螺蛳，二月蚌。""三月黄鱼四月虾，五月三黎焖苦瓜。"苦瓜，他们又叫凉瓜，清火的食材。凉瓜煲汤是最棒的例汤，一年四季都有，清热解毒。岭南人为适应炎热的气候环境，一开席，首先一碗老火靓汤，清火排毒养生成了岭南饮食文化的精髓。

"一鲜二肥三当时"是生猛海鲜的标准。他们喜欢清蒸，再取蒸出来的汁子在锅中调味收汁，挂在蒸熟的海鲜上，一派清鲜，原汁味。烧鹅、烤乳猪是岭南人舌尖上最酥香肥润的美食。他们常常用荔枝木烤出来，色泽金黄，油亮亮的，皮酥肉嫩。

"食在广州，厨出凤城。"落点在凤城，顺德的别称。从中可见顺德在粤菜发展史上的江湖地位。汇入珠江的西江有支流从顺德过，江中盛产鲮鱼。他们用鲮鱼肉酿辣椒，文火一煎，滑嫩清鲜。每到秋天，几乎每个顺德人家都会晒鲮鱼干。鲮鱼干蒸腊肉香肠是最家常的经典美食。顺德人游走天涯最爱随身携带的就是鲮鱼干。鲮鱼注定是顺德人的乡愁。鲮鱼干之外，顺德鱼生、拆烩鱼羹、炒牛奶也别有一番风味。

顺德往东有潮州汕头。满城弥漫卤水的香气。鸡鸭鹅翅、牛肉牛肚、豆腐等各种荤素食材往卤水中一卤，拼成一盘，味妙至极。潮州的厨师如果不会一锅潮州卤水，不是一个合格的厨师。

潮州菜精奢凝香。到了潮州，那里的清汤生翅、咸蟹、鱼饭、卤鹅、虾枣、烧螺、滚蛋牛肉粥、功夫茶是不能错过的。

山高水长，水润万物。一路走来，你会发现，神州大地的饮食习惯都很有个性，水系不同，菜系风味个性也不同。发达的水系孕育饮食的文明，水系丰泽菜系。有水的地方就有最美的风味，一方水土养一方人。

在这场山水间的美食旅行中，我常常从熟悉的环境走到陌生的地方。语言不通，食物是最好的沟通。

每到一个地方，一顿饭就能让我感受到那里的风土人情、地域文化特色。一顿饭成了人与人之间友情的开始，很多时候是因为喜欢那菜那味，也喜欢了那地方那人。在旅行中发现美景，在美景中寻找美食，在美食中听到美的传说。

每个人的舌头上都有一个味觉的故乡。

这些年来，我遇见了长江的碧绿、黄河的浑浊，华山的险、黄山的秀、张家界的奇、张谷英村的静、平遥的古朴、周庄双桥的小巧、敦煌月牙泉的美、和顺古城的淳朴……吃过凤凰古城的鲊宴、金井的绿茶高桥银峰、祁阳白水镇的曲米鱼，平遥古城的包皮面、搓鱼儿、猫耳朵、莜面栲栳栳，敦煌的胡羊焖饼、驴肉黄面，乌鲁木齐的拉条子、酸奶子、馕包肉、米肠子，洱海边的吹肝、米线，沈家门渔港码头边的排档海鲜，顺德的伦教糕、双皮奶、姜碰奶，苏州的青团子，孔子故里的大葱卷饼，同里古镇的红烧划水，鲁迅故居绍兴的茴香豆，厦门的海蛎煎，鬼城的凉粉，成都的夫妻肺片和豆花，郑州的烩面，武汉的豆皮，上海城隍庙的南翔小笼包，广州的早茶……这些至今想来垂涎的食物，都是我与这些地方一来二往的理由。

从湘江到长江，穿越黄河，走近珠江，从古镇小味到古城大味，寻味，实际是在寻找人的味道，人在那民风民俗里孕育的中国吃的故事与滋味。

那年中国味，风景里的风俗风味。

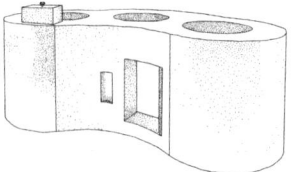

辑一

风很柔
阳光很暖
滚滚长江东流去
流出最挑逗味蕾的美食带
饭稻羹鱼
万里飘香

寻味长江两岸

黄山臭鳜和刀板香

　　6月的某天一大早，我和瀚无就登上了黄山始信峰。马上感受到了黄山"一岁竟无夏"的凉爽。

　　一眼望去，满山奇松怪石，白云弥漫，俨如大海。

　　一路登狮子峰、清凉台、光明顶、天都峰，时晴时雨。晴时的黄山秀峰叠嶂，危崖突兀，幽壑纵横。雨后黄山，云蒸霞蔚。只见云雾无常，"云以山为体，山以云为衣。"难怪徐霞客两次游黄山，赞美"登黄山天下无山"。

　　据说，是唐玄宗李隆基在唐天宝六年将"黟山"改名"黄山"，黄山成为"黄帝之山"。

　　我们也游历了黄山周边的呈坎、歙县的徽州古城、西递、宏村，一周以来感受到了徽菜最大的特色：重盐好色，轻度腐败。很多菜重盐重味重色重酱油；轻度腐败，是喜欢用腌制发酵的原材料，比如臭鳜鱼、毛豆腐、火腿。

我们在黄山山上白云宾馆、山下的汤口镇、宏村都吃了这道有名的臭鳜鱼，香鲜透骨。师傅们告诉我腌"臭"技术：鲜鳜鱼剖开洗净沥干水，放盐撒花椒等入木桶腌制。每天翻动一次，数天后闻到臭味后便可出桶烹制成菜。当地师傅讲，木桶是"臭"味腌得纯正的根本保证。因此，腌制"臭鳜鱼"的盛器一定要用木制的桶。臭鳜鱼的吃法很多，我吃了"石烹""锅仔""红烧""黄焖"，还有"铁板""明炉""纸包"等，烹制出来肉紧，呈蒜瓣状，色白味鲜。

刀板香也是这次吃到的好吃的徽菜名菜，还有个故事。绩溪人胡宗宪官至兵部尚书回乡时，路过歙县问政山拜访恩师，师母拿出家中的腌猪肉平铺在山笋上，放在刀板上一同蒸出来，再在刀板上将肉切成薄片上席，咸肉润笋，厚味咸香。胡宗宪吃后大赞，刀板香由此传开。

"刀板香"里的笋得是问政山的。"群夸北地黄芽菜，自爱家乡白壳苗。"这是清代诗人江薇的诗句，夸他家乡徽州问政山的笋。这个笋曾是贡品，徽州府《歙县志》记载："春笋以问政山为冠，红箨白肉，落地即碎。"问政山的笋肉质白，质地脆，嫩微甜。用它炖煮成菜，吃起来甘脆鲜美。精明的徽商常常用船将其从京杭大运河运到北京。

黄山的咸肉，是在冬天将腌制的带皮五花猪肉放于室外暴晒出油，肉由白变黄，到了柳叶发芽时，再移回室内通风地方悬挂，在穿堂风吹里慢慢风干水分，浓缩猪肉的咸鲜香味。

当地人很喜欢吃香煎毛豆腐。对于徽州人来说，巴掌打到嘴巴上都不会吐出毛豆腐。但我有点吃不惯。

我喜欢徽式腊味合蒸，油亮咸鲜。以水豆腐托底，让腊味在高温下蒸出的咸鲜油汁，渗入豆腐中复合出的那种独有的嫩中鲜，特别诱人。

徽州人喜欢用火腿、咸肉、笋、香菇等提鲜、增香、富味。

我在这些徽州古村的农家小院的墙壁上，看见了许多挂着的火腿、咸肉。主人说，火腿油亮的外表上生出绿色的霉是好东西，他们把腌过盐露晒出油的咸肉称作腊肉。

徽式腊味合蒸就是用这种咸肉配上咸鱼香肠蒸的。炒野芹、煨笋、炖鸡，都喜欢用咸肉作配料。

我也吃到不少清鲜的徽菜。

比如黄山的"三石"：石耳、石蛙、石斑鱼。石耳炖鸡、黄山双石、石耳炒蛋、石耳炖肉、红烧石斑鱼、火腿蒸石斑鱼等，清鲜独特，一听菜名就想吃，何况都是徽菜名菜。不过，现在黄山石蛙都是人工养殖的。

黄山白云宾馆的绩溪炒米粉特别清鲜，有火腿、香菇富味。宏村月沼边的醉月台徽菜馆的臭鳜鱼、红烧石斑鱼、笋衣蒸腊肉和一些小菜都精致有味。

　　歙县老街的三鲜肉丸煲也清鲜。肉丸是用水豆腐、肉泥、鸡蛋清搓成丸子放入清水中煮熟做成的。水豆腐占了七成。肉丸配上问政山的笋干、云耳。然而，品到最后，在清鲜中感受到了火腿带来的厚味。

　　火腿煲玉兰也有异曲同工之妙，火腿片的咸鲜依旧原汁重味。

　　一方水土养一方人。就如黄山的霞、火烧云，只要出来，就广阔厚重的一样，徽菜的味也是厚重的。

宽窄间的川味麻辣

2015年夏天，我们走进了成都宽窄巷子的慢生活。

弥漫着花椒油烟香的宽窄巷子里，一桌桌的男女老少坐在吱嘎吱嘎的竹椅上喝茶、吃火锅，虽然是在窄窄的巷子里，却看得出这里的人们都生活在宽处。

在宽巷子的深处，我们找了一家餐厅吃鱼火锅。

餐厅四合院院落里，一位身着旗袍丰柔身姿的红衣女子，坐在窄窄的回廊一角弹着古筝。

我们配了些川味小炒小吃，也有毛肚。火锅涮毛肚是很经典的川味，麻辣汤中涮出的那种脆嫩最爽。还有牛肉、羊肉、百叶、豆腐、小菜时蔬、鸡肠鸭掌等，品种很多，随便选。鱼按斤称，瘦身的高原鱼片出来用碟子盛上来，倒入翻滚着红油，或者飘着西红柿的乳白色汤的鸳鸯火锅里，一会儿火锅便沸腾起来了。对于我们这些能吃辣的湖南人来说，还是红油麻辣锅更诱人些。牛油的滚烫包容了辣椒的辛香，花椒的麻激活了食材的鲜味，舌尖灼烈，直呼过瘾。

上来一盘麻婆豆腐，但不见牛肉末。应该只能叫麻辣豆腐——传说中的四川麻婆豆腐，最开始是由清代同治初年，成都市北郊万福桥一家叫"陈兴盛饭铺"的老板娘陈刘氏，做出来的。因为陈刘氏脸上有麻点，都叫她陈麻婆。她用花椒、豆瓣和牛肉末烧出来的豆腐，麻、辣、烫、鲜、香、嫩、酥，所以"陈麻婆豆腐"名声很响。

一道菜能否出味成名，取决于厨师对配料搭配的宽窄掌握。

豆花在成都和麻婆豆腐齐名，我们决定也尝尝。有甜豆花、咸豆花、辣豆花。最经典的吃法是，在豆花上浇上红油、酱油，把拍碎的油酥黄豆、切成小颗粒的大头菜、花椒、葱花，一起用勺子搅拌，就是咸豆花。

还要了凉粉。成都街上那些卖川北凉粉、伤心凉粉的摊子，阵容很豪华。七八个青花瓷大碗一字排开，里面盛着各色调配凉粉的作料，其中有酱油、醋、红油、熟油辣子、油浸花椒等。凉粉有黄色、白色两种，薄薄的刮出一碗，浇汁，花椒擂碎然后撒上，丢几管碧绿葱花，一句"得罪了"小心端给客人。

店家端上来的凉粉入口柔嫩带劲，在美国留学回来休假的帅帅最喜欢吃凉粉，一碗凉粉几口就唰下去了。

我喜欢宽窄巷子，这个有"满城"之称的巷子，房子高低错落，当年八旗兵驻军成都及家属居家留下的生活空间古韵犹存。在成都的几天里，我们总是不自觉地去宽窄巷子吃饭。

那里的椒香鱼片的麻辣嫩鲜给了我深深的味觉体验。草鱼片在姜、蒜、青椒、红椒煸香的滚烫清汤中打一滚出锅，沉甸甸的生鲜青花椒在高温的油中炸香淋在鱼片上上席，青红白绿，活色诱人，麻香扑鼻，厚实的鱼片在麻辣中变得鲜嫩爽口。

花椒、辣椒、豆瓣酱、泡辣椒，在红锅热油的煸炒中升腾的是川菜的魂，川厨必须会拉捏它们之间的配比调味。

我也在宽窄巷子里吃到了回锅肉，这也是经典川菜。

煮熟的带皮腿股肉切片回锅时，先要用油爆炒起卷，形如灯盏窝，借助豆瓣、甜酱、豆豉、花椒、辣椒、蒜苗的煸炒出香的复合厚味，才是带皮腿肉回锅的真实用意。

蒜泥白肉也不错，晶莹透亮，肥而不腻，皮糯肉嫩。据说要做到这一点，最好只取"二刀肉"，小肥偏瘦，大火煮开转小火，煮到一根筷子插进去不冒血水刚刚好，出锅冷却，现吃现片。为了使白肉油亮，有经验的师傅常把片成薄片的白肉放沸水中烫一下，沥干水分装盘，醮上酱油、红油、蒜泥调成的汁，酱香辣香蒜香一入，冷香变暖色，落口消融，清香中有厚味。经过一炉火的急、慢之后，一撮花椒出鲜，一勺红油浇注，混合出油润而不油腻、麻辣而刺激的豪爽滋味。

在宽窄巷子里，一个龙抄手，浇上花椒汁，变成老麻抄手，麻得你不想离手。

一只鸡，有了花椒的滋润，成了口水鸡。

一只兔子，因为注入了麻辣，可以舞动一条街的香气。我感觉成都满街兔头兔肉。火锅兔、香卤兔、盐水兔、鱼香兔肉、手撕烤兔、麻辣兔头、五香兔头、红油兔头，各种吃法大行其道。似乎在成都人的心里都装着"飞禽莫如鸡，走兽莫如兔"。

鲜花椒和生葱剁成茸，也是一勺热油泼下，一种椒麻香味喷薄而出，麻香咸鲜诱人。这种手法烹出椒麻腰片、椒麻海参、椒麻鳜鱼、椒香蚌仔、椒麻耳丝等，都是经典可口的川味名菜。

还有，那里的担担面、毛血旺、椒香鸡、凉拌侧耳叶、侧耳根、卤大肠小肠鸭舌，也都能在一瓢红油中找到"尚辛辣、尚鲜滋"的丰富味感。

也就是说，有了花椒和辣椒，整个川菜就活色生香了。

花椒与辣椒搭一起，麻辣生鲜，出了名的除了麻婆豆腐，还有我们吃到的夫妻肺片、水煮牛肉。

像鱼香肉丝里没有鱼一样，成都的夫妻肺片没有肺片。

"肺片"，其实是废片的意思。从前一个名叫郭朝华的人在成都少城半边桥街上开了间狭窄的铺子。过去那些牛脸皮、牛心、牛肚是富人不吃的"废物"，经郭师傅一烹，切片，红油花椒香菜一拌，再冠以夫妻之名，麻辣鲜香脆，名震一时，夫妻肺片由此留传至今。

在宽窄巷子少不了要吃泡菜，当地人说泡菜是四川新繁的最好。这是一坛时间取代火候的鲜香咸味。他们选隆昌的下河坛子，倒入凉开水，撒进自贡的盐，投入一定比例的八角、草果、三奈、花椒、胡椒、香菌，精挑川西坝子上的"二荆条"海椒，和经过洁净处理的活鲫鱼一起放进去，封坛两个月后，炒鱼香肉丝的泡红海椒就这样泡出味了。

用这种辣椒炒肉丝，产生独特的鱼香。肥三瘦七的猪肉切成丝，码味，先把码味的肉丝炒散至白，泡红辣椒剁碎下入油锅炒至深红色，加姜丝、蒜米炒出香味，淋上用自贡的盐、酱油、醋、白糖、水豆粉调成的兑汁，放葱花翻炒起锅，咸甜酸辣，色泽红润，鱼香味浓，呈现出别具一格的"鱼香肉丝里没有鱼"的奇妙。

新繁的泡菜除了泡海椒，还可泡萝卜、豆角、青豆。泡两到三年，叫陈年泡菜，泡一年的叫当年泡菜，泡两三个小时，叫"洗澡"泡菜。泡菜味分咸酸和甜酸两种。用咸酸的萝卜炖鸭子，咸鲜可口，也是四川名菜。

走过宽巷子窄巷子，宽巷子并不宽，窄巷子也不窄，一天到晚人流如织，熙熙攘攘，穿插其中的是不同的宽窄空间，宽云窄雨、宽窄、宽坐、宽巷子、宽度、宽居、宽竹园、井天窄、窄巷子，各居一方，也有剃头挑子，蓄在街巷的窄处，摆出一个宽宽的工作摊，依然用老式的理发方式为来往的老头修理门面，在头顶宽松走刀削发、在窄耳深处挖掏耳屎。而川剧老戏园子穿插其中，也是唱唱戏曲，变变花脸。不过，真正留人处，还是藏在这宽窄巷子里的川味，宽麻窄辣，就在宽窄间，用一把花椒红油，将川之大味小味承载的传统与时尚，演绎得淋漓尽致。

组庵湘菜

说湘菜，不能不说谭延闿。

谭延闿是南京国民政府主席、行政院院长，字组庵，晚清进士，爱好书法，湖南茶陵人。三次督湘，三任湖南督军和省长。他出生官宦，自己又一生做官，自是锦衣玉食，对烹调颇有见地，家厨烧一手好菜，被世人称之为"组庵湘菜"。当时的达官贵人、文人巨贾，以能尝到谭家"组庵湘菜"为荣。在官府湘菜中，它独树一帜，登峰造极，"组庵"二字也成了20世纪20年代官府湘菜的标志。百年过去，至今仍为高档湘菜的象征，是大师、名店做传统湘菜时一直追求的标杆。

古往今来，一私家菜被世人以其名字命名，成为湘菜的一个重要部分而流传久远的，屈指可数。

"组庵湘菜"得以传世，有人分析关键在两个人：谭先生是设计师，脑里食经精通；家厨曹荩臣是工程师，手上厨艺精湛，是当时的"长沙四大名厨"之一，人称"曹四""谭厨"。据从民国过来的老人回忆，两人分工明确：谭先生只谈不做，常出思想，一心备好料；曹厨师只做不谈，常出新菜，一心只做菜，两人配合默契。一些古怪的吃法、经典的说法、时尚的做法，经谭先生一说，曹厨师便心领神会，做上桌来，其味绝妙。

"组庵湘菜"自成一系，达官贵人趋之若鹜，从根本上说，主要是讲究一个"奢"字，用料奢侈；讲究一个"精"字，精雕细琢：选料精良，刀工精细，技艺精湛，调味精准。炒菜柔嫩，煨菜软烂，烤品酥香，炖则醇清，烧菜浓鲜。浓缩着湘菜的精华与高妙。

先说用料的"奢侈"。

谭先生在家吃烧芽白心就很讲究。为做一份盐蛋黄烧芽白心，要取先天晚上收割的黄芽白三担，去边取嫩芯烧之，软烂鲜嫩。谭家是否吃这道菜，从谭家门外的垃圾堆就可知晓。如果门外垃圾堆里全是黄芽白叶，就能断定谭先生当天吃了"盐蛋黄烧菜心"。这天，附近的街坊邻居穷人最高兴，当天不需要买小菜。

谭先生喜欢吃烤乳猪。官至南京后，还常常惦记着在湘时吃的烤乳猪美味。乳猪，桂东县的最好。为了采办到湖南桂东县的肥小的乳猪，常用专机空运。文学大师梁实秋在《雅舍谈吃》"再谈中国吃"一文中曾这样写道："从前南京的谭院长每次吃烤乳猪是派人到湖南桂东县专程采办肥小猪乘飞机运来的。"

谭家做菜取料，还讲究取料的最佳时间。"霜前白菜、霜后萝卜，冬笋春芽、早韭晚菘，秋天的鸭子、冬天的鱼。"从不违背。

谭家做菜用料都是上档之料、珍品之料、时鲜之料。

再说做汤的讲究。

"唱戏的腔，厨师的汤"。谭家做菜从不缺汤。毛汤、清汤、奶汤、高汤分类专制，专汤专用。吊汤颇为讲究，常用三年生无杂毛的老母鸡、洞庭湖的鸭子、架子猪的猪肘、猪肚为料，慢火熬成。以鸡提鲜，以鸭增香，以肚增白，以肘出黏。有的汤还用金华火腿吊制。这样吊出来的汤不仅味鲜，而且色美。清汤，汤清而不淡，汁浓而不滞，质肥而不腻，味和而不寡。高汤，色白，汁浓，味厚，香醇。正是这些汤的巧熬妙用，烹出了百年不衰的名菜红煨熊掌、鸡汁鹿筋、鸡汁鱼唇、组庵豆腐、糖心整鲍等，熟烂黏香浓鲜。

台湾美食作家唐鲁孙在其美食专辑《天下味》"湖南菜与谭厨"一文中，对谭家豆腐菜的制作这样写道："畏公豆腐虽然是一道饭菜，可是在豆腐上所下的功夫，并不少于一道红焖鱼翅。据说豆腐先用吊好的黄豆芽汤煮，等豆腐生满了蜂窝眼，再用清鸡汤炖。吃的时候，再配料下锅烧，所以豆腐绝对没豆腥味。鸡汤灌注马蜂眼，炒菜的油，不能渗入，豆腐入口腴润，柔而不腻。"畏公，即对谭先生的称谓。不难看出，"畏公豆腐"出味在汤煨。

据中国湘菜大师王墨泉说，谭家烹制"组庵鱼羹"更有趣：取一只母鸡于瓦罐中煨汤，再取活鲫鱼悬于瓦罐上，靠鸡汤热汽汽熟鲜鱼肉掉入鸡汤中慢煨，最后，鸡汤、鱼肉变鱼羹，鱼脑鱼刺悬空中。这样烹出的鱼羹无刺，鲜美至极，稠而不腻。

火功深透也是一绝。

鱼翅，是谭家席上常菜。谭先生是吃鱼翅的专家，谭厨自然是做鱼翅的里手。因谭厨曹四跟随谭延闿先生之父在广东做家厨多年，后又在南京多年，所以曹四的鱼翅做法既有湘菜的风味，又有粤菜的手法，还有淮扬菜的精致。涨发鱼翅去骨去腐去腥要三天三晚，煨制一天。然后取大瓦钵一只，放上竹篾折，折上放上五花肉一块，将发好的鱼翅置于其上，再叠放母鸡一只、猪肘一个、绍酒半斤，放冷水煮淹没为度，大火烧开小火煨烂。成品"只见针长唇厚，满满一盘鱼翅，别无杂菜。入口味厚汁浓，甘肥膏腴，浓郁淋漓，唇舌胶结"。尝过此菜的人都夸为神品、湘菜极品。

曹四做鱼翅是大行家，做"糖心鲤鱼"更是一绝。用料、用刀、用火特别讲究。据传，鲤鱼一定要用土种大鲤鱼，去头去尾整块用砂锅文火煨炖四小时。除了去头尾用刀，整块鱼肉不能用刀划。因为鱼肉不经铁器不腥，经传热均匀、热力强的砂锅透煨，鱼肉浓郁柔嫩。那种感觉，台湾美食家唐鲁孙写得形象："如果不说是鲤鱼，凡是没有吃过这道菜的人，谁也不相信如羊脂润如蛋白的是鱼肉呢。把鱼翅煨烂不算奇，能把鲤鱼肉煨成糖心，除了谭厨曹四外，恐怕还没有第二人呢。"

"组庵湘菜"留名于世的，还有"麻仁鸽蛋""龙凤鸡丝""虾仁第一""软酥鲫鱼""口蘑素丝""金钱鸡饼""鸡油冬菇""羔汤鹿筋""鸭淋粉松""冰糖山药""叉烧乳猪""辣椒金钩肉丁""醋溜红菜苔""虾仁蒸蛋""鸡片芥兰汤"等200多个品种。集粤菜的生鲜、淮扬菜的精细、鲁菜的高贵、川菜的味多、湘菜的味厚于一体。正如唐鲁孙所评说："无论烧烤炖炒任何菜式，尽管腴润浓厚，一切都以软烂柔嫩为主，再加上湘菜固有的烹饪手法，于是形成驰誉大江南北谭厨独特的风格啦。"

千年湘菜，因"组庵湘菜"而更趋精美。

味道南京

北京是首都，长沙人自嘲长沙是"脚"都。一到南京，南京的美女笑眯眯地打趣：南京是"鸭"都。

"三天不吃鸭，走路要打滑。"到了秦淮河畔夫子庙，你会发现，虎踞龙蟠的六朝古都金陵叫作"鸭都"并不为怪。一眼望去，南京城做鸭子的还真不少。街上随手买一个一尝，南京城的鸭子还确实有被金陵王气加持过的味道：精致、入味、看相好。

在南京，鸭子卖得比鸡快。不同的季节有不同的吃法：春天吃春板鸭和烧鸭，夏季用琵琶鸭煨汤祛暑，秋天吃盐水鸭，冬季吃腊板鸭……

南京人说，在南京，毛脚女婿上门，一定要带两只盐水鸭。假如未来的岳母对毛脚女婿感到满意，就在桌子上的盘子里放上盐水鸭的屁股，表示这桩婚事可以定下来了，因为这鸭屁股就是"鸭腚"，"腚""定"谐音。而如果对毛脚女婿不满意，那就会在盘子里放这盐水鸭的腿或翅膀，表示可以走了。

好在我们不是去相亲，是寻味。

寻到小厨娘。同行的湖南省餐饮行业协会刘国初会长和江苏省餐饮行业协会的于会长是老朋友，于会长特别盛情，菜不仅上了鸭屁股，还上了鸭头、鸭腿、鸭翅、鸭身，以及盐水鸭、灌汤脆皮鸭。盐水鸭皮白肉嫩，嫩中有脆，咸咸的，柔滑清鲜。正如朱自清在《南京》里写的："南京人都说盐水鸭好，大约取其嫩、其鲜。"

席上除了鸭子好吃，酒糟鲥鱼，味在鱼鳞，咂口吸味，清鲜四溢。手撕老卤鸽皮白、肉嫩、骨香，珊瑚鱼头清鲜和美。腊味锅巴的酥香，葱油鸡的清香，光是闻就是一种美食享受。还有小笼抹茶桂花糕精致甜美，素鸡煲柔润清鲜，蟹黄豆腐四角不破，青豆虾仁无汁无油无芡，清焗金瓜甜糯，雨花石汤圆形如雨花石，圆润甘滑。这一顿酒醉饭饱。

这阵势，是叫我们既不能飞也不要"腚"，只想留在南京。

扬州人喜欢"春",冶春、富春、共和春、绿扬春……在很多老店铺的招牌上能找到一个"春"字,寓意生意生机勃勃,春生万物。烟花三月身在扬州,更是处处"暖日凝花柳,春风散管弦"。

"早上皮包水,晚上水包皮。"说的是扬州人悠闲的生活:早上到茶社吃个早茶,晚上去澡堂泡泡澡。我们当然找带"春"字的冶春去吃早茶。

冶春在瘦西湖边上,紧靠御码头,比较雅致的园子,已经有两百多年历史了。传说当年乾隆皇帝就是在冶春小憩后,从御码头轻舟游瘦西湖的。好一个"瘦"字把扬州当时的护城河美誉成了西湖。这个早晨,连空气里都是湿润温暖的浓浓春意,冶春茶社陈总经理款待我们,享受了扬州人的"早生活"。

"到扬州吃早茶，没有烫干丝的早茶是不完美的。"主人告诉我们，"一句'加料千丝堆细缕'说的就是扬州名菜烫干丝。"

清白豆干切丝，开水一烫去掉豆腥味，淋上麻油、酱油，撒上姜丝、香菜叶，一盘烫干丝就这样成了扬州人早茶茶点，细、软、鲜，清香扑鼻。再配上一笼冶春茶社的包子、一杯"绿扬春"、一盘水晶肴肉，"此味只应天上有"。

不过，冶春茶社的茶点远不止这几样。扬州点心三绝：三丁包、翡翠烧卖、千层油糕，特别诱人，还有芽姜、什绵菜、子孙饼、松籽烧卖、冶春蒸饺、春卷、蟹黄汤包……堆满一桌，小巧玲珑，精致可口。特别是那指甲大的月牙蒸饺，装在小蒸笼里，精致而又隆重。

"把传统做好，也是一台大戏。"冶春茶社的陈总经理说出了做好老字号的信心，我深有感触。

席上的茶点茶食茶水都是传统的做派，名茶细点，精美绝伦。而为了这样一顿早茶，很多客人在厅外排队等位。可见这"传统大戏"的诱惑确实不小。

烫干丝本是扬州一道很普通的茶点，但成为了扬州传统名菜，不仅当茶食，还上宴席，扬州人都喜欢，就连我这个刚来两天的外地人，连吃了三餐都还想吃。其实没有巧，就是做工精细，守护传统成就了经典。

比烫干丝更贵气的是大煮干丝。贵客来了，上大煮干丝更隆重。所谓"大煮"，就是要熬一锅好汤，把豆干切丝，放笋丝、火腿丝、虾仁一起煮开，便是乾隆皇帝最喜欢的"九丝汤"。煮干丝与烫干丝有什么区别？汪曾祺先生在《干丝》中这样描述：煮干丝不知起于何时，用小虾米吊汤，投干丝入锅，下火腿丝、鸡丝，煮至入味，即可上桌。不嫌夺味，亦可加冬菇丝。有冬笋的季节，可加冬笋丝。总之烫干丝味要清纯，煮干丝则不妨浓厚。但也不能搁螃蟹、蛤蜊、海蛎子、蛏，那样就是喧宾夺主，吃不出干丝的味了。

在冶春，我们不仅品味了烫干丝的清爽之鲜，而且尝到了大煮干丝的贵气与浓情。

泰州雅味

雅庐，泰州市一间雅致的淮扬菜馆，开在稻河古城边。都说淮扬菜隽永精致，这次在雅庐见识了一番，每道菜烹调讲究，精美雅致。

回酥干丝：富味见雅

泰州的干丝有三种，清烫干丝、什锦干丝、回酥干丝。雅庐的主人、泰州淮扬菜大师刘金贵先生给我们做了回酥干丝。

回酥干丝又叫脆鳝煮干丝。豆干切丝，鳝鱼干酥用鱼奶汤煮开回软，火腿切丝，虾仁，蚕豆，云耳，一煮，撒上肴肉丝。菜一上席，眼前一亮，这道回酥干丝与一般干丝不同，浓缩了烫干丝、大煮干丝和炸脆鳝三道菜的精华，料多，味更丰满，却又不失干丝的鲜软清香，富味见雅。

鮰鱼狮子头：嫩中蓄雅

我们走南京下扬州，再到泰州，一路寻味过来，发现雅庐的狮子头也是别出新裁。"每人每"的狮子头带火上席，一根绿色的菜心围在一个黄色的圆球边。刘金贵大师说这叫鮰鱼狮子头。把鮰鱼、蟹肉、肥肉切丁，用面筋一包，炖三小时，配菜心上席，又嫩又鲜。他曾在北京推出，轰动一时。刘大师很高兴地告诉我，他在北京做了十多年烹饪，北大历史系教授王奇生先生听说刘大师要回家开店，亲自为他取店名"雅庐"，泰州的大画家吴骏圣为雅庐题字。这气场当然更像是一种饮食文化与中国传统文化的雅聚。刘大师为人低调，他站在吴骏圣老师书写的字画前说，在外奔波打拼了几十年，回到泰州希望能做一些沉淀，在雅中出味。

春笋刀鱼：鲜中赋雅

"已见杨花扑扑飞，鲦鱼江上正鲜肥。早知甘美胜羊酪，错把莼羹定是非。"这是梅尧臣对刀鱼的赞美。刀鱼肉嫩刺多。不过，刀鱼的骨刺也是好东西。刘金贵大师边说边给我们演示：吃刀鱼，一般是左手掐着鱼头，右手拿一把小刀从头到尾轻轻一剥，鱼肉与骨刺分离。一根全鱼骨刺剥下来再放油中一酥，老少皆乐。

清明前刀鱼价贵。过了清明，刀鱼的刺由软变硬就没那么好吃了，价格也就便宜很多。

刀鱼可清蒸、白煮、香煎、油酥。他给我们上的是春笋刀鱼。小火荤油中下入刀鱼、春笋，焖煮半小时即成，鲜中赋雅。

银鱼涨蛋：粗中藏雅

一盘银鱼煎蛋，用只小平底锅装着上来放在小火炉上，还带着个盖。刘大师揭开锅盖，往锅底加了点水，又盖上锅盖。一会儿，配有香椿芽的银鱼煎蛋慢慢地涨起来，越涨越大，就像一个圆圆的大蛋，所以叫银鱼涨蛋。一尝，鲜嫩松软，粗中藏雅。

海参烧河豚：雅中有雅

南京称金陵，扬州名为广陵，泰州叫海陵。泰州，拥江靠海，一个海的高地。刘大师来了一个江鲜海鲜混搭：河豚烧海参。整支河豚烧出来，亮油抱汁，栩栩如生。海参却改成片，当然是为了突出河豚出场的意境，"每人每"的形式上席，鲜美诱人。全场鸦鹊无声，埋头品味。

当然，接着而来的，胶质感超强的鲍鱼烧甲鱼、晶莹透亮的白合熘虾仁、粉嫩粉嫩的鸡米头、碧绿的蒌蒿炒臭干、清新淡雅的雪菜炖鱼、翠绿如鲜的韭菜炒饭，很快打破了沉静，人人满口香滋，开怀畅饮。这一顿饭，清鲜自然本味，雅俗共赏，雅美生鲜。

洪山菜苔武昌鱼

武汉，首义园，美食街，正举行湘鄂大师名菜擂台赛。

只见湘菜大师许菊云、鄂菜大师余明社各带三徒，分列擂台两边，摆开了大比拼的架式。

裁判长鄂菜大师卢永良宣布的比赛规则很简单：一个刀工菜，一个用对方原材料烹制的特色菜。

规则一宣布，湘厨挑了一条武昌鱼，鄂厨拿了一块湖南腊肉。而后6名厨师迅速在两块砧板、四个灶台前各就各位，挥刀执勺。

一会儿功夫，刀工菜上来了。鄂厨端出了"菊花鱼"，一朵朵橙色的菊花开满了鲤鱼的全身，花朵大，散得开，开得艳，形象逼真，真有两把刷子。湘厨也不示弱，推出"发丝百页"，刚才还是黑色的牛百页，经湘厨一弄，百页细如发丝，色泽鲜白，一看就显功底，令全场叹为观止。

再看特色菜。

湘厨挑武昌鱼是个好主意。武昌鱼是历代王朝的贡品，常为历代文人墨客吟赞。唐代岑参就在《送费子归武昌》中写道："秋来倍忆武昌鱼，梦著只在巴陵道。"宋代范成大也在《鄂州南楼》中留下诗句："却笑鲈乡垂钓手，武昌鱼好便淹留。"名气本就不小，20世纪50年代毛主席一句"才饮长沙水，又食武昌鱼"，更让它名扬天下。

武昌鱼其实就是武汉的鳊鱼，学名团头鲂。头团、背厚、鳞白、两侧呈菱形，口较宽，背鳍短，肉质肥嫩鲜美，富含脂肪，产于武昌梁子湖，全国独此一处。这种鱼全身只有13根半刺。据说这种鱼刺有一妙用，当地老百姓用鱼刺冲神仙汤喝，喝了能解酒，饮酒不醉。

只见湘厨把挑选出来的又肥又大的武昌鱼剖腹洗净，剞斜刀，用"剁椒鱼头"的手法，撒上湖南的剁辣椒、浏阳的豆豉、茶陵的蒜子一蒸，蒸出一份红彤彤的"剁椒武昌鱼"来。卢大师一看，"构思巧"，一尝，"妙"。既有地道湘菜特色，老辣味厚，又不失武汉名菜"清蒸武昌鱼"的肥美嫩鲜，更有别于武昌鱼的"清蒸"。

那边的鄂厨，用武汉的红菜苔炒湖南腊肉。

武汉的红菜苔茎肥叶嫩，以武昌洪山所产质地最好。曾被皇家封为"金殿玉菜"，也是历代向皇帝进贡的湖北特产，慈禧太后最爱吃。据当地人介绍，武昌洪山宝通寺一带的菜苔，味道尤其出色，而且以宝通寺钟声所到之处范围长出来的菜苔最佳。老话"距城三十里则变色矣，淘别种也。"说的就是这个意思。

红菜苔与腊肉经鄂厨巧手烹调，带着浓浓的腊香出锅，一根根红色的菜苔，与一根根红色的腊肉丝交相辉映，色泽天成。来自湖南的特产腊肉，与武汉的名产红菜苔形成一种绝配，炒出名菜"红菜苔炒腊肉"。与湘厨的"剁椒蒸武昌鱼"进行比拼，毫不逊色。

一场擂台，互用对方原材料，包容开放，各有特色，与其说是比武，还不如说是技艺交流。湘厨和鄂厨烹制出的这两道菜，恰巧应了清代《汉口竹枝词》的景："不需考究食单方，冬月人家食品良，米酒汤圆宵友好，鳊鱼肥美菜苔香。"

镇江肴肉

到了镇江就知道有"三怪":"香醋摆不坏,肴肉不当菜,面锅里面煮锅盖。"

其中肴肉是一道用猪前蹄做出来的镇江名菜。曾经被人誉为"不腻微酥香味溢,嫣红嫩冻水晶肴"。

镇江在长江南岸,京杭大运河在这里交汇。润扬大桥将长江南北两岸的镇江与扬州相连。我在扬州参加美食节活动后乘车来到镇江,要尝尝发源地的正宗肴肉。我们走进京杭大运河边的一家私房菜小馆,新切出来的肴肉皮色洁白,瘦肉红润,晶莹剔透。配上新鲜的姜丝、镇江的香醋,一尝,香、酥、鲜、嫩、温润、爽滑、回甘。

店老板六十开外,十分健谈。他告诉我们,只要吃过几回肴肉的人会发现,一只猪蹄做出来的肴肉,不同部位口感是不一样的。他指着盘子里的前蹄上的老爪肉说,像这个切成片形如眼镜,叫"眼镜肴",筋纤柔软;这个是前蹄旁边的肉形如玉带,叫"玉带钩肴",柔韧醇香;这个是前蹄上有肥有瘦的老爪肉,叫"三角棱肴",清香柔嫩;还有后蹄上的一块连同一根细骨的净瘦肉,叫"添灯棒肴",肉嫩香酥。我夹了一片玉带钩肴,蘸点香醋,在姜丝的启味调和中,一口咬下去,满口清凉,鲜润爽口。我喜欢四川的蒜泥白肉、广州的叉烧肉,尝过镇江肴肉,我感觉它比蒜泥白肉味更丰满且不油腻,紧实又不失嫩滑细腻,比广州的叉烧肉也来得更鲜嫩芳香。

桌上当地人讲了个肴肉的传说。说是明朝末年,镇江酒海街有一家小酒店的店主买回四只猪蹄,准备过几天再吃。不小心把用来做鞭炮的硝当成了盐来腌肉,发现后丢掉又可惜,就赶紧反复用清水浸泡,再加葱、姜、花椒、茴香等香料焖煮,煮得满屋子浓香四溢。倒骑毛驴的八仙之一张果老正好路过门口,闻香止步,进店后一连吃了三只半。故事不知真假,但镇江肴肉传了有三百多年。1949年10月1日开国大典的时候,周恩来总理亲点镇江水晶肴肉为开国第一宴四冷碟中的一个。

肴肉为什么不当菜?那是因为肴肉是一道冷食,可以随时切来吃,所以更多的人把它当作茶食或闲食吃,在江苏广为流传。比如,与镇江一江之隔的扬州人喜欢早上到茶社喝茶,常常是一杯茶、一碟烫干丝、一碟肴肉,慢饮细品,一坐就是半个上午。清代惺庵居士有《望江南》词:"扬州好,茶社客堪邀。加料千丝堆细缕,熟铜烟袋卧长苗,烧酒水晶肴。"很形象地说出了江苏人就着水晶肴肉烫干丝喝茶聊天的神仙日子。

重庆丰都凉粉

乘坐了两天两晚的三峡游轮，早上七点到达了鬼城丰都。经过摇摆的江上浮桥、弯曲的沙石路，来到了鬼城边的集市食街。早已饥肠辘辘的游客一看到卖凉粉的饮食店，就围了上去，每人要了一碗凉粉。

凉粉刨下来，一根根洁白细腻、晶莹剔透，用白瓷碗盛着端来，白嫩光滑。如玉如缎的凉粉上撒满了碧绿的葱花、红亮的麻辣汁、金黄的姜末、晶莹的榨菜粒、米黄色的蒜泥，加上一勺醋，一拌一尝，凉丝丝、滑溜溜、辣滋滋、酸渍渍、香喷喷，爽辣开胃。

鬼城的凉粉还真有鬼都想吃的滋味。

据当地人介绍，鬼城的凉粉品种很多，还有绿豆、豌豆、玉米凉粉之分。不管哪种原料制成的凉粉，都是出奇的嫩辣厚味凉爽。

美食之余，想起长沙的刮凉粉，有异曲同工之妙，嫩辣鲜爽。异曲之处是长沙的凉粉没有花椒，典型的咸辣。四川人放的是榨菜末，湖南人用的是炒香的辣椒萝卜丁，嫩鲜中有脆辣之感。长沙做得好的刮凉粉还要用腐乳、花生酱、浓茶、芝麻酱等十几种调料，对拌出来的汁子浇头，浓醇酽香，看上去晶莹嫩亮，吃起来鲜、辣、凉、香。

两个小时游了丰都鬼城出来，看见熙熙攘攘的人群又是人手一碗凉粉，或坐在简易的店摊上，或端在手中慢慢吃。

闻着凉粉的香味，看着那些人咂巴着嘴、心满意足的吃相，我忍不住口舌生津，又要了一碗。至今只要想起那味道，仍不免要流口水。

寻味三湘宴

我的湘菜散文集《寻味三湘》出版上市后，在 2017 年 7 月 29 日登上湖南"湘版好书榜"，成为全省六本"湘版好书"中的一本。谭飞总经理亲自策划在火宫殿推出"寻味三湘宴"，我受托制单，湘菜大师王焰峰牵头，湘菜大师李强领衔主理，由精于味道的火宫殿人出品。

每个人的舌头上都有一个味觉的故乡。

"湘人的神龛，故乡的厨房。"这是谭飞总经理 15 年前给火宫殿总店的战略定位。"寻味三湘宴"，也是要让每一个来店的湖南人在火宫殿找到自己味觉的故乡。

这桌宴席，从《寻味三湘》这本书所描写的 300 多道菜中，精选出 22 道菜组成席面。菜品来自 14 个地州市 16 个古村古镇古城，一地一菜，代表了来自三湘四水的湘风民俗。这也是火宫殿近五百年来首次以"三湘"的名义做菜摆酒成席，是体验版的寻味三湘。

菜单定下来后，谭飞总经理为了师傅们准确把握当地的食俗风味，把《寻味三湘》里的菜做得地道出彩，8月底亲自带队深入到常德，在柳叶湖畔专研常德钵钵的做法，大边鱼钵钵、水鱼钵、鲊辣椒钵、蒜子牛筋钵、青辣椒船拐子肉钵……等等，都依次在红泥小火炉中"咕咕嘎"。一大桌吃下来，香、辣、咸、鲜，各种味型的常德钵给了大家深度的体验，唯一遗憾的是没有乌龟钵钵。到了湘西永顺老司城遗址，一下车就去找土司豆腐，绕了一个大圈，土司豆腐的影子都没找到，便问当地导游妹妹哪里有土司豆腐吃，导游说：我们这里的田都改砌房子停车坪了，水田都没了，哪来泥鳅煮豆腐？到了王村，也是四处去找王村的焦盐鞭花，没找到，谭飞老总急了，打电话给我，"导游说土司城搞旅游，田改地造景没泥鳅了。土司豆腐冒吃到，王村的焦盐鞭花也找不到，你到底是在哪里吃的？"

寻味，可慕名而去，但能否吃到却也有机缘巧合。他们在张家界往东走的路上，偶遇一个集市，在一位老妇的菜摊上找到了久寻未得的新鲜枞菌，一种生长在枞毛须中的菌子，正是"火宫殿寻味三湘宴"上需要的原材料，如获至宝，全部买下来，用新鲜五花肉煸出姜香后下锅一炖，清鲜糯嫩。

到了娄底，尝到了魔芋豆腐炒牛肉，虽不是我说的那种硬一点的魔芋豆腐。但当地师傅告诉了他们那种魔芋豆腐哪里有、怎么做。在醴陵不仅吃了当地的小炒肉，还在瓷谷看了瓷器，在瓷厂的门市寻到了"寻味三湘宴"整席瓷器的组合。

一周时间，一路寻找，跑常德，过湘西，入张家界，访王村，经沅陵，走娄底，南下到醴陵，停株洲，跨澧水，过资江，下沅江，临湘江，辗转几千公里，有失望，也有惊喜，他们甚至还发现了我书中没有的食俗和技法。比如张家界土家三下锅，原来起源于放排跑水运的山里人饮食习俗，放排靠岸你买点牛肉，我称斤拆骨肉，他弄个猪尾巴，或者捡点豆腐干百页之类，交给码头上的店老板一煮，等船老大办好事回到码头，三下锅熟了，几个排古佬凑一起，一顿饭就这样搞定了，又鲜活，又快捷，实在韵味。如果再版《寻味三湘》，我一定要把他们寻到的三湘新食俗充实进去。

宴会菜品，从古镇六味迎宾到村落两随菜，从州市两热炒到地市八大菜，从火功神韵小吃到月圆秋味水果拼，希望能把您带入三湘古村古镇。

菜品有魏源故里司门前镇熏鸭拐。魏源被尊为中国近代"睁眼看世界第一人"，主张"师夷长技以制夷"。在他的老家邵阳隆回，年轻人外出求自给自足的粗茶淡饭的朴实滋味。而洪江古商城酸坛浸水刀豆黄瓜辣椒、高椅的洋姜用蛋卷卷着，启齿爽口，抿嘴开胃。

来自娄底紫鹊界梯田人家的魔芋豆腐炒牛肉，带给你的是湘菜的本味本香。

晒兰肉炒白辣椒是一味浓郁的古辰州特色，绝对引人入沅陵。

沅陵，因沅水而美得令人心醉的地方。这里的晒兰肉是千百年来飘香在沅水流域的船菜。老公上船出乡，老婆把早已晒干的肉放在竹篮子里，挂在船上，老公吃的时候取一小块，或蒸或炒或炖，有火腿的鲜，却无火腿的咸；有风吹肉的香，却比风吹肉嫩润。多样的吃法，承载着沅陵虎丘山出土的《美食谱》遗韵、古辰州的特色，再现了湘资沅澧流域的饮食文明。

冷碟、小炒开胃之后的第三部分，是气场较大的地州八大菜。

首先是衡阳头碗玉麟香腰。这是衡阳宴席上的第一碗，多层叠菜，形如水上灯塔。这道菜很对当年湘军水师的创建者彭玉麟的胃口，这个中国近代海军奠基人特别喜欢吃，后来人干脆就用他的名字取了菜名，玉麟香腰从此传承下来，成为中国湘菜名菜。彭玉麟与曾国藩、左宗棠、胡林翼并称中兴四大名臣，所以很多人相信，吃饭就要先吃玉麟香腰，步步高升，顺心顺意。与一般全家福的区别，玉麟香腰层次感明显，出味在鱼丸子、海蛋和腰花。负责这个菜的是厨师长湘菜大师卿前亮，为了把这道菜做好，光一个鱼丸他就用了十多条大草鱼反复练，把鱼丸做得色白、弹牙、滑嫩。

张家界枞毛须里长出来的枞菌炖海参，带着山的初美味道。金秋时节，神秘湘西的枞树林在毛毛秋雨的滋润下，枞毛须地里就会长出一朵朵的枞菌。它是当之无愧的山珍，用它烹菜，清鲜营养，配上海参一炖，山珍野味。

常德武陵龟羊钵是第三道大菜。常德的钵子菜味道如何？有民谣为证："不愿朝中为附马，只要甑钵炉子咕咕嘎。"一句话说出了吃常德钵钵的醋畅痛快！厨师单颖用老火一烧，常德钵钵的活色生香就出来了。

宝庆府的名菜邵阳猪血丸子腊肉双味。它腊香浓烈，油润嫩软。

第五道菜，炎陵米浆蒸白鹅。秋风起，稻熟白鹅肥。湘菜大师齐东借用粤菜白切鸡的手法处理，皮脆肉嫩，咸鲜之外裹着稻米的清香。

长沙子龙脱袍，是当年湘菜名店曲园酒家的名菜，曾经是李宗仁在南京就任总统时在曲园酒家宴客的一道菜，几乎失传。席上的子龙脱袍，在遵循传统的基础上创新，把鳝鱼的滑溜转化成了精致与细嫩，生猛水滑之后，味道丰美。

洞庭蝴蝶飘海，薄如纱形如蝴蝶的才鱼片，在火锅里随着碧绿豆芽一起沸腾起来，宛如蝴蝶飘海，再现了"遥望洞庭山水翠，白银盘里一青螺"的岳阳渔乡风情。

第八道菜，永顺老司城土司豆腐，湘西土司王派兵出征誓师宴上的经典菜。湘菜名菜中能和谭延闿的组庵豆腐相提并论的，是湘西保靖、永顺一带的土司豆腐。厨师谢正用上了"千炖豆腐万炖鱼"的功夫，炖出了土司王喜欢的味道。

接下来是第四部分：村落两随菜。益阳洞市老街上的坛子菜，厨师张盛建做出了茶马古道边的甏坛子老味陈香；白石洞的米汤萝卜菜，厨师言秋让萝卜菜在米汤的调和下清香悠悠，稀稠中感受脆嫩出鲜，叙说着一段米汤当油的湘菜故事。

第五部分，火功神韵小吃点心。

火宫殿臭豆腐、脑髓卷依次出场。湘菜大师周国强等制作。还有湘潭冰糖湘莲，由厨师易俊杰用湘潭的贡品寸三莲烹制而成，独特的湘潭风味。整个宴席遵循湘菜传统宴席的规制，一道甜品上来，酒止换味。

压轴的是郴州苏仙岭米饺。由湘点名师马力制作，它小巧、精致，是在市井中流转几百年、很有生命力的小家伙。

"寻味三湘宴"推出一年后，2018年9月10日，从中国烹饪协会在开封"向世界发布中国菜"品鉴会上传来喜讯：授予火宫殿"寻味三湘宴""中国菜·全国省籍地域主题名宴"。

长江网油刀鱼

"春潮迷雾出刀鱼。"桃红李白的三月，春光无限，又到刀鱼显贵出鲜时，尊尼大厨摆起了江刀宴。

江刀特别讲究适时而食。"清明前细骨软如绵，清明后细骨硬如针。"也就是说，清明前的刀鱼最好吃。

此外，"如刀江鲚白盈尺，不独河豚天下稀"，这是元代王逢在《江边竹枝词》中对江刀的点赞。而在宋代名士刘宰的笔下，江刀的鲜美有点让人迫不及待："肩耸乍惊雷，腮红新出水，佐以姜桂椒，末熟香浮鼻。"所以，能吃顿"长江三鲜"之一的江刀非常让人期待。

刀鱼吃法很多，有清蒸，有红烧，还可油酥，也可做刀鱼面、江刀馄饨等。袁枚在《随园食单》里介绍过他的经验："刀鱼用蜜酒酿、清酱放盘中，不必加水，用火腿汤、鸡汤、笋汤煨之，鲜妙绝伦。"这些吃法，我去年三月在泰州、扬州吃过一些。中国淮扬菜大师刘金贵说，清蒸的刀鱼一般就放两三根葱、几根姜丝、一点猪油，蒸10分钟，就很鲜了。

扬州运河边的江南一品干脆将刀鱼油酥。连肉带刺入口，一次吃完，酥嫩鲜香。连刀鱼骨刺也是酥酥的，火候掌握得好好的。

在无锡，中国烹饪大师顾克敏用刀鱼做成草帽刀鱼，像一件艺术品。刀鱼去刺取肉剁成茸，加入面粉、鸡蛋清、葱姜汁、绍酒、调盐味，抓匀上浆，制成草帽状，上笼蒸熟，浇刀鱼骨头熬成的汤汁，挂薄薄一层琉璃芡，洁白鲜嫩，仿佛顶着草帽、丰姿卓约的女子袅袅而来。

尊尼大厨没有用笋汤提鲜，他用西班牙橡果火腿增鲜码味，以猪身上嫩如脂的网油润化。我站在那里，只见他把新鲜的黑花猪网油往刀鱼上一铺，切几片伊利比亚半岛上的陈年橡果火腿摆在网油上，撒上几丝姜丝、几根葱白头，恰当的火候一蒸，新鲜出锅，丰腴泛光，鲜嫩如脂。

刀鱼上来后，服务生小心翼翼地为我们把刀鱼的刺，从头到尾完整地剔出来，送厨房又做成了一道椒盐鱼骨，吃起来骨酥酥的，香脆脆的，椒香活味。从嫩鲜到酥脆的舌尖诱惑，他们用多种手法呈现刀鱼之美。

刀鱼煮烂，用纱布滤去鱼刺后煮面，是镇江人的专利，叫刀鱼面。用早上出水的肥硕的雌刀鱼，去刺取刀鱼肉做馅包成小馄饨，再配上刀鱼汤，叫刀鱼馄饨。尊尼大厨煮了一小碗刀鱼馄饨上来，精精致致，清爽鲜美，一口嗍下去，春的味道。

与江刀同席上来的，是瑞昌的山药汁，乳白色，喝一口，淡淡的清香沁人心脾。

尊尼大厨又现场科普：这些产在瑞昌的山药每隔五年才有，这样的鲜榨汁，男人喝多了，有人受不了；女人喝多了，还有人受不了；大家喝多了，不知谁受不了。

一阵欢笑，大家趁热吃刀鱼。

"遥望洞庭山水翠，白银盘里一青螺。"九月初三，我们重登岳阳楼，诵记中学时背过的《岳阳楼记》。洞庭湖上烟波浩渺，看不见"青螺"君山，便坐快艇往君山去。

君山岛虽小，但秦始皇的封山印、湘妃祠、飞来钟等名胜古迹都见证着这个岛上一段段厚重的历史。洞庭的秋风把我们带到了柳毅井前，传说这里是洞庭湖湖底龙宫的入口，有柳毅传书的故事。

中午就在岛上的小馆吃饭。洞庭湖鱼多鲜美，点了一道葱酥鲫鱼。

"洞庭鱼可拾，不暇更垂罾，闹若雨前蚁，多如秋后蝇。"这是唐代诗人李商隐对洞庭湖盛产鱼虾的赞美。《吕氏春秋·本味篇》

也有"鱼之美者：洞庭之鲋"记载。早在民国年间，岳阳坊间有顺口溜："九益的包面泉园的粉，味腴的包子君山的鱼，刘忠宜的烧麦一朵花，长乐镇的甜酒醉倒吕洞宾。"

君山小馆的这道葱酥鲫鱼做法很传统。鲫鱼用姜葱盐汁腌制后用油炸酥，放在有竹篾垫子铺底并厚厚地铺上葱的瓦钵里，再在鱼身上面铺上葱，放入八角、桂皮、料酒、醋、白糖、料酒、酱油等调料和水，大火烧开转小火，收汁到三分之一时再上大火收干汁出锅，酥香鲜嫩。

传说中的乾隆皇帝赐名的岳阳巴陵"全鱼席"，其中就有葱酥鲫鱼。

洞庭全鱼席一般有12到24道菜不等。正规的席面有一花碟、四双拼、四热炒、八大菜、一座汤、四随菜、四点心。全席用18种洞庭湖的鱼鲜和小水产烹制而成。

选洞庭湖的鲴鱼、水鱼、翘嘴白、草鱼、鳙鱼、鲢鱼、边鱼、嫩子鱼、鳝鱼、泥鳅、虾子等，用煎、炒、爆、熘、炸、焖、酥、蒸、炖、煨、烩、烤、熏等十多种烹调方法，烹出酸辣咸鲜甜各种味道。一桌鱼肴烹技之多、用料之广、味别之多，堪称神奇，涵盖了八百里洞庭的湖鲜之美，这可能是范仲俺未曾想到的另一"巴陵胜状"。

中国著名烹饪研究专家聂风乔教授在谈到鱼宴时写道："据笔者所知，以'全鱼席'享誉的至少有两处：'巴陵鱼宴'和'浔阳鱼宴'。巴陵为岳阳，濒临洞庭，浔阳即九江，背负大江。这两处的'全鱼席'历史悠久，工艺精妙，且占有绝好的地利。故早已脍炙人口。"

"无鱼不成席"是环洞庭湖人家的饮食习俗。明代隆庆《岳州府志》记载的"湘湖间，宾客宴集供鱼清羹。"讲的就是湖南人宴客必上鱼肴，而且多为整鱼，有头有尾，寓意吉祥有余，发财有余，福禄有余，年年有余。

正是这样的习俗渊源，环湖人家烹制鱼肴自有独到之处。用鮰鱼漂可以做出花色逼真味道十足的荷花鱼肚，用老姜蒜子红煨君山金龟，鲜香滋补，用新鲜的竹简米粉子蒸鮰鱼叫翠竹粉蒸鮰鱼，清香扑鼻，嫩滑鲜糯。还有炭火上烤出来的网油叉烧鳜鱼外酥内嫩，用洞庭水鱼烧成水鱼裙爪软糯多滋，用新鲜青豆熘虾仁，虾仁晶莹透亮，青豆碧绿生鲜，都是高端上档次的湖鲜珍品，也就成了全鱼宴上的精品。当然，更显手艺的是火方银鱼、蝴蝶飘海、子龙脱袍。

火方银鱼

把这个菜做到极致的是名厨肖荣华。据说，20世纪20年代初，当时湖南的省长赵恒惕办省宪时，那些竞选省议员的人都去肖荣华开的飞羽觞酒楼订餐请客拉票，那一段时光里，那些有投票权的人都讨了火方银鱼的口福后就去投票。

洞庭银鱼，是洞庭湖三绝之一，另外还有洞庭金龟、君山银针。

肖荣华几番琢磨洞庭鱼宴的精妙之后，在店子里拿咸鲜的火腿提味清鲜的银鱼，推出了火方银鱼。火腿膀用开水放点碱洗净，放入汤锅内煮1小时捞出，用镊子把皮面的毛挟净，在瘦肉的一面剞上十字花刀，用碗装上，皮朝下，放入料酒，冷水上笼蒸1小时取出，蒸后滗去汁，再换鸡汤，上笼蒸烂透。

再把干银鱼剪去头和尾，用冷水浸泡洗干净，放在普汤、葱、姜、银鱼、料酒和盐烧开的汤中余过后，倒入漏勺沥干水分，去掉葱和姜，装入汤盅内。再取出蒸透了的火方放在银鱼上，撒上胡椒粉和葱段，将火方汤倒入锅内，加清鸡汤、盐、白菜苞烧开并调好味，倒入装有火方、银鱼的汤盅内，放热鸡油，火方银鱼做成。味在汤鲜，嫩在银鱼和菜苞。

蝴蝶飘海

"蝴蝶飘海"是岳阳君山全鱼席上的传统菜。独特的刀工，让这生片鱼火锅脱颖而出。其实，就是活鱼片成生片涮了蘸汁吃，下锅时是薄鱼片，沸腾时鱼片形状如蝴蝶，鲜、嫩、辣，真是火锅中的一绝。著名作家周立波在《山乡巨变》里说，一条才鱼，可以做成"蝴蝶过河"、"飞燕下海"等十余种可口的佳肴，说的就是这道湘菜名菜。

取洞庭湖的特产才鱼，去头去骨去皮。去皮时留血脉，用斜刀法将鱼肉横向片成薄片，血脉留在鱼肉连接的中间，好似蝴蝶。用盐、姜、葱捣出的汁子洒滴在蝴蝶鱼片上，装盘上桌成火锅生片。

然后用片出来的才鱼头、骨、皮加水，经慢火一炖，熬出一锅鲜底汤，倒入火锅中，再加入香菇、火腿片等辅料再煮沸。

甑钵炉子沸腾后放入绿色豆苗、银鱼，这样做真实的理由是增鲜，直接的好处是造势，造出火锅沸腾氛围。用筷子夹上生鱼片，投入火锅中涮烫片刻。氽熟后的鱼片雪白，形如蝴蝶，飘在汤上，并随着底汤的沸腾而滚动。夹出鱼片，放入调好的油盐味碟里蘸汁一尝，鲜嫩可口，或原汁原味，或鲜香热辣，或厚味麻辣，或淡雅清鲜，味感丰富，各取所需。

以此佐酒，那感觉真胜过在朝中当驸马。

子龙脱袍

湘菜大师黄邦伟很善于做这道子龙脱袍。

一条鳝鱼，在他的操刀下，开剖、去骨、剥皮、去头、宰尾、切丝、蛋糊上浆、滑油、熘炒、成菜，滑溜的形变、复杂的味变，一切都游刃有余。

放一点银芽炒，来一点混搭的味道，更美。银芽是啥？绿豆芽。成菜银白，嫩脆。银芽含水量高，要注意在锅中翻炒时间不能太长，出水太多就会不嫩脆。

菜品做成后，一眼望去浅浅白色中，点缀几根红辣椒丝；深吸一口气，空气中有淡淡紫苏的芬芳和胡椒香。再一细看，盘碟中一根根细鳝丝，马上将我打动：每根鳝丝细长到寸，大小均匀而不失整齐，条条完美，根根成型，滑嫩而不失韧劲，清爽照眼，筋力充沛。

一尝，滑嫩香辣。

当年的美食家政客谭延闿特别钟情"子龙脱袍"，甚至连李宗仁登上临时大总统之座后，也要慕着"子龙脱袍"的名，在南京的湘菜馆曲园摆上一席酒。

口水鸡葱油鸡东安鸡醉鸡

走进山城重庆，不吃口水鸡会流口水。

重庆口水鸡要用壮实的阉鸡来做。传统一点的师傅还会在鸡下锅煮之前帮它做做全身按摩，把鸡洗干净擦干水分，在鸡外皮抹上盐，用双手反复按压，再用葱姜酒汁腌十分钟。这样处理后的鸡皮煮出来就特别脆嫩。按摩过的鸡下锅最好煮到七成熟，出锅，斩块。花椒在红油中响油后，兑入生抽、老抽、陈醋、姜汁、熟芝麻，搅拌均匀挂在斩块的鸡肉上，麻辣鲜香，滑嫩咸鲜，光闻那香，口水直流。

豆花和口水鸡搭配一起吃是绝配。豆花要是甜的豆花，一口甜豆花一口麻辣鲜香的鸡肉，嫩辣甜咸香，特别舒服的口感。我吃过鸡丝豆花，纯咸，虽说也放花椒辣椒，但还是差一个味。

和湖南人的"无辣不成席"不同，广州人讲究的是"无鸡不成宴"。白切鸡、葱油鸡、太爷鸡、盐焗鸡、沙姜鸡……或嫩鲜，或酥香，一个个都是传统粤菜名菜。

我喜欢广州葱油鸡的嫩香。第一次吃葱油鸡是在广州酒家。粤菜大师黄振华说："广州早茶就是从葱油鸡、粉蒸凤爪开始的。"

葱油鸡当茶食是比较高端的早茶了。配一份热热的肠粉吃更好。

做好葱油鸡就三个步骤：一是选鸡。年内的清远走地麻鸡最好。

二是深锅烧好一锅宽水，加入拍松的生姜、打成结的葱、花椒，煮开后放入鸡，加入一点黄酒，大火再次烧开后，以保持沸腾状态的小火煮 10 分钟，关火，加锅盖焖 10 分钟，焖到肉熟骨生，捞出，将鸡斩成块，砍开的鸡骨头带血火候最佳。

第三个步骤是熬葱油。花生油烧热，用中小火把鲜葱煎出香味后捞出，倒入适量的蒸鱼豉油滚开成汁，迅速淋在撒着葱花的鸡块上，滑润细嫩，清鲜醇厚，葱香扑鼻。

我吃葱油鸡，喜欢吃手撕出来的鸡肉。也就是说，鸡煮熟后斩大块再用手撕，再淋葱油，鸡肉在零乱中来得更入味。

湖南的东安鸡，有着和重庆口水鸡、广州葱油鸡相似的吃法：鸡也是先煮熟。不同的是，鸡煮熟后，回锅热炒带焖的热吃。也有老长沙称之为"回锅鸡"。这是道大菜，一般不会当茶食和凉碟上。

东安鸡是湖南名菜，源自唐生智将军的家乡东安县。20 世纪 30 年代他在长沙橘子洲头的公馆里，曾用来招待来长沙的郭沫若先生，后来唐生智又将这一道菜带到了南京，南京的政要们吃了东安鸡赞不绝口。东安鸡从此名扬天下。如今，东安鸡遍布世界各地很多中餐馆，我在英国的唐人街、法国尼斯、以色列特拉维夫的中餐馆，都发现他们将东安鸡作为打头牌的菜。

东安鸡本来叫醋鸡。是唐先生带到长沙家里宴客时，自己命的名字。做好东安鸡不难，但湘菜大师许璨做这道菜很认真。先要用东安的黄姜、东安的黄醋、葱白头来煸炒熟煮了的三黄鸡，再放水、辣椒一焖，半汤半菜，酸辣咸鲜香，有口水鸡的咸辣，葱油鸡的嫩香，还多了浓浓的姜鲜与酸爽。

一只鸡各地的吃法不一样。在西藏，用雪莲花炖鸡，那是纯天然的大补。云南有汽锅鸡，淡雅清鲜。德州有扒鸡，用多种中药材扒烧而成，一股卤香。杭州有叫化鸡，用泥浆封包腌入味的鸡，放火上一烤，烤出来又嫩又香。绍兴有醉鸡，用绍兴黄酒腌制蒸煮而成，吃起来有股浓郁的酒香。有一年在山西的五台山下，我们和绍兴饮食公司的何总一行在一家土菜馆吃夜宵，他们按照绍兴的做法，用五台山下农家的土鸡，花了四五个小时做了个醉鸡，在有些冷的晚上，醉鸡配上白酒，特别的醇香爽口，让我至今难忘。

咸鹅炖狮子头

扬州美，扬州人文雅讲究，一个肉丸子叫作狮子头，多有诗意。

小时候读唐朝诗人李白绝句《送孟浩然之广陵》，就对扬州记忆深刻："故人西辞黄鹤楼，烟花三月下扬州。孤帆远影碧空尽，唯见长江天际流。"觉得三月的扬州一定很美。后来读到南朝殷芸的诗句："腰缠十万贯，骑鹤下扬州。"觉得扬州好玩。再读到唐代徐凝《忆扬州》中的诗句："天下三分明月夜，二分无赖是扬州。"就期盼去扬州。

在餐饮业混，自然知道扬州菜位列中国四大名菜，一直想去吃扬州菜，吃正宗的狮子头。多次出差吃过上海扬州饭店的四喜丸子，也吃过北京张生记的狮子头，可没在扬州品过，总有点遗憾。

2009 年 10 月第 19 届中国厨师节在扬州举行。当时火宫殿副总经理谭飞在这次节会上获得中华金厨奖，我们公司组团去参会，领奖。我们一行，从苏州到扬州，再从南京返回，对淮扬菜作了一个初步了解，菜品的精致、清爽、大气一一留存在我的味觉与视觉的记忆里。

吴门人家的"莼菜银鱼汤"，鲜美、清香、滑嫩，纯净的青汤中悬浮着绿白相间的莼菜和银鱼，宛如两色银鱼悬游，鲜活如春。中华老字号得月楼的"鲃肺汤"，鲜美无比；"水煮苏鳝"，先炸后煮，有一种酥香之辣；"蟹黄虾仁"，金灿油亮，一盘熘出来的美味。淮扬人家的扬州大花碗，乡土又不失大气。富春茶社的一顿排队早餐，各色包点套茶，让人感受了扬州的休闲滋味与乐趣。满福楼的"盐水虾"，红嫩甜鲜；"水煮河豚"，汤鲜肉嫩。"长寿菜豆"，清爽、精致、色泽鲜美诱人；"扬州煮干丝"丝白锦软，汤汁浓厚，味鲜可口；"扬州狮子头"，滑嫩鲜香味浓……金盘玉脍，佳馔俱陈。

在扬州，狮子头自然是我要重点品味的菜。扬州人为什么要把肉丸子做得那么大？因为那是大富的底色。说起来，扬州菜兴于盐商家宴。清隽和润而不重浓艳，雅丽和谐而不流凡俗，精雕细刻而自然浑成，韵味悠长。《清稗类钞》上说："苏人以讲究饮食闻于时，凡中流以上之人家，正餐小食无不力求精美。"

狮子头有三种烹调方法，清蒸、清炖、红烧。清炖蟹粉狮子头、清蒸蟹粉狮子头、河蚌烧狮子头、青菜烧狮子头等，各有特色，风味独具。普通的猪肉一块，能做出这样的美味，让我惊奇不已。

一一尝过，我更喜欢"咸鹅炖狮子头"。

七分瘦三分肥的细嫩猪肉去掉筋，先切成碎丁，后稍剁，越碎越好。再用葱汁、姜汁、盐调味，还可加入切碎的海参、荸荠等。然后将调好味的碎肉，捏成四个大小均匀的大肉丸子，再把调好的芡粉抹在两个手掌上，依次捏搓四个肉丸，把芡裹在肉丸表层，紧丸定型，再下热油锅，炸至丸子表面紧绷微黄出锅，加几块咸鹅，配清汤，再上大火炖一小时。

咸鹅经岁月发酵的咸鲜与大斩肉的清鲜，在持续的高温中一交融，肥而不腻，鲜味更浓，清而不淡，嫩如豆腐，入口即化。用汤匙舀一匙吞下，顿觉"却将一脔配两蟹，世间真有扬州鹤。"快活如神仙。

在历史文化名城长沙，火宫殿的庙会与湘菜结下了三百年的历史姻缘，是个不争的事实。

那么，神秘的庙会怎么会与荤素缤纷的湘菜小吃融为一殿呢？

缘起"一炷馨香"

火宫殿本为一座神庙，始建于 1577 年，重建于清乾隆十二年（1747 年），又名"乾元宫"。时因人们冀盼平安消灾祈祷而建。正殿为火神，立有"赤皇上品三炁火宫殿洞阳大帝南丹纪寿天尊神"木质神牌，传说为火神的全称。大殿左为弥陀阁，右为普慈阁。看上去，整个庙宇有"不现庄严法相，愿为炽热真神"之气势。自建庙以来，前来烧香祭拜的社会各界名流、商人、贤达、百姓，络绎不绝。特别是某一地方发生火灾，当地人都要来火神庙进香祭拜，以祈祷平安，祈盼不再发生火灾。有了火神庙以后，人们的防火意识也增强了，城市的火灾已逐渐减少了，虔诚的信徒把功劳都归功于火神庙里的火神。人们对庙宇中的神灵更加诚心敬奉，香火由此而旺。自始迄今，继昼以夜，人无停趾，香无断日。

兴于"一曲熏风"

火宫殿建好以后，庙里主事们规定每年农历六月二十三日办庙会，举行隆重的祭祀。每逢庙会、逢年过节，庙里主事必组织搭台唱戏，特别是一些富足的商人，在遇到火灾后，还组织戏班到火神庙里唱大戏，一唱就是三天，敬奉火神。此时的火宫殿，一派热闹的景象。

每逢庙会，有的坐轿、骑马，有的举旗、撑幡，敲锣打鼓、吹奏乐器、成群结队，有的跪拜、叩首、悬灯，有的扶老携幼，或肩背香袋，或挑担，或举香祷告，翘首望菩萨，虔诚极至。当然，最诱人的是大戏台，鼓乐声、丝弦声、唱腔说书声……汇成一曲熏风。各种曲艺杂技、剪纸、武术等五彩缤纷的民间艺术，也让人眼花缭乱，不经意间方觉饭时已过，而随便叫旁边臭香撩人的"臭豆腐"、诱人的"龙脂猪血""红烧猪脚"……便即可充饥。在当时工作、生活、娱乐比较单调的城市中，能来赶上一场火宫殿的庙会，算是人生的一种"快意事"。

难怪在1826年（清道光六年），清末著名书法家何绍基看了火宫殿庙会戏曲、品了小吃后，即兴为火宫殿古戏台撰写楹联一对："象以虚成，具几多世态人情，好向虚中求实；味于苦出，看千古忠臣孝子，都从苦里回甘。"横匾为"一曲薰风"。正因"一曲薰风"，庙会红火，庙里香火更加旺盛，火宫殿开始成为一些艺人谋生之处。以神庙为中心，零食、说书、相画、测字、卖艺、古玩、泥塑、高跷、雕漆、茶担、花鸟虫鱼、皮影、木偶等云集，叫卖谋生。初乃摆摊，继而搭棚摆灶，形成东成西就南通北达格局，火宫殿逐步形成了有祭祀进香、说书看相、弹词看戏、小吃饭菜融为一体的庙市，与上海的城隍庙、南京的夫子庙和北京的天桥一样热闹非凡，代代相传，体现出浓郁的民间特色，一些赶场的人们在自己看足了把戏、吃饱了小吃、湘菜后，把这些小吃、圣物带回家，作为神物，或吃或供，成为人们冀盼幸福吉祥的圣品。

新中国成立后，庙会成了一代市民的记忆。

2002年2月，火宫殿人在长沙市人民政府和社会各界的支持下，以拯救城市民间火庙文化遗产为己任，扩建火宫殿，翻新火神庙，设立火博馆，恢复古戏台，复活庙会。原汁原味，整旧如旧。在浓浓的怀旧情结中，人们又看到了久别五十多年、反映老长沙风土人情的庙会：舞火龙、坐黄包车、听湘曲、观湘戏、吃湘菜、品湘菜、尝小吃……火宫殿更是胜友如云，高朋满座。

火宫殿的庙会今已胜昔。复古如古，内容却来得更殷实，民俗风情味道更浓更丰富。火宫殿总部经理谭飞说：火宫殿是世界的，风物人情也应来自世界各地。那年以后，庙会的主题是一个接着一个，次次展示的是不同的民俗风情：长沙中秋民俗风情庙会、隆回花瑶风情庙会、张家界毛古斯文化庙会、洞族歌舞风情庙会……土歌土舞土板凳，土茶土菜土乡音，和着众居士念念有词的诵经声、"一头热一头冷"的剃头挑子吆喝声、满头白发满脸皱纹的婆婆剁辣椒的剁刀声、花鼓折子戏的唱腔声，一齐唱响了全国独有的火庙文化与湘菜文化融为一体的民俗风情品牌庙会。

绝在"一勺之功"

三百多年来，到了长沙的人都要去火宫殿，到过火宫殿的人都说火宫殿的湘菜、小吃独特。以致于 1958 年 4 月 12 日一代伟人毛泽东重回火宫殿，吃过臭豆腐后感叹：长沙火宫殿的臭豆腐闻起来臭，吃起来香。1978 年，美国前总统老布什品尝到火宫殿的臭豆腐后，便在他的私人手册上记载："臭豆腐是长沙火宫殿的名菜之一。"2003 年 3 月 6 日，时任国家总理的朱镕基在参加全国人大会议湖南团座谈时也动情地说："我曾经想起火宫殿的小吃就垂涎不已……"

庙遍神州，食在华夏。为什么火宫殿的湘菜小吃就能与庙会相生相伴，而成为全国唯一一家"殿中有庙，庙中有戏，戏外有食"的庙殿流传世界呢？

火庙文化的淳朴当然是重要因素之一，但更绝在火宫殿饮食文化的"一勺之功"。正如火宫殿的门联所示："星城一绝非凡技，座客千秋仰盛名。"

火宫殿饮食伴庙会而生，源于民间，却精于市井，高于民间。一"精"一"高"，得益于火宫殿以庙会为市，广聚了社会各种名特小吃湘菜摊担厨师，他们的手艺大都是先辈们世家祖传谋生之技,艺真人正,做出来的小吃湘菜区别于一般的社会饮食风味而独树一帜,特色鲜明,闻名于世。传统经典湘菜有酸辣海参、全家福、东安子鸡、腊味合蒸、发丝百页、红煨鱼翅、红烧肉、清蒸鳜鱼等,选料讲究、做工精细、造型雅致、口味纯正,是传统湘菜的活"化石"。著名的小吃有:姜二爹的臭豆腐、姜氏女的姊妹团子、胡桂英的猪血、邓春香的红烧蹄花、周福生的荷兰粉、张桂生的煮徽子、李子泉的神仙钵饭、罗三的米粉等。

据史料记载,姜二爹是 12 岁就随父学艺而经验丰富,传承了制作臭豆腐秘方,让这独具地方特色的小吃品种得以流传。他制作臭豆腐特别讲究原料的选用。黄豆要挑成色新、颗粒壮的,制成的豆腐胚要老嫩适宜,发酵的卤水要采用福建产的冬菇、浏阳大围山鲜冬笋、浏阳河曲酒、浏阳豆豉等上乘原料配制。豆腐坯制卤要浸泡 24 小时后才能用。油炸臭豆腐要用慢火炸,炸出来的臭豆腐才外焦内嫩,质地细腻,黑如墨,香如醇,嫩如酥,软如绒,"闻起来臭,吃起来香"。民国二十七年(1938 年)初,《观察日报》以"火宫殿吃喝门门有,油炸豆腐最著名"为题,写道:"火宫殿的零食品中,油炸豆腐最负盛名。……不必说吃,只要远远闻着那股味儿,就该使你垂涎三尺了,到那里去逛的人,谁不是人手一块呢?"到今天,这种盛名还在随着火庙的缕缕馨香延续……

另一种著名小吃姊妹团子也是技艺精湛,遐迩闻名。为火宫殿铜匠姜立仁两女所创。火宫殿姜氏女做的团子糍糯柔软,鲜甜可口,令人回味,抗日战争时期,著名戏剧家田汉在湘时,曾是火宫殿的常客,尤爱姊妹团子。1987 年,有位自称"洞庭归客"的台胞旧游火宫殿时,追忆起和田汉一起在火宫殿品尝风味小吃的情景时，情不自禁，欣然命笔："油炸豆腐臭中香，有客追忆在台湾；青年田汉回湘日，姊妹团子当早餐。"

当年毛主席回湘在火宫殿品尝的那席湘菜小吃也是一个见证，代表了当时湘菜特色，菜肴档次并不高，但技艺不凡，冷盘的精致，热菜东安子鸡、发丝百页、清炖龟肉、红烧狗肉、水鱼裙爪、波菜三鲜汤、红煨蹄筋的地道湘味，小吃臭豆腐、鸡丝米粉的鲜香，赢得了主席的啧啧称赞。出于怀念，如今的火宫殿人把这席菜取名为"主席宴"。2002 年在第十二届中国厨师节上被认定为"中华名宴"，获得 2002 年年度行业最高奖"中华金厨奖"。

如今，在火宫殿，厨师们还是在用一些普通的原料烹制美味佳肴，因为他们深知：今天之所以留传的，正是先厨们用拿手的好艺、普通的原料做成的美味。要想让今天的美食和传统的小吃继续流传，得认真地发扬先厨们的传统作风。

火宫殿还办起了一年一度的红薯美食节。一时间，红薯粉蒸肉、红薯小炒肉、花蟹薯粉等等，成为都市名流雅士权贵小资们的时尚佳肴。他们用普通的黄豆、玉米、小麦巧手做出的富含植物蛋白的素菜如素鸡、素梅花、财旺鸭、素牛腩、谷香素鱼，几可乱真，看上去像荤食，吃起来却是地道的素食。难怪我国著名经济学家厉以宁惜别火宫殿 51 年后，于 2002 年 6 月 15 日再次来到火宫殿品尝湘菜、风味小吃后，感到风味不减当年，欣然题诗盛赞"艺绝声名远，情深客白来"，印证着流传长沙两百余年的那句民谣：进门火宫殿，出门钱圆工（乾元宫的谐音，意即为饱享美食不惜倾囊）。

……就是这些手艺的世代相传，成就了火宫殿湘菜食文化与火庙文化的交辉相映与博大精深，庙会、庙戏、庙食——湘菜小吃，汇成庙市，真实写照着三湘大地千百年来淳朴的民俗民食民风。

京杭运河淮扬鲜

三月的江南运河，静静地流淌。

这条源自隋唐的运河，连通了北京和杭州。二千多年来，水运兴盛与逐水而居，孕育了沿岸城市的文明。

就美食而言，从南京到北京，那是一条鸭子北上的路，从南京盐水鸭开始到高邮咸鸭蛋，构建了鸭全席的精华，到了北京，烤鸭成为世界了解中国味的首选。

而从北京到扬州，那曾经是一条宫廷御膳南下的道，江南的家常味道打上了奢华的烙印。

从北京的宫廷满汉全席，到扬州盐商的满汉全席，从运河上的船菜，到瘦西湖的船宴，从北方菜的代表鲁菜，到江南菜的代表淮扬菜，因为曾经的盐商贵族所爱、南北厨师的汇聚，相互影响，赋予了本来精致的淮扬菜更加大气与更大排场的能量。

扬州，因运河而盛，盐运的起点，帝王南巡的终点。

走在扬州的运河两岸，杨柳依依，春风轻拂，运河遗韵仍然隐隐约约地以各种方式存在着，古老的运河虽然繁华不再，却留下了淮扬菜的春鲜、夏淡、秋爽、冬厚，四季分明地呈现了淮扬菜的四时味道，原汁原味，清鲜平和，咸甜适中，隽永而清雅。

淮左名都"三头宴"

"淮左名都，竹西佳处，解鞍少驻初程。过春风十里，尽荠麦青青……"这是宋代词人姜夔的《扬州慢》。这是不是淮左名都酒店最早的历史典故？我不得而知。但淮左名都的扬州传统特色名宴"三头宴"一上来，我就知道这席面的底蕴与主人的盛情。扒烧整猪头，油亮舒展；玉白狮子头色白如玉石圆润饱满；拆烩鲢鱼头一派素雅中浓缩出鱼头的浓鲜。三头汇于一席，头头是道。淮左名都的韦董事长介绍，市场上会做扒烧整猪头的已经很少了。席前的这份猪头，烧得"酥烂脱骨而不失其形"，色红肉糯，肥而不腻，甜中带咸。

狮子头是扬州传统名菜。传统做法的狮子头，一般来说，猪肉肥瘦各半，细切粗斩，所以狮子头又有葵花大斩肉之称。切成葵花子小丁后加盐、摔打上劲，和入荸荠碎丁，捏成拳头大小的球，或油炸定型，再红烧，滋味浓厚；或氽水定型，再清炖，或者隔水蒸透，松软鲜嫩。季节不同，狮子头的配料也可以变换，春天里河蚌鲜肥，有河蚌狮子头，冬天风鸡狮子头当时，秋天蟹肥，有蟹粉狮子头。夏天花样更多。鮰鱼肉剁碎，拌入肥肉丁、萝卜丁捏成球，用面筋一包，清炖，是"鮰鱼狮子头"，极清鲜。还有一个有特色的蒲菜狮子头。蒲菜织席放砂锅中，猪肉细切粗斩，蒲菜去壳取嫩茎剁碎，和入肉中，做成肉丸，汆煮定型，放入砂锅里的蒲菜席上，加盖，微火慢炖2小时，清淡嫩滑，鲜而不淡。

淮左名都那天给我们上的"玉白狮子头"，非常雅致。用鱼茸、萝卜泥为料捏成球清炖，洁白如玉，口感鲜嫩。

盐水鸭、盐水老鹅、扬州炒饭

盐水鸭、盐水老鹅，也是扬州特色。用一锅留存了几十年的老汤老卤卤出来，味厚咸鲜肉弹牙。

素烧鸭也是名菜，虽然很普通，但很有味。用豆皮包着鸭肉烧出来，嫩鲜多滋，醮一点点陈醋入口，很爽。比起老卤，用盐水汆出来的盐水虾色正味鲜，一股清鲜冷袭。而水晶虾仁是一种嫩鲜，鲜得索利清爽，无油、无芡、无汁，用传统的手法，赋予了这些食材时尚的鲜滋妙味。

说起扬州炒饭，陪同我们一起吃饭的江苏餐饮行业协会于会长告诉我们：一定要炒出金丝。金丝是什么？既要把蛋黄炒得包在白米饭上，又要把蛋黄炒成金黄色的细丝。传说最好的扬州炒饭在个园。

个园，两淮盐业商总黄至筠的住宅。黄至筠很讲究吃。据说为了让鸡蛋更鲜更营养，他在个园用海鲜喂鸡，再用这些鸡生出来的蛋做扬州炒饭，还要把蛋黄炒出金丝来粘在饭粒上。

狮子楼软兜长鱼清蒸鲥鱼

吃过很多鳝鱼，黄焖、油酥、干煸、清炖，可是当吃到狮子楼的淮扬软兜，还是感觉独具一格。

淮扬人习惯称鳝鱼为长鱼。有师傅介绍，古淮扬人余制长鱼，要将活长鱼用纱布兜扎，放入带有葱、姜、盐、醋的沸水锅内，余至鱼身卷曲，口张开时捞出，取其脊肉烹制。这样烹制出来的鳝鱼肉十分醇嫩，用筷子夹起，两端一垂，像小孩胸前的兜肚带，吃的时候可用汤匙兜住，叫"软兜长鱼"。

清光绪十年的时候，两江总督左宗棠视察云梯关淮河，淮安知府特地从车桥请厨师做了一道软兜长鱼，左大人品尝后觉得非常美味，就推荐这道软兜长鱼作为淮安府的贡品之一，送到北京恭贺慈禧七十大寿，可见确实好吃。

"江南鲜笋趁鲥鱼，烂煮春风三月初。"郑板桥一个"趁"字，把扬州人喜欢拿鲜笋搭配鲥鱼的吃法，写得生动诱人。鲥鱼用笋增鲜，绝配。鲥鱼肉细嫩，不过，扬州烹饪界的朋友告诉我，蒸鲥鱼是不打鳞的，说"鲥鱼的味有一半在鳞上"。吃鲥鱼的肥嫩鲜美季节，也就在阳春三月四月天，有"鲥不过端午"之说。有段画家与美食的逸事：20世纪50年代初端午节的前一天，徐悲鸿差人给齐白石拜节，附上一封信，这样写道："白石先生：兹着人送上清江鲥鱼一条，粽子一包，并向先生拜节。鲥鱼请嘱工人不必去鳞，因鳞内有油，宜清蒸，味道鲜美。敬祝节禧。"

鲥鱼多刺，肉嫩鲜。张爱玲曾感慨人生有三大遗憾：鲥鱼多刺，海棠无香，《红楼》未完。狮子楼的吴松德大师把清蒸鲥鱼端上来，银白色的鲥鱼上整齐地铺着几片火腿片、春笋片、香菇片，热气腾腾，飘出淡淡的香。我照例先用筷子拨了一匙鱼鳞放口中一呡，口感丰厚的鱼鳞瞬间变得薄薄的，汁溢于齿舌间，鲜美清香。

当下的鲥鱼名贵，与目前的长江鲥鱼已绝有关。现在市场上号称长江鲥鱼的，多来自缅甸或专业养殖。

江南一品灌汤黄鱼

到了京杭大运河边的扬州菜馆江南一品，店门口外墙上"淮扬菜传承基地"格外醒目。江南一品的王总在这里设晚宴招待我们。

好客的扬州江南一品王恒余董事长给我们上了一个独特的黄鱼——灌汤黄鱼，比清蒸黄鱼更显浓鲜。王恒余董事长是非物质文化遗产传承人，他说，黄鱼出水就不能养活了，灌汤起一个提鲜活味的作用。从黄鱼的嘴里把切成小丁的鲜料带汁灌入腹中一蒸，怎一个"鲜"字了得？

民间有说"当裤子，买黄鱼。"《真州竹枝词》中《买黄鱼》也说得形象："归来低与细君言，新到黄鱼市口喧。只恐过时无处买，拼教当却阮郎裤。"等等，从这些以往的记载可以看出扬州人特别喜欢黄鱼。我在江南一品吃到的这道灌汤黄鱼，也确实是值得"当掉裤子去换"的美味。

上海南翔小笼包与鸽蛋圆子

　　"轻轻提，慢慢移，先开窗，后吸汤，蘸蘸醋，细细品，小心烫。"坐在上海城隍庙旁的南翔，南翔小笼的朱维祥总经理指着刚刚端上来的姜丝醋碟、蛋丝葱花汤，告诉我们吃小笼包的方法。

　　南翔小笼包皮薄、馅丰、汁鲜、味多，要出笼就吃，只有"人等小笼、没有小笼等人"的搞法。这样的热烫小笼蘸上香醋一吃，鲜软中感受到的是清爽微甜的味道。

　　"南翔小笼"经营有方，实行分时分楼层多品种多价位的销售模式。

想实惠点，就在一楼的外卖窗口排队，可买到十多块钱一笼的鲜肉小笼包，这个价格从80年代以来一直没有变，把便利和实惠留给了这个城市的老顾客。一个懂得感恩的老店。

往二楼三楼去，品种多一点，价格也贵一点。在保持原有传统鲜肉小笼的基础上，创新推出了蟹黄、蟹肉、虾仁、野菜、松茸、香辣等十几种口味的小笼包，各取所需，形成了比较合理的赢利模式。

南翔小笼包特色是小巧。说"小"，是个小，看起来就像一个荸荠，蒸熟了的小笼包倒出来的汤汁就一调羹为好。说"巧"，是精致。南翔的小笼都是16个褶子，褶子越多顶头越薄，口感越好，包的馅料也越多。

我第一次去吃南翔小笼包是20世纪90年代末。我在又一村上班。那时又一村的小笼蒸饺很出名，想引进小笼包。那年冬天，在湘点大师张力行的陪同下，我、辛哥和老彭一起去学习南翔小笼包。

一交流发现，好东西之所以流行，是因为尊重传统手艺。要做好一个小笼包有很多讲究。擀小笼包皮子的面粉用多少高筋中筋低筋面粉、熬肉皮冻、制馅，都有祖传的秘密，一丝不苟。南翔小笼包的长盛不衰之道，就在于对好的传统的坚守。

吃也讲究。小笼包配蛋丝葱花汤是南翔的经典吃法。小笼的鲜，蛋丝的嫩，绝配。后来听说那蛋丝是鸭蛋做的，喝起来没一点腥味，还特别的香，真是功夫了得。

后来，在正大广场的廊亦坊吃到了鸽蛋丸子，更小更精更靓丽的美食。

用糯米粉子裹上糖、白芝麻和薄荷香精的馅，蒸出来形如鸽蛋，洁白如玉，冷而不硬，甜而不腻，一口嘣下去，滑嫩，细腻，柔软，甜鲜，清凉。

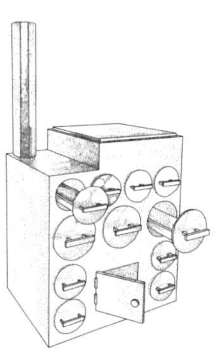

黄河涛声依旧

擀面杖也不甘寂寞滚动着灿烂的麦作文明

和蓝花花信天游一样动人

品饮黄河之滨

泰山爆三样与孔府鬈肉

"岱宗夫如何，齐鲁青未了。"登上泰山远眺，"一览众山小"，当年杜甫真是说绝了。

在泰山上下五千年历史长河中，先后有 72 位君王和 58 位皇帝登泰山封禅。正因如此，泰山被奉为五岳独尊。

泰山尊，鲁菜兴。鲁菜与五岳独尊的泰山、三孔曲阜圣人的仁礼、水泊梁山的仗义一样深入人心。

读读《论语》就知道，二千多年前，孔子就给鲁菜订了标准："食不厌精，脍不厌细。""割不正不食""不时不食"……

千百年来，鲁菜长期位居北方菜的首位，稳如泰山。

我们一行 6 人慕鲁菜之名来济南，想看看中国鲁菜美食节的鲁菜展。可是等我们赶到，会展中心提前撤展了，我们只看见展台上拆下来的松鼠桂鱼栩栩如生，葱烧海参又大又长。

参观展台没赶上，晚上只好去寻鲁菜名店老字号。

首先考虑的是燕喜堂。我们按照导航指引，前后花了两个多小时，找到两家燕喜堂都没开了。

换一家吧。去经五路11号的聚丰德饭店，又是一个小时的车程。饭铺灯光微暗，菜谱贴在收银台对面的墙壁上，一道菜一张照片，看起来菜不少。我们点了些传统鲁菜，九转大肠、芫爆里脊丝、油爆双脆、火爆腰花、蒜爆羊肉、溜肝尖、白扒肚片、香辣干丝、山珍鱼丸汤、手撕巴鱼、陈醋四宝、清炒鸡毛菜，十二个菜，一大桌。

九转大肠很快就上来了，一个长条形平盘，一边是转成筒的肠子，一边拼着肠子大小的生黄瓜段。九转大肠，名字很好听，说穿了就是卤大肠，酸、甜、香、辣、咸五味俱全，色红，软嫩，咸香，味浓，回味悠长，配上生黄瓜一嚼，味觉的跳跃让清脆冲淡了五味的厚腻。

鲁菜以"爆"见长，重火功，精于制汤，注重用汤，烹制海鲜海味堪称一绝，丰满、实惠、大气。

鲁菜烹调中"爆"的手法和味型很多，油爆、酱爆、葱爆、芫爆、汤爆、盐爆特别出彩。内行说爆出来不仅要有外"口儿"，脆嫩，而且还得有"里味"，鲜美。

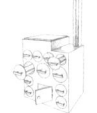

我们点的火爆腰花、芫爆里脊、蒜爆羊肉，算是和"老爆三样"同样的做法，是老手艺人做起来有讲究的菜。"老爆三样"非鲜肝不用，非里脊不浆，非干净的肠肚不爆，爆油滚炒，碰汁调味，一出锅，肝的脆嫩、肉的滑润、肠或肚的软嫩，质感分明，酱香出生，鲜香味丰。

菜一上来，我们细品慢尝。

火爆腰花，质地很嫩，刀工有点粗，穗叶状，红褐色腰花上裹着浓油赤酱。

芫爆里脊，猪里脊加香菜一爆，白绿相映，鲜嫩清爽香辣，有胡椒粉的味道在里面。

蒜爆羊肉，新鲜的羊腿肉切成薄片，入味上浆，入热油滑熟，然后与熟蒜片急火同炒，镬气足，蒜香咸鲜。

第二天在游览了趵突泉后，我们去大明湖对面的闫大师开的鲁菜馆"闫府"吃中饭。吃了一个鲁菜名菜一品酥锅，里面的藕切成片深褐色，白菜很软转黄，豆腐深黄，海带切成鞋带宽，质地柔软，又甜又咸。

酥锅有点像我们的卤锅。什么都可以放卤水里一煮，酸咸甜香酥烂。猪蹄豆腐白菜少不了，用的是慢火，叫慢慢酥，味道浓浓的。也有"穷也酥锅，富也酥锅"一说，尤其是过年，在济南不打酥锅就少了一份年味。

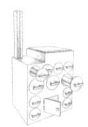

这家的葱烧海参，精致位上，品相不错，口味软烂。

把子肉，传说这是刘备、关羽、张飞三人拜"把子"时的下酒菜，我们在闫府吃到的这个传统鲁菜名菜像酱肉，裹着酱色的肉皮冻胶状物，冰凉的。用五花肉、豆腐、酱油一锅子煮出来，酱色浓郁。

后来上的闫府二酱、酱烧大黄鱼，也是色深，味咸。

第三天，我们到达曲阜，孔子的家乡。

走在曲阜街头，打着孔府菜招牌的店子一家挨着一家。孔府菜，孔府家菜，看到了花揽鳜鱼这道名菜，感觉和湘菜名菜"网油叉烧鳜鱼"有相同的地方。

曲阜孔府鬶肉给我留下深刻印象。把五花肉、油豆腐、肉卷放在鬶中炖煮至熟烂，软糯清鲜出味，我喜欢吃。借着游孔府的游兴，用孔府鬶肉下了两碗饭。

槐花饼也特别好吃。槐花、鸡蛋、面粉调糊一煎，酥嫩含香。

菜煎饼，是另一道主食。将白菜、豆腐切丁、粉丝、红萝卜丝放盐炒熟，加大葱、蔬菜、辣椒粉拌匀，铺放在面饼上，再盖一层面饼，煎至两面白色转黄，切分成块，饼香酥脆，馅鲜味辣。煎饼厨娘说："我们一天可以不吃米饭，不能不吃菜煎饼。"

孔府熏豆腐将整片烟熏火燎后的豆腐，放入肉清汤中一煮，

再加入西红柿、小白菜煮沸，在清鲜中飘荡着烟熏的香。因一锅清水沸腾而变得清鲜有味，也是曲阜的特色。

说到熏豆腐，记起泰安的豆腐宴，一席九菜，都以豆腐为主料制作。我们没全吃，但吃了其中一道"泰山三美"。我们从泰山桃花峪索道下来，在泰山脚下农家小院午餐。菜谱就是一个大黑板，一眼就看到了"泰山三美"，其实是白菜、豆腐、水做成的汤菜。

我们也在胶东风味的"老船长"吃了一顿海鲜，基本是原汁原味，不过还是有些咸。

走到哪，都有煎饼卷大葱。饼柔带劲，葱嫩含香，一口咬下去微甘。

齐鲁大地位于胶东半岛，东临渤海、南临黄海，山东半岛的独特气候滋润着齐鲁大地，渤海湾的海鲜、章丘的葱、兰陵的蒜、莱芜的姜、胶州白菜、潍坊萝卜、寿光韭菜……为鲁菜提供了高品质的食材。

我们一路上遇见的鲁菜多偏咸，芡多，油厚，色深，或者这也正是鲁菜的特征。

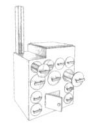

西安白馍·肉夹馍·羊肉泡馍

一下飞机，西安的地陪导游把我们接上了进城的客车。导游很敬业也很幽默，一路上滔滔不绝地给我们讲起游西安的段子。他说，到了西安，干好两件事就行了，一是看陵，读史；二是吃馍，品味。

就这么简单？

他调侃说"上海看全国都是乡下，西安看全国没有历史文化。中国有十三个王朝在西安建都，大部分帝王都葬在陕西。把陵看完了，大半中国历史文化就清楚了。"

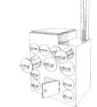

"在我们陕西，能与世界第八大奇迹'兵马俑'相提并论的，还有羊肉泡馍。所以到了西安一定要吃馍。"

导游又风趣地说，"陕西又称三秦，三秦的饮食很怪，'面条赛腰带'，说的是面条宽。'锅盔像锅盖'，说的是一种面食大饼。'辣子当做菜'，三秦女儿和你们三湘父老乡亲一样，吃菜爱辣。"

"再说这馍，就有白馍、肉夹馍、泡馍之分。泡馍，有羊肉泡馍、牛肉泡馍、羊血泡馍、猪肝泡馍、葫芦头泡馍等，各种馍加在一起，有上百种。""简单吗？"

"如果你把西安的馍都吃完了，算你了解三秦的饮食文化入了门。"
"口气不小。"

不知不觉车已到酒店门口，下车先用餐。呼啦啦红红绿绿十个大菜上来了，外加一大盘白馍。路途劳累的我早已饥肠辘辘，再加上导游车上一顿猛吹，我近水楼台，先摸上一个白馍吃起来。

这白馍，还真白。但是冷的，巧的是松软有弹性，味道比我们德园刚蒸出来的热馒头有过之而无不及。儿子很喜欢吃，一连吃了四个。第二天，我们往延安跑，一天下来，导游问我们，白馍好不好吃？儿子大声一喊"好吃"。

"你今天吃了多少个？"导游问。

"十六个"全团人大笑。

肉夹馍，其实是馍夹肉。馍夹肉因为怕同音"没夹肉"造成误会，干脆叫"肉夹馍"了。

从延安回到西安，我们来到回民街。只见满街羊肉串、烤羊腿、凉皮、凉面、锅盔……各种风味小吃琳琅满目。在标准的不干胶汉字提示下，我们在众多的美食中发现了肉夹馍。

我们来了一个羊肉夹馍。羊肉是用青椒炒的，肉碎且嫩。整个肉夹馍看上去像个汉堡，但没有奶油和青菜。吃起来，肉又辣又嫩，馍又酥又香。

同伴中建哥是不吃牛羊肉的，干坐望着我们满口鲜香的惬意而闷闷不乐。突然间服务员送来一份炒饭，他一脸微笑，"来给我"。一对单，没点。在服务生想端回去时，他早已一匙下肚，忙说，我们加一份。

泡馍，异于肉夹馍。同为馍，异在泡。

最值得回味的，还是在西饮。西安饮食集团总经理王一萌先生不仅让我们尝了鲜，而且还让我们学到了很多提升老字号经营品位的经验。一萌兄擅长国画，不仅艺术修养高，而且饮食文化钻得透。

那天的晚宴设在钟楼广场老字号"同盛祥"。

一进门，一幅"观帝王都文化胜迹，品同盛祥泡馍风味"的诗句进入我的视野，让我感受到了这个国家级非物质文化遗产同盛祥的历史厚重：能与帝王古都文化一比的，舍我其谁？从西安民间流传的一个段子得到验证："提起长安城，常忆羊羹名，羊羹美味尝，唯属同盛祥。"

我和王总是老朋友，不过他是行业老大哥，餐饮做得好，在很多年前，他就把传统餐饮经营由品牌化经营升级为资本化运营，将资产证券化，实现品牌价值最大化。

老朋友多年未见，大哥一片盛情，还特意安排刘总、冯总作陪。他说，平时国家领导人来了就在这品我们的羊肉泡馍。

一看席面就很隆重，光泡馍就端出十六种吃法让我们选点，真让我们感动不已。

席前的骨碟上置一个大碗，每个碗里都放一个小小的馍，馍上浮雕有"同盛祥"三个字，做工小巧精致。我们学着王总的演示，将馍掰成黄豆粒般大小。然后，身着蓝白条相间衬衣的服务员把切得整齐的羊肉、牛肉端到跟前，一位位征求大家意见，是要羊肉泡还是牛肉泡？选中了，就小心将其夹入掰有馍的大碗中，微笑服务，细致入微。然后，由客人从碗前方的煮馍工艺选择台上选择自己喜欢的烹煮工艺。台上放有八个绿色小圆牌任选组合，分别标有"水围城""口汤""干泡""小炒""素泡""口重""口轻""油少"。选中做法后，将小圆牌放到骨碟上，连同馍送入厨房，按牌烹煮。

大约十分钟后，我选的"口重""油少""水围城"羊肉泡馍来了，热气腾腾，闻到一股浓浓的羊肉鲜香。随同一起上的，还有三碟位上佐料：糖蒜、辣酱、香菜。我一一夹入调味拌匀，三扒两撬扑通下肚，爽。本已酒醉的我吃下这水围城羊肉泡馍，顿觉今宵酒醒。忙举起酒怀衷心感谢王总：要向大哥学习，小吃食做出了大文章，小品牌赢得了大市场。能将一个大众化的凡间俗品做得如此有品位、有文化内涵、有娱乐感、高附加值，真是"羊羹美味尝，唯属同盛祥。"老百姓说得一点不夸张。

　　在此之前，对泡馍的了解，只是读过贾平凹先生的一篇《羊肉泡馍》。

　　骨，羊骨，全羊骨，置清水锅大火炖煮，两时后起浮沫，撇之遗净。放旧调料袋提味，下肉块，换新调料袋加味。以肉板压实加盖。后，武火烧溢，嘭嘭作响，再后，文火炖之，人可熄灯入睡。一觉醒来，满屋醇香，起后肉烂汤浓，其色如奶。此羊肉制法。十分之九面粉，十分之一醇面。掺合，搓匀，揉到。做膜胚二两一个，若饦饦状，饦边起棱。下整，烘烤，可悠悠温酒，酒未热，则开整，取之平放手心，在上骚骚，手心则感应发痒，此馍饼制法。食客，出钱并非饭来张口，净手掰馍，碎如蜂……

　　从这次亲身经历得知，泡馍成品有四大环节：一是煮肉熬汤。用羊肉或牛肉熬出一锅鲜肉老汤很关键。二是烙馍，行话叫打饼，学名叫"饦饦馍"。烙出来的馍要做到"色白不生，皮黄不焦，入汤不散，酥脆生香。""虎背菊花心"。三是掰馍，标准是掰成黄豆粒般大小。按贾平凹先生的说法，是蜂头般大小。这需要真功夫，厨师从掰出的馍，能一眼看出顾客吃馍在不在行。往往看到大小均匀的黄豆粒大的馍，厨师煮馍会越发尽心精烹，知道行家来了，不敢怠慢。四是煮馍。有干泡、口汤、水围城之分。所谓"干泡"，即汤入馍，吃后碗内无汤；而"口汤"，是吃后碗内仅剩一口汤；"水围城"，馍在中间，汤在周围，最后，汤、汁、馍全吃光。

另外一种吃法，不煮，叫"单走"。馍单独上，另上一碗带汤的牛羊肉，就着汤吃馍，馍在肚中泡。

这种吃法，是我们离开西安上飞机前的早上吃的。王总安排我们在被誉为羊肉泡馍"天下第一碗"的百年老店"老孙家"。陪我们去的冯总风趣地说，大家为什么今天单单要走？所以早餐就来一个"单走"。每人一个大馍，如同我们九如斋的大发饼大小，每人一大碗牛、羊肉汤，一口馍，一口汤，快咬慢喝。虽说是"单走"，其实也不简单，席上还配上了十冷碟，精致有余，冷香袭人。大碗羊肉汤、牛肉汤热香开胃，汤浓肉香，料重味醇。

那一顿"单走"，飞回长沙还口有余香。

回味西安，"西饮"文化一如盛唐。巧手一烹，凡间俗品做成了皇家御品，博大精深，源远流长。

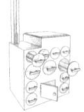

一碗碗带着汤水的菜，装盛在古色古香的青花瓷碗里依次上席。前八品、四镇桌、八中件、四扫尾，一上就是24道菜。其中热菜16道，道道非汤即水，非酸即咸，清则见底，浓则乳白，有冷有热，有荤有素，上一碗吃一碗撤一碗，依次反复，像流水一般。这就是当年武则天赞不绝口的"洛阳水席"。

1999年12月28日，洛阳酒家"新千年湘菜美食节"开幕。应洛阳酒家集团之邀，我带湘菜大师简忠姚、周国强等10位湘厨参加。我们准备了腊味合蒸、发丝百页、剁椒鱼头、红烧肉、臭豆腐等十几道传统湘菜小吃，与他们进行为期10天的豫菜、湘菜技术交流。中国烹饪大师、洛阳酒家集团董事长姚焱立先生首先以百年老店"真不同"水席宴相迎。身着宫廷服饰的服务员边敲锣边上菜边说唱，说古道今，谈味讲艺。

"味走正中，重水上汤。"姚董事长说。"洛阳水席整个一桌菜都带汤放醋，像流水席一般地开，水席因此而得名。主要以煮、炖、烩等烹调方法烹制。烂、酸、香、咸、胡椒辣是它的特点。"

随着一道道菜上来，我感到这一桌水席，不仅展示了六朝古都中原文化的历史厚重，也展示了豫菜文化的丰富，还展示了中原酒文化的浓情，深感水席文化博大精深，历史悠久。一席24道菜，也象征武则天当朝24年，这样的水席是河南历史悠久的特色民俗饮食文化精华。

牡丹燕菜是头道热菜，最负盛名。这道菜主料就是萝卜丝，酷似燕窝，装盘形如牡丹。当年周恩来总理用水席宴请外宾时曾说，水席还是定名"洛阳牡丹水席"为好。它和传统的洛阳牡丹花会、古老的龙门石窟并称为"洛阳三绝"。

席上，姚董事长笑眯眯地说，在洛阳，主人敬客人的酒，主人喝一杯，客人要喝三杯；客人回敬主人酒，也是客人先喝三杯，主人只喝一杯。这是对客人的敬重。我们这次同去洛阳的湘菜师傅大部分不胜酒力，请求主人通融，主人说这没办法，这是我们的习俗。未等水席上完，喝酒车轮战已过数巡，师傅们一个个都说"醉得不行了。"那一晚，醉了水席醉了酒。

湘菜师傅们说："这个请客喝酒的办法好，等洛阳朋友来长沙，我们也要主随客便随他们的酒俗。"

京城胡同羊蝎子

在北京的胡同里吃羊蝎子，能感觉到"好肉长在骨头边"。

羊蝎子并非蝎子，是用羊脊骨炖出来的美味。因为羊脊骨形状有点像蝎子，所以叫羊蝎子。据说是满族人入关带到北京的，现在已经算是传统名吃了。北京人爱吃羊蝎子，大小胡同多有卖羊蝎子的馆子。

我多次去北京，总是来去匆匆没有去吃。

直到2000年初春，我和飞哥、奇玉去北京参加由中国烹饪协会和劳动部联合主办的首批全国餐饮业职业经理人的培训学习，借着课余闲时，在住地"职工之家"的后街小胡同里，找到了一家吃羊蝎子的火锅店，店小，精致，满客，满屋羊肉醇香。我们仨来了一锅羊蝎子，一锅十斤，45元，实惠。锅是广口铁锅，锅中羊脊骨堆成山形，汤浸至半山腰，热气腾腾，醇香浮动。闻着骨香，每人还叫了一瓶红星二锅头。

"用手抓、用手抓。"飞哥看到我用筷子夹着一块羊骨啃起来有点啃不到肉的尴尬，连声对我说。

"筢头不如手快。"筷子一放，顺手一抓，先啃肉后吸骨髓，再一口"二锅头"润喉，爽！

"吃羊蝎子讲不得斯文秀气。"飞哥说，"北京人都习惯用手抓着吃，油而不腻，瘦而不柴。"

确实，大块吃肉、大口喝酒，才像是到了北方，豪爽。骨子里，南方人饮食是另一种风格。近年来，湖南流行吃筒子骨。虽然筒子骨是大盆大盆卖，但吃的时候每人要发一双塑料手套，一根长长的吸管。正如上海人吃闸蟹一样，是用牙签签出骨头缝里的肉一点一点地吃，一只蟹可以吃上大半天。北方人是赤手大抓，大口深吸。各自以不同的方式寻找和享受饮食快乐，应该是南北食俗民俗差异使然。

不知不觉一锅子羊蝎子、六小瓶二锅头快乐下肚，酣畅淋漓。多少年过去，那羊骨的鲜香，二锅头的醇香，依然深藏在味蕾的记忆里。

去一趟北京的胡同不容易。说来也巧，有一年，我们计划整体恢复30家长沙餐饮老字号，让这些门店集群式进驻坡子街附近。

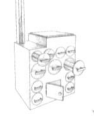

正在进行招商的时候，一个小伙子找到我说，能否给一个店面做北京的涮羊肉和羊蝎子。按规定，招商只限长沙本土餐饮老字号，但一听是做羊蝎子，那北京胡同里面羊骨香的记忆，一下子就打破了我们的招商清规：行，引进一家外地特色也好。

就这样，北京羊蝎子顺利地进驻了长沙民风民俗美食一条街——三王街。小伙子经营有头脑，原材料从内蒙古进过来，按照老北京的火锅方式经营，又结合长沙人爱辣厚味的饮食习惯，增放了一个调料台，干椒粉、剁辣椒、姜末、葱花、蒜泥、香菜末、辣椒油、芝麻粉、腐乳汁、孜然粉、胡椒粉十几种调味料依次整齐排开任选，甚是丰香，一看，就想吃，一吃，就上瘾。

羊蝎子凭什么俘获南方人和北京人的心？可能因为它春清内热，夏消暑燥，秋能聚敛，冬行温补，强身补钙。何况羊蝎子还汤鲜、味浓、骨香、肉嫩、髓稠、味美。

德发长的饺子宴

1994 年 12 月底，来自西安的德发长在长沙奇峰阁酒家作了为期一周的精彩技艺交流活动，那惟妙惟肖的戏水金鱼饺、形态逼真的出水莲蓬饺、荔枝饺、核桃饺、玉兔饺……新鲜出炉的每一个饺子都是一件艺术品。

当时的《湖南日报》以"西安饺子香长沙"为题作了专题报道：

擀面杖翻飞，一片片又匀又薄的面皮儿便如雪片般飞向案台，五双巧手或捏或揉，或剪或刻，于是一只只神似花鸟鱼虫、飞禽走兽等各种形状的饺子，便活灵活现呈现在食客们面前，令人目不暇接，食欲大动。

这是 1994 年 12 月 22 日，来自西安著名饺子馆——德发长酒店的 5 位面点师，正在长沙市奇峰阁酒家传经献艺。他们这次是专程来长参加全国十二城市联谊厨师节的。据随同来访的德发长酒店副总经理高随娥介绍，"德发长"的饺子宴荟萃我国各地饺子风格，采用多种原料，包括高档的鱼翅、鲍鱼等山珍海味，以及普通的时鲜蔬菜甚至野菜等制成馅料，通过蒸、煮、煎、炸、烙、烤等多种熟制方法，烹饪出咸、甜、麻、辣、酸、怪等多种口味。饺子造型综合捏塑、雕塑、组合、点缀等技艺，花鸟鱼虫千姿百态，生动传神。"德发长"的饺子宴因"一饺一形、百饺百味"而形成了美味珍馐与艺术观赏融为一体的独特风格，被誉为"千古风味"。

那时，我正在奇峰阁当经理。全国厨师联谊会组委会安排老字号奇峰阁接待来长沙献艺的西安老字号德发长。

德发长创建于1936年，是以经营饺子宴而享誉神州的中华老字号。当时德发长的饺子宴有219个品种，组合成为迎宾宴、吉祥宴、龙凤宴、三鲜宴、罗汉斋宴等数十个宴种。一周的时间里，他们在奇峰阁展示了吉祥宴、风味宴、流香宴，给长沙人民带来了前所未有的饺子美味享受。

饺子宴也是先上凉菜6道，热菜6道，再加上饺子22至28道不等，最后上水果。一席饺子宴30至40个品种，高山流水，款款而来。

这些精致小巧可爱的饺子，除了刷新我对黄河两岸饺子比较粗糙的印象之外，还引发了对人文地理的形象了解。比如，当我吃到了里面有13孔莲藕饺子时，服务员说这饺子的13个孔代表着历史上有13个朝代在西安建都。她们把西安厚重的古都文化都包进了这个出彩的饺子里。吃一次饺子宴，是在品一次西安历史。也有简单的酸汤水饺，在酸酸辣辣中又感受到食物的简烹带来的另一种轻松与舒畅。

最令人快乐的是吃那珍珠饺子太后火锅，神秘有趣。

人们吃着各式美味饺子推杯换盏正热闹，服务员突然把包厢里的灯灭了，点燃桌上雕着祥云龙腾的大古铜火锅，蓝蓝的火焰从镂空的古铜火锅周围升腾出来，火锅迅速沸腾起来，身着旗袍的服务员将火锅里那些小如珍珠的饺子盛到大家的小碗里，说：各位好，刚刚盛到您碗里的是当年慈禧太后喜欢吃的太后珍珠饺。大家品尝之前，请先数一数碗里有多少个珍珠饺子。吃到一个呢，是一帆风顺；两个，双喜临门；三个，三六九，往上走；四个，四季发财；五个，五子登科；六个，六六顺；七个，七星高照……从 1 到 10，客人吃下去后都是吉祥如意。换来一阵阵愉快的笑声！

历史总是在不经意间重复。15 年后，当年负责接待德发长的奇峰阁副总经理谭飞早已是火宫殿总经理。在 2009 年的冬天，谭飞总经理发出邀请，德发长的总经理牛领弟在西安饮食集团公司王一萌总经理的带领下，一行 12 人来到坡子街火宫殿，又带来了德发长的关中风情饺子宴。听着戏台上一折折花鼓戏的湘音，我又一次在自己的碗里，寻找吃到了多少太后珍珠饺子的秘密与乐趣。

兰州牛肉面

黄河在兰州转了个弯，沿贺兰山脉穿越河套平原东去。

我在从敦煌开往兰州的绿皮火车上一觉醒来，已经到达兰州站。在高速发展的高铁时代偶尔坐坐绿皮慢车，有时光倒流的感觉。

出站，来到马有布牛肉面馆。

马有布的墙上挂着"中华老字号"的招牌，店铺里坐满了吃面的客人。从收银台旁的价格表看到，可以叫一个"光头面"，码子可以另外买，那些煮熟了的牛肉大块大块地摆在玻璃柜里，要多少切多少。只有两个人在厨房忙碌，但丝毫没有影响满堂客人的快速用餐。

"古老的水车悠悠转，羊皮筏子赛军舰，吉祥葫芦牛肉面，还有百合与洮砚。"顺口溜总结了兰州特产，这牛肉面就是我今天要吃的。据说起源于光绪年间一位叫马保子的回民厨师，他先是挑着扁担沿街叫卖，就地起灶搭锅现煮，叫吃"热锅子面"，后来开了家店铺，结束了沿街叫卖，进店吃面的客人，都能免费喝上一碗牛清汤，名声大振。马保子的牛肉面汤清，面条黄亮，配上白色的萝卜、红色的辣椒油、绿色的香菜、蒜苗，确实逗人喜爱。人说"兰州人三天不来个'牛大碗'就心火难耐"。

我吃完一碗马有布牛肉面，给坐着绿皮火车哐当哐当了一晚上的自己温和醒胃。

面果然特别有劲道，色泽金黄，牛肉的鲜香特别浓烈。这或许就是在兰州人的饮食生活里，一清早起来特别爱赶一碗头锅牛肉面的理由。

我了解过，就像"杨裕兴的面，牌子多"一样，兰州牛肉面牌子也不少。很多行话诸如毛细、二细、三细、二柱子、大宽、薄宽、皮带宽、韭叶子、荞麦棱子、一窝丝、汤宽些、面多煮一会、萝卜多点、蒜苗子多些、香菜少一点……各取所爱。

与长沙做面喜欢放食用碱不同的是，兰州人揉面掺蓬灰，一种长在戈壁滩上的蓬草烧制而成的碱性物质。一包面粉在"三遍水，三遍灰，九九八十一遍揉"后，揉出的面散发着一种特殊的香味，手一拉，敞锅宽水一煮，爽滑透黄、筋道有劲。

对于兰州牛肉面，熬一锅牛肉清汤是必须的。牛肉牛骨加水文火清炖后，清鲜浓醇。这样，几个环节一起成就了一碗兰州牛肉面的"汤清亮，肉酥香，面韧长"，吃起来带劲过瘾。

我们吃了面，逛了兰州，坐车去机场，当地美女小张问我们："到了兰州，兰州的'吃喝漂堵抽'大家都感受了吗？"

她一解说，我们搞明白了，这"吃"，还是吃兰州牛肉面；"喝"，看看黄河，喝喝三炮台，盖碗茶的一种，有玫瑰的清香；"漂"，坐羊皮筏子漂过河；"堵"是说兰州城内有点堵车；"抽"，抽兰州牌的香烟——像《董小姐》里唱的"陌生的人请给我一支兰州"。

北京鸽怀燕

这是一个有幸福感的晚宴。北京湘府明珠湘菜馆里，大家在辣椒炒肉、酸辣炝凤尾腰花、大蒜炒腊肉、剁椒鱼头、果木烤雪花牛肉的开味下，一盅鸽怀燕上来，让人赏心悦目。

娇小玲珑的乳鸽酣睡在清澈见底的热汤中，汤清，味美。陈国强总经理告诉我：别看这鸽子小，其实它怀有一肚燕窝，营养价值极高。

燕窝成菜，只为尊贵营养。

《随园食单》记载："燕窝贵物，原不轻用。如用之，每碗必须二两，先用天泉滚水泡之，将银针挑去黑丝，用嫩鸡汤、好火腿汤、新蘑菇三样汤滚之，看燕窝变成玉色为度。此物至清，不可以油腻杂之……"

我们以筷为刀，从鸽子的肚子上轻轻将其拨开，果真一肚玉色的燕窝亮在眼前，随之飘出一种活性蛋白质的清香，"至清"也"无油腻"之嫌。和汤带燕窝一口下去，绵密细腻，清润回鲜，一股暖流从身子中由里往外涌。

细品，是鸽子的嫩鲜载味，当然也有火腿的咸鲜厚味。尤其这原味一蒸，回味悠长。

此时，一种强烈的受宠感顿生。且不说融入浓厚湖湘文化元素的厅堂的映衬，身感富贵，却不奢华，也不说湘妹子服务员的得体服务，湘情如蜜，光是厨师精细的烹调讲究就有让你迷恋艺术的价值。一种舒服感也油然而生。湘菜大师平健说为湘菜提质，他们请来杭州师傅站小案，专门负责切配，挑有功底手性好的湘厨站炉，使湘菜不仅好吃，而且好看。这样就把湘菜做得精致大气。

俗话说"一鸽胜九鸡"。将鸽子与燕窝一起蒸炖是补上加补。据说女人常吃燕窝的直接表现是皮肤特光滑，肤色白里透红。

燕窝的吃法不多，分甜吃和咸吃两类。甜吃是以冰糖炖之。咸吃用鸡汤、鸽汤、菌汤滚之最好。但是燕窝遇盐易溶化，所以不宜炖，宜淡。《随园食单》中只用了一个滚字，用意就在于此，意即遇热时间要短。

鸽怀燕是一种咸食的吃法，从健康饮食考虑，甜食不宜多。陈国强总经理说：大师为了防止燕窝咸吃溶化，想出了独门绝招，把新鲜鸽子宰杀洗净后，鸽尾开一小口把燕窝藏进鸽子肚中隔水

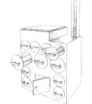

一蒸，与盐味汤隔开来了，上席拨开鸽子肚燕窝溶水即食，保证了燕窝的营养不受损不流失。而且，外表看上去是整鸽一只，无"割不正"之恶。

一趟北京之行，湘府明珠给我印象深深。多好的技法，菜名也好，"鸽怀燕"，一个"怀"字，温暖如春。

第一次去郑州，在郑州饮食公司王总的陪同下，我在老字号"合记"，依次尝到了羊肉烩面、牛肉烩面、三鲜烩面。多年过去，我依然感觉，烩面就是我对这个城市最鲜活的记忆。

河南人民的饮食习惯是进店先喝一碗开口汤。然后，最实惠又最解馋的饮食是米一碗羊肉烩面，汤鲜面滑，味道浓醇。

烩面吃口感，关键靠面胚。面胚调制得好，现场用手拉出来的面劲道就好。

面胚一般是用优质小麦面粉调制，加适量的盐和碱，用温水反复揉搓，使其筋韧，揪成小剂子，再捏成四指宽的片，抹上植物油，备用。煮面时，几番抖动，拉成宽约2厘米的薄条，下入滚水锅煮开即成。手艺好的师傅下出来的一碗烩面，就是一根宽面到底。它和兰州拉面相比，同为手拉，却一为宽面，一为丝面，而宽宽的烩面更有劲道。

"豫剧的腔，烩面的汤。"烩面之香靠汤。这汤，是山羊肉与羊骨中加入党参、当归之类药材，一起熬出的原汤，乳白，汤鲜味厚。面码有些独特，那些牛肉码、羊肉码与汤分开，煮出来的牛羊肉沥干了汤水，冷却之后切片，盖在面上，片厚，醇香，味浓。我感觉，只要步入这座城市，就能嗅出一种诱人的鲜香——那就是中原大地的牛羊肉，在配料的激活下煮出的香味。

"合记"的面汤、牛羊肉面码都实现了集中配送，那些浓汤、干香冷码，都在密封的冷链配送中完成，卫生、清洁、放心。

这样的美食，我们曾试着引进长沙，郑州师傅原味原做。结果令我们很失望，这座城市里吃着杨裕兴的碱面长大的人，似乎对烩面很冷淡，只得半途而废。

游走在郑州的大街小巷，发现河南人能吃会吃。哪怕是吃一碗面，也要来几碟凉菜。卤牛肉、凉拌香菜、糖蒜是少不了的。情绪好，还要来一瓶豫酒。低度的白酒，将浓醇筋韧的烩面一齐送入肚子里发酵，其乐融融。而且，凉菜的份量不比大菜的量少。

如果说湖南八宝果饭是长江流域稻作文化的珍品，那么，郑州烩面则是黄河流域麦耕文化的精品。它与"洛阳水席""开封灌汤包"一起成为河南三大名吃。

翻开中国版图，从北往南，整个中国的饮食文化表现为一个由麦面文化向米食文化的过渡。每一个城市都有独特的饮食文化积淀。北京的打卤面、山西的刀削面、郑州的烩面、武汉的热干面、四川的担担面、云南的过桥米线、长沙的米粉、广西南宁的螺蛳粉、广州的肠粉，都是最经典、最牵动人、最有受众的吃食。这些吃食，都揉进了当地千百年来地域环境、政治经济、社会文化、民俗习惯的影响，是一种地域饮食习俗的历史沉淀和文化传承，表现出一种独特的风味。

烩面是什么？烩面是黄河流域擀面杖文化的智慧结晶体，古朴又鲜活，承载着中原的饮食遗韵。

水盆羊肉

一个城市地道的饮食风味，往往就藏在路边小店里。再次到西安，一顿隆重的洗尘宴后，主随客便，西安饮食的李总带我们来到小巷子里的老安家水盆羊肉店吃早餐。

我要了一碗带羊肉的汤，配两个刚刚烤出来的半月酥饼，这也是水盆羊肉的标配。一个饼用筷子拨开夹肉，当肉夹馍吃；一个饼用手掰成黄豆大小的粒，放入羊肉清汤中一泡，酥软而不散，饼不够可以再加，5元、8元一个。

水盆羊肉的吃法，来自于西安渭南地区的早餐，吃的是肉和汤的鲜美。渭南地区是八百里秦川最宽阔的地带，在晋陕豫黄河金三角。当地人吃水盆羊肉的历史悠久。

水盆羊肉，也叫"六月鲜"，最早是农历六月应市。煮羊肉的炊具不用锅，而是用高而深、大而广的大铝盆，宽水煮，"水盆"

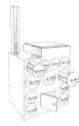

就是说这个。西安朋友介绍，水盆羊肉以大荔、澄城、蒲城三地最为出名，做法各有一点点不同。澄城煮羊肉喜欢放小茴香，汤清色亮；蒲城人多用花椒煮羊汤，汤色暗红。这些卖水盆羊肉的店子，大都开在巷子里面，店小，只做早餐，卖羊汤和白吉馍、月牙饼。

水盆羊肉熬汤就非常讲究了。先将羊骨和旧调料包放盆中煮沸2个钟头，撇去浮沫，再将羊肉放入锅中，换上新调料包，大火烧开，将木板压在肉上，小火再煮四五个钟头，至汤醇肉烂。吃的时候顾客可以按自己的需求取肉，肥的瘦的任选。

这种熬汤的方法在从前的《山家清供》中有记载："羊作脔，置砂锅内，除葱椒外有一秘法，只用搥真杏仁数枚，活水煮之，至骨亦糜烂。"

老安家的水盆羊肉汤清肉烂，碗大如盆。李总帮我们点的是"优质羊汤"和"优质饼"，招牌这么写，价格比普通的贵些。羊肉肥而不腻、烂而滑嫩，羊汤清鲜爽口。汤从不离火的大铝盆里舀出来，放点香菜、蒜叶，看到散开的绿叶飘在汤上，就让人胃口大开。还有糖蒜、辣酱供选择调味。辣酱的掺和，羊汤也有了清汤和红汤之别。在清汤里加辣酱转红色了，叫红汤。我虽然是湖南口味，但那天更喜欢喝清汤的，头天晚上喝多了点白酒，现在大清早来一碗热腾腾的水盆羊肉，生津开胃，软绵绵的身子一下子就变得硬朗有劲，神清气爽。

"吃肉不吃蒜，营养减一半。"蒜是糖蒜，在胃里助消化的好东西。喝羊肉汤配的蒜子不能太新，稍微泡得久一点的糖蒜味更柔，但也不是放得越久越好，糖蒜吃起来没有嚼头太软了也不行，软绵绵的没有蒜香味了。

一口馍，一口糖蒜，一口清汤，水盆羊肉的酥香、肥嫩与清鲜，糖蒜甘脆的滋味一一释放，丰满多滋。

　　黄河从老牛湾流进山西，大河赋予了山西人走出大山的勇气，他们背着山西的面食首先选择了"走西口"。一棵棵大槐树下，唱一首《走西口》，再痛心，也坚强地前行。这一走，走出了很多山西大院的大掌柜。

　　山西，太行山之西一个爱吃面和醋的天地。

　　无论你是走在太原、平遥的街头，还是大同的深巷，你会发现各种面的名字，擦尖、抿尖、撅片、猫耳朵、拉面碗秃、凉粉、莜面、栲栳栳、刀削面、一根面、刀拨面和剔尖等，有的熟悉，有的根本看不懂。

2012 年 9 月，我们组团去太原晋阳饭店参加全国饮食企业文化交流会，吃饭的桌上和酒杯并排摆的，是每人一小瓶醋一根吸管，餐前一吸，叫开胃醋。吃完醋，各种面食以"位上"的形式上来，高端大气上档次。和当地餐饮同行聊天发现，山西人吃面各有所爱。

晋北，尤其是大同一带的人喜欢刀削面；在晋中，太原人更喜欢面鱼，即小面，用剪刀切出的面鱼；到了晋南，看重烩面，上党烩面就是代表，用胡萝卜、鸡蛋、木耳来烩。晋东南，剔尖面的地盘。晋西北有饸烙面当家。

剔尖，用富有弹性的竹筷剔面团，剔出两头尖、中间圆的面条，看上去像小鱼儿，又叫"拨鱼"，滚水锅中捞出来滑溜溜的、柔软软的剔，浇上卤子，吃起来鲜溜溜的。

在山西的汾河两岸地势起伏变缓，汾河流域由此有了"太原"的古称，"大平原"的意思。这片平原为麦子的种植提供了好环境。

太原人家家都有一把做刀削面的瓦型刀。当然，要削出一碗好面是有套路的，我在山西听到诀窍：必须做到刀不离面，面不离刀，胳膊直硬手平，手端一条线，一棱赶一棱，平刀是扁条，弯刀是三棱。

这样削出来的刀削面柔中有硬，软中有韧，嚼劲十足。

说到卤子，家常做法一般有醋卤和西红柿卤。醋卤用葱花炝锅，加陈醋烹出香味，滴上几滴香油、酱油就可以了。

传说农历七月初二是晋祠邑姜圣母的生日。每逢这一天，当地人都会去晋祠逛庙会，祭拜圣母后，来一碗飞刀面也就是刀削面。

还有扯面，因为拉扯而成，有牵牵连连的意思，一般女婿上门都吃扯面。男女双方说对象，男方第一次上门，如果女方同意吃扯面，那就有机会了。因此，山西人也说"山西扯面，扯不断的情"。

我在平遥古城逛夜市的时候，看到羊肉栲栳栳，感觉新鲜，以前没吃过，买来一尝，好吃。羊肉味香，咸香嫩滑，入口即化。

"糜子面最砂，玉米面摸起来脆，豆面和红面都细腻，不过豆面利手，红面涩手，莜面比较黏，但是荞面手感更沉，容易滞在手上。"山西面师傅告诉我们。对于各种面，山西人手一摸就知道。莜面、糕面、荞面、黄豆面、绿豆面、高粱磨的红面、玉米面等，各种杂粮面，他们都能变着花样做出不同的面食。

不同的面食都要配上陈醋。

山西的陈醋数清徐和宁化府的好，特别的香，甜绵香酸。吃面的时候，倒一点醋放面里，喝一口面汤，甜甜的味。

"三十里莜面四十里糕，十里荞面饿断腰"，"莜面吃个半饱饱，喝完开水正好好"。"交城的大山里没有好茶饭，只有那个莜面栲栳栳山药蛋。"……你听，那种生活的满足感就在这一句句山歌俗语里。

在这些面中，我比较喜欢剔尖、刀削面、剪刀面。

离开太原那天，我们起了个大早，赶往柳巷的老字号清和元，每人来了一碗头脑、一份羊杂割、一笼羊肉稍梅。

头脑就是羊肉羹，太原人最爱的早点。用羊肉、山药等熬成的羹，更像一碗白白的稀面糊，微酸，有一股淡淡的药味。

传说这是明末清初太原名医傅山为给母亲治病补身子的食疗方，叫八珍汤。后来他把这个方子传给了"清和元"羊杂割馆子，流传至今。

我喝了一口头脑，很不习惯，再喝羊杂割，口味太淡，也放弃了，舀了一点辣椒油调味，把稍梅吃了。羊肉稍梅，外形有点像我们惯常吃的糯米烧麦，只是馅心不是糯米，是羊肉大葱之类，口味有点甜。

去机场的路上当地司机告诉我，就像一般人喝不惯北京豆汁一样，外地人也都吃不惯头脑。他说，喝头脑，要"先夹一口腌韭菜，再喝一口头脑"，以咸和淡，会适应一点。

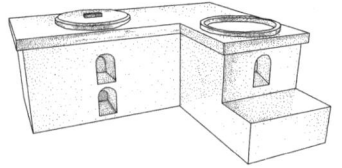

辑三

南中国的山水之间
散发生猛海鲜的清鲜
还有老火熬成的淡味

走进岭南

顺德鲮鱼与新会陈皮牛肉球

　　走在顺德逢简水乡的石板路上，各家门口晒着的鲮鱼干成为一道显眼的风景。小店的货摊上也摆着鲮鱼干，有的是整条挂着，酱色；有的是去了刺的鱼条，略带浅红色，透亮的。一看就一个勾人食欲的样子。

　　我是受纪录片《寻味顺德》的蛊惑，专门来顺德觅食的。看风景倒在其次。

鲮鱼干的吃法多。我吃了一道腊肉腊肠蒸鲮鱼，腊鲜唤醒了鲮鱼干的香鲜。

挑一家不错的餐馆，我又点了家乡煎酿鲮鱼。这个菜看起来需要有不错的手艺。要将鱼肉与骨刺剥离，再加入剁碎的马蹄、冬菇和陈皮，与淀粉一起搅拌，再重新装回鱼皮内，仿佛又变成了一条活脱脱的真鱼。再放入油锅内煎炸至九成熟，淋上调料汁。

也吃了鲮鱼酿辣椒，这是将去刺的鱼肉拌入粉葛调味放入一刀两开的青椒里，慢火一煎，焦香的辣椒产生的青气，直入鲮鱼肉中，化为清香，鲜嫩酥香。比起两面煎成金黄的鱼饼，鲮鱼酿辣椒更适合我的胃口。

清蒸也妙。"眼凸鳍翘，肉刚离骨"是蒸鱼的火候。恰熟而不过熟，清鲜活味。

"食在广州，厨出凤城。"顺德人这样自诩。凤城就是顺德。

顺德人这么讲究饮食或者源于顺德人杰地灵。我参观了清晖园，清晖园就是明万历年间的状元黄仕俊的园子。黄曾任礼部尚书、大学士。宋朝以来，顺德出了 4 个状元、318 名文进士、2088 个文举人。有"一家三进士、一门八甲"之说。文人雅士与高官辈出，拓展了顺德人的视野与生活方式，西江干流的通江达海，也为当地经济贸易发展提供了巨大优势，造就了顺德美食的丰富多彩。大良的炒牛奶、双皮奶、野鸡卷、阿二靓汤、粥底火锅，容桂的猪肝粥，勒流的菊花水蛇羹、黄连烧鹅，伦教的伦教糕、羊额狗仔鸭，陈村的粉，龙江的煎堆，乐从的金猪玉叶，杏坛的八宝酿鲮鱼，均安的鱼饼和蒸猪等，都是其中的代表。

我尤其喜欢在凤城酒家吃到的新会陈皮牛肉球。

先将新会陈皮泡软后去白洗净切碎，香菜、葱切末，姜取汁。

当然牛肉处理也不能马虎，牛肉剁碎一定要打起胶。

细心的厨师将牛肉洗净剔除筋膜剁碎，在牛肉内加入陈皮、盐、小苏打、生抽、蚝油、米酒、糖、马铃薯淀粉、蛋清、白胡椒粉、葱末、姜汁搅打均匀，起胶，将牛肉捏成丸子，一蒸，紧实弹牙，肉香滑嫩，汁液饱满，齿颊留香，咀嚼间淡淡的陈皮弥香。口感"清、鲜、爽、嫩、滑"。

我认为新会陈皮皮薄味厚，越陈味越香，入菜能去腥除膻，提味增香，是粤菜的灵魂。

很多经典粤菜都用新会陈皮增香，比如陈皮腊鸭、陈皮老鸭汤、陈皮骨、陈皮鲮鱼丸、陈皮绿豆沙、红豆沙等，就着这样的美味，再煮一壶新会陈皮陈年普洱，"一煮闲心起，三泡韵味至"。

顺德归来，清晖园的典雅、逢简水乡的质朴、民信双皮奶的甜嫩、红星煲仔饭的咸香带脆、伦教糕的清爽弹牙、陈村炒粉的软滑嫩鲜、顺德拆烩鱼羹的清鲜、红腰豆蒸凤爪甘香软、生滚窝蛋牛肉粥的鲜嫩、水晶虾饺的弹牙生鲜、原笼古法马拉糕的软柔、麻辣鸭掌的脆辣厚味，香煎腊味萝卜糕的香、深井烧鹅的油亮酥香、红星光发腊鸭腊肠煲仔饭的腊香、葱香咸鲜多滋与锅巴的鲜脆，靓子肉炒藠头腊肉生菜包的多滋厚味与清爽……如此种种，都给我留下深刻的记忆。

广州早茶

10分钟地铁后，来到广州酒家呷早茶。映入你眼帘的是，食在广州第一家。

广州早茶，一个"多"字写富足。眼前的广州酒家的菜单上茶的品种多，绿茶红茶黑茶养生茶，壶茶杯茶功夫茶，各取所需。茶食茶点更多，烧卖虾饺皇、糯米鸡豉椒凤爪、花椒蒸生肠、萝卜焖牛腩、甜醋猪脚、古劳面豉蒸排骨、雪菜肠粉、叉烧肠、带子肠、干炒牛河、腊味煎芋头糕、炸酱捞粗面、避风塘炒萝卜糕、炒饭皮蛋瘦肉粥、燕窝蛋挞榴莲酥、蚝皇生菜胆、水晶饼等，110多个品种，目不暇接。点过单，茶上得快，茶食却要等。倒是应了吃茶这个"景"。

过尽千帆皆不是。广州早茶就一个"慢"，慢慢喝茶，慢慢等茶点茶食，好不容易等到店小二端来一盘码得很高的蒸笼，又一个转身送往邻桌，服务员将笼盖揭去一味香飘来，虽闻来生饥却不生气，悠闲自在。等待下一个服务员传菜来，各自笑谈，满堂安逸。等半天等来一个茶食，不是小笼就是小盅小碟，小而美，美得精致，每一份一般是三个点，够三个人试一下味，要过瘾得加点一人一份。

我喜欢广州的肠粉，嫩、鲜是我最爱的口感，每次到广州必须吃一次。这次是儿子当向导，味道更丰富。儿子今年大学毕业，叫我们去观看他们美术学院毕业设计展。四年，一转眼就过去了，在去华师的路上，儿子发来微消息，毕业论文被选入 2016 华南师范大学 100 篇优秀毕业论文，上万毕业生中选进 100 篇，不容易。到校看了儿子的毕业设计，觉得儿子已经学得养身之技，这说明毕业前他接到了去腾讯发展的通知是有一定理由的，他征求我的意见，"是马上去腾讯工作还是继续读研？""成年了自己作主。"这是我一直的作派，提醒、不作主、当后盾。或许，这就是他这四年成长的动力。"广州吃呷早茶，还是来广州酒家比较好，有传统味。"儿子边点单边介绍。我喜欢广州早茶这个生活方式。一杯茶，坐半天，慢慢泡慢慢喝，一口茶食，慢慢上慢慢品，半天不见饱，其实杯盘已空摆满桌。

广州早茶其实是一个"晚"。名为早茶，大家都来得晚。上午十点半了，依然高朋满座。一位带着翡翠玉手镯白发老太太找到一个小方桌前坐下，点上一壶红茶，一笼小笼包、一笼凤爪、一碗皮蛋瘦肉粥，独自一人，胃口不小，时儿喝茶，时儿一口粥，时儿是凤爪补味，唇齿之间写满幸福与雅致，一脸富态看出她对生活的讲究。吃完，又从容地系上粉红色边的丝巾，慢慢离席。此时，已到午时，不知道她的午餐又胃知何处？

番禺南村鱼生

第十六届中国厨师节一结束，我们就从顺德驱车来到番禺的南村吃鱼生。

穿过荔枝园，来到一个没有招牌的店子，坪里停满了食客的车。我们走进一间宽敞的平房中，平整的水泥地上摆一张大圆桌，桌上摆有醋瓶、酱油瓶、白糖盅、盐缸、麻油壶。服务生熟练地递上热茶后，上来一碟盐渍青梅、一碟花生米。尝一颗青梅，太酸。随后，又上来"每人每"的酱油碟、芥末碟、红醋碟、姜丝碟、蒜茸碟、香菜碟、切片的柠檬碟。

按照主人介绍，我们根据各自喜好开始自调味碟，辛、辣、酸、甜、香各取所需，随心所欲。

不一会儿，鱼生上来了。白白的、薄薄的、生鲜去刺的生鱼片整齐地摆在白瓷盘上的保鲜膜上，每人一盘。

"吃得完吗？"心存疑惑。但是看上去整盘鱼生精致清雅、干爽嫩鲜。大家抵不住诱惑，像吃刺身一样，小心翼翼地将生鱼片一片片夹入调味碟，先淹入味再吃。突然间主人边示范边对我们说，"不是这样吃的，要把调味汁倒在保鲜膜上拌，汁不能多，这样吃起来才能感觉到鱼生的干爽、刺激、鲜嫩。"

嗯！果真不一样。那干爽中的鲜嫩嚼来爽脆，刺激中的多滋早已化鱼腥为鲜香，怡神开胃。片刻功夫，一盘鱼生一扫而光，当年杜甫吃鱼生"无声细下飞碎雪"、"放箸已觉全盘空"的感觉顿现眼前。

"粤东善为鱼脍，有宴会，必以切鱼生为敬。"广东人喜欢吃鱼生。从清代广东人汪兆铨的《羊城竹枝词》可见一斑："冬至鱼生处处同，鲜鱼脔切玉玲珑。一杯热酒聊消冷，犹是前朝食脍风。"所以，今天的粤菜最讲究"生猛"，这是一种饮食习俗的传承。

生吃，是一种勇敢之吃。一般将鲜鱼肉切成片或丝，再蘸酱、汁而食，称之为生吃。生食的鱼片、鱼丝叫鱼生。古叫脍，日本叫刺身。讲究选料和刀工。鲤、鲈、鲂、鲫、三文鱼、才鱼是很好的用料。霜后的鲈鱼味更美，肉白如雪，不腥。所以隋炀帝曾赞松江鲈鱼为"东南佳味"。而唐代诗人杜甫在《观打鱼歌》中赞美："鲂鱼肥美知第一，既饱欢愉亦萧瑟。"

明末清初番禺人屈大均在《广东新语》中这样记载："粤俗嗜鱼生，以鲈、以鲩、以白、以黄鱼、以青鳉、以雪、以鲩为上，鲩又以白鲩为上。""以初出水泼刺者，去其皮剑，洗其血、细脍之为片，红肌白理，轻可吹起，薄如蝉翼，两两相比。沃以老醪，和以椒芷。入口冰融，至甘旨矣。而鲥与嘉尤美。"鱼肉切片要薄，薄如蝉翼最妙。所以曹植在《七启》中说鱼片时感慨："蝉翼之割……轻随风飞"。鱼肉切丝要细得形如丝线最好。因此宋代刘原文在《听江十诵食脍诗戏简圣俞》中说得好："举盘引箸丝线长"。

吃鱼生要掌握两个诀窍，一是讲究蘸汁杀菌调味。《礼记》中记载远古先民鲜鱼生吃蘸汁杀菌，一般"春用葱，秋用芥"。北魏的《齐民要术》记载要放"蒜、姜、橘、白梅、熟栗黄、粳米饭、盐、醋制成的'八和齑'，其味道更浓醇"。元代腾斌在《食脍》中说"鱼生"中放醋更绝："金刀利，锦鲤肥，更哪堪玉葱纤细！添得醋来风韵美，试尝道甚生滋味？"

由此看来，今天人们吃鱼生，调味汁要用芥末和醋调成，道理就在于此。

我以更熟练、更享受的方式干完了第二盘鱼生，转眼一看身边的大胖子鑫哥，他已四盘下肚。佩服之余正想伸手要第三盘时，服务员上来一碗鱼生粥，用白米与鱼片熬成，浓稠浓稠，白白净净，白粥之上点缀着几管碧绿葱花和几丝金黄姜丝，美韵鲜香。

看上去这么鲜美，又听主人说鱼生粥中没有鱼刺大家放心吃，我便来了一个"狼吞虎咽"——大喝一口吞下。坏了，喉咙中突发刺痛。鱼刺卡了喉。

很快，服务员从厨房大师傅那里端来一碗神水醋汤给我喝下，又叫我再夹一把鲜蔬囫囵吞下。

"好了吗。"
"没有。"
"送你去医院。"

10分钟的车程到了医院口腔科，医生用长铗子在喉咙搅拌一阵后，问我："刺没有了吧？"

"还是刺痛。"我毫不犹豫地回答。
"那就去做个贝餐。"

含上一大块药棉，将贝餐吞至满喉。一照片，未见喉咙上有鱼刺。

怪事一桩？没有刺，怎么喉咙还是刺痛？

想请医生再作一次观察，医生说先回去休息一晚再说。

一脸无奈，只好含痛回宾馆。一觉醒来，吞水一试，不痛了，虚惊一场。

看来，还是那句老话：大意失荆州。

鱼刺是没有啦，可那美味的第三盘鱼生也没有吃上。

香港鲜虾云吞捞面铜锣湾生蚝

麦奀鲜虾云吞捞面

一清早过福田口岸，小树带着我们坐地铁从深圳福田到香港中环，不用排队坐上小缆车登上太平山顶。

登高运望，维多利亚港一如既往的美好，碧海蓝天，船舶往来，高楼林立，一派祥和。我们观景照相后，来到山顶商业广场麦奀吃一碗鲜虾云吞捞面、两碗牛腩捞面。

麦奀的名气大。麦奀的"奀"，不大的意思，就是小。它的店面小，碗小，云吞小，云吞里的虾也小，小得精致，小得有味。听说麦奀在香港有四五家分店，是香港最早做鲜虾云吞面的特色店，几十年的时间积淀了独特的市场魅力。特别是有一次梁咏琪宴请郑伊健的双亲到麦奀吃云吞面，遭曝光后名声更大。

不一会儿，鲜虾云吞捞面先上来，碗、面、云吞、虾仁果然不大。

不过，碗小功夫深。我透过窗户玻璃看到一位年已过半百的师傅在操作，只见他将黄色的碱面放在开水中，刚变半透明就起锅上碗，盖在云吞上，浓郁的碱香随着一股热气飘出。这香，似乎与长沙的百年老店杨裕兴的碱面之香有异曲同工之妙。其实，这面是用开水烫过后再过冷水、落猪油工序，用恰当的时间，保持了碱面的金黄爽韧弹牙。

牛腩捞面口感香鲜，尤其是牛腩，厚实、熟烂、香浓，而面，确实是韧滑鲜亮，几口功夫就吃了个碗底光光。

鲜虾云吞捞面、牛腩捞面……分汤面和干面两种。干干的面的碱香是清晨醒来后的一剂开胃药，清鲜肉骨底汤飘出淡淡的葱香，配上微微的甘甜，清鲜活味。鲜虾仁的嫩脆激醒了舌尖的馋味，还未来得及细细品味，就云里雾里吞下去了。而牛腩的软糯味厚，垫起一天的生活底气。

铜锣湾生蚝

铜锣湾时代广场的二楼是美食超市。

整个大厅分成三个区域，一块是吃生蚝、冰镇海鲜岛，一块是卖日式料理寿司套餐，一块是出售牛羊肉海鲜的生鲜超市。小树说，这里有来自世界各地的生蚝，生吃，味道很好，劝我们一定尝尝味。恭敬不如从命，我们在琳琅满目的生蚝陈列货台上选蚝。没有选蚝经验，纯凭看相下手，一眼看中了法国吉拉得蚝、纳米比亚生蚝、澳洲姬斯汀生蚝、美国车厘蚬共六只，店小二开单后先缴费再取货，共四百九十多元港币。店小二已将蚝撬开用托盘装着递给我们，并配有柠檬、番茄酱。我们找到座位坐下。小树吃过两次，俨然是个师傅，很自信地示范，将柠檬汁挤在生蚝上，再放点番茄酱，往口里一唰，冰冰凉的沁入心田，嫩滑细腻。

　　"好呷吗？"

　　"好呷，肉嫩如脂，酸甜清鲜可口。"

在三亚，导游告诉我们"到天涯海角，大家最好站在'天涯'望'海角'，千万不要去'海角'"。

"为什么？"

"到了天涯走海角，人就走到了尽头，但是大家要走的路还很长，所以，建议大家按我们的习俗，望一望就行了。"

大家哈哈一笑，既然不去"海角"，就去吃美食。

导游极力推荐我们吃特色"椰子宴"，自是高兴。

走进餐厅，热情的服务员动作麻利，很快，椰子宴上桌了。服务员报上的菜名"椰香东山羊""椰丝鲫鱼""椰汁牛柳"……大部分菜上面撒点椰丝。

椰子宴应该可以做得更好，海南北靠南粤，有粤菜的技术根子。南拥南海，山珍海味，原料丰富。应该说，拿东山羊、文昌鸡、和乐蟹、嘉积鸭这些好料，再配以椰丝、椰盅、椰汁、椰蓉，无论清蒸、白切、烧炖，还是打边炉，都是椰子宴上的无上妙品。

我们在文昌阁一家土菜馆吃了一顿东山羊宴。东山羊，宋代就为贡品，产于万宁东山岭，因为羊吃的是东山岭鹧鸪茶等稀有草木长大，毛色乌黑，膘肥皮薄肉嫩。我们这一顿吃到了新鲜的羊肉、爽脆的羊肚、嫩滑的羊血、肥嫩的羊蹄，很舒服。

三亚的海边烧烤也很有味。可以坐在海边一边吃烧烤，一边听海浪的声音。

我们的酒店就在海边，晚饭后，我们穿过椰林去沙滩散步。一望无际的大海、银色的沙滩带、一排排的烧烤摊尽收眼底。我们找了家摊位坐下。

刀鱼、鳅鱼、刁子鱼、生蚝、大虾每样 1 只，羊肉串 10 串，一个打边炉，啤酒 1 件，椰子 5 个，酒菜就这样点了，还外加几个吊床。

大家坐在沙滩上看一浪高过一浪的海浪，在潮起潮落中，一

口又一口吃着又香又辣的烧烤，嘉树和婧瑜时不时抱着个新鲜椰子，躺在海滩边椰子树上的吊床上，悠悠地吸着椰汁。

有许多当地小朋友过来兜售他们的烟花，我们买了一些点燃，海边夜色中，烟花璀璨。

味在潮汕

"海滨邹鲁"是对面朝大海的潮汕地区的赞美。自古以来,潮汕人多以海为生。出海,闯海,讨海回来,煮海烹鲜。

潮汕花胶、青橄榄炖螺头与海鲜粥

"有潮水的地方,就有潮州人。"现在的"潮汕地区",就是传统概念的潮州府。潮州府管辖范围的人,统称潮州人。潮汕人会吃会经商,是中国的"犹太人",潮州菜名气很大。潮汕人说,随着潮州人的外出,把潮州菜带出了家乡,成为当地的高档菜。

潮汕人家里一顿饭可以花上两三个小时细火慢炖。特别会炖汤。青橄榄炖螺头就是一个非常好吃的菜。刚刚从海里捕来的螺头特别腥,他们就用新鲜橄榄的清涩去腥,炖出来的汤清鲜生津。

花胶，其实就是鱼肚。在潮汕很受欢迎。一个好的花胶要上万甚至十几万元，潮汕人是要藏在保险柜里的。花胶富含胶原蛋白。薄的花胶烧着吃，厚的贵一点，适合炖着吃。我们在揭阳贵宾楼吃了一道松茸炖花胶，厚厚的花胶质感软糯，淡雅清鲜，融入松茸的清香，那是深山与深海馈赠的珍品。

潮汕人也喜欢粥，即使夜深，也会喝一碗海鲜粥再进入梦乡。红肉米是一种小海鲜，用姜葱或韭菜炒出来的红肉米，香、咸、鲜、嫩。第一次看到这玩意是在富苑的点餐台上，一大盘的小粒粒堆积成山，"这是什么东西？"点餐员说是红肉米。出于好奇，第一个菜我就点了它。吃的时候，我直接把红肉米放在白米粥里拌匀吃。

潮汕人喝的白米粥不同于广州人喝的白米粥，广州的白米粥浓稠细腻，熬成了糊糊状，潮汕人的白米粥很稀，开了花的饭粒悬浮在淡白色的米汤里，喝起来，米粒落口即化，把红肉米混入清香淡味的米粥中，抿嘴一吞，口腔里迅速形成一股香咸鲜嫩的味觉流，滑润嫩鲜，从舌尖滑向舌根，沁人心脾。

后来，问潮汕人怎么吃红肉米，答"配白米粥最好"。同伴直夸我有美食家的直觉与天赋。

汕头的生腌、卤水

在汕头，更简单的烹鲜是生腌。潮汕人说这是一种"毒药"，因为一吃就会上瘾。生腌吃的是一个鲜。这些来自大海的海鲜，比如活虾、螃蟹、血蚶、蚝等，浸在海盐、鱼露、葱、姜、蒜、白酒、香菜、辣椒、豉油、酱油等调成的汁子里，经过三五个小时腌制后直接吃，最大限度地保持了海鲜的原汁原味。

生腌虾，在牙齿和舌头的配合下，去掉壳的虾肉肥嫩弹牙，吃起来咸鲜回甘。

生腌蟹的肉吃起来，口感更嫩，一嘬就从蟹壳里流淌出来，如膏一般，带着鲜咸与酸鲜姜辣蒜香。

生腌蚝滑嫩多汁，在口里用牙舌一挤，瞬间爆烈，汁溢满腔，鲜美多滋。

我在汕头吃卤煮，感觉潮汕卤水所传不虚。难怪潮州卤水拼盘在全国广大地方宴席上流行。猪肠、猪肚、猪耳、猪尾、豆腐、鹅掌、鹅头、牛肉、牛筋、苦瓜、肉卷等，都可以放卤水中一卤，取出来改刀装盘，就是一盘下酒的好菜，卤水浓香，弹牙活味。

同是以蚝为主料，杂以薯粉、鸡蛋，用平锅煎熟，在潮州，叫蚝煎，在揭阳，叫蚝烙。

我们从揭阳学宫出来，往右拐，发现一家蚝烙老店。那些新鲜的蚝烙出来，外酥里嫩。早上起来，如果配上一碗猪血肠，能吃得神清气爽。不过潮州的老潮州饭店煎出来的蚝煎，更清爽少油。

鱼饭

潮汕鱼饭其实不是饭，是把刚刚捕捞上来的海鱼，不经打鳞削肚去腮，直接整齐码在竹篮里，快速煮熟保鲜的一种吃法，据说有千百年历史了。

码鱼很讲究。要鱼头朝外，鱼尾朝内，常常铺成菊花状，看起来很美，码一层鱼抹一层盐，鱼码好后，在鱼上面放一个蒸隔，用石头压住，以防煮的过程中走形。然后将竹篮摆放在吊架上，用吊钩将吊架沉放锅中，深汤，猛火煮。这个"汤"就是盐水。煮好的鱼饭，出锅时要用煮沸的盐水清洗鱼面的杂质，再放通风的地方晾凉。

用来煮成鱼饭的品种，一般有青鲈鱼、黄墙鱼、红鱼、乌鱼、秋刀鱼、巴浪鱼、花仙鱼、阔目鱼等。

鱼饭这种加盐速煮的方法，很好地保留和固化了海产的本味。

我在潮州、汕头吃到的鱼饭是纯粹的海鲜原味，鲜嫩爽口。也有人把鱼饭和卤水称为"潮州打冷"，花色多，滋味丰富，冷香袭人。

牛肉火锅与潮州牛杂粿条、卤汁粿汁

"吃在广州，味在潮汕。"从广州回来休假的潮州姑娘告诉我们："每次回家我都会来这家吃牛杂粿条。在广州，吃不到这个味。

潮州人做的牛肉牛杂特别嫩，没有膻味。"

她说，潮汕人吃牛肉很讲究。一头牛从宰好到上桌吃，不会超过四个小时。吃的方式是最简单的火锅形式。不过，分割肉有套路，分部位来吃，发挥了刀工出鲜的作用，吊龙、质朴、五花趾、匙柄、胸口朥等，不同部位的牛肉用不同的时间涮，吃到最嫩鲜的口感。吊龙肉来自牛背脊那一块，瘦肉与脂肪相间，脂肪又特别薄，这样切出来的薄片牛肉放入火锅中，三起三落中，牛肉的嫩鲜与韧性完美呈现。次一点的牛肉做牛肉丸。

姑娘点的牛杂粿条上来了，她笑眯眯地问我："要不要拍照？"

我说拍过了。

她从碗里夹出一片白色的牛杂说："我点的是大份牛杂粿条，你们的小份里没有这个的，我特别喜欢吃。"

哦，牛杂粿条的大份、中份、小份，原来不是指粿条的份量，而是牛杂的品种多少。

这时，服务员又为坐在旁边的一位老伯端来一碗粿条，上面盖的全是牛肉，姑娘说这是牛肉粿条。我说："这个要拍个照。"大家都笑了。

"店铺招牌上不是只有牛杂粿条和牛肉丸粿条吗？怎么还有牛肉粿条？"

"这是当地人知道的个人爱好点餐。"

除了有牛杂粿条、牛肉粿条、牛肉丸粿条，市场上还有猪杂粿条什么的。

潮州镇记老尾的牛杂粿条、汕头老恣娘的卤汁粿汁，是不能错过的市井风情的美食。

潮汕人碗里的牛杂在嫩滑与弹牙中蕴含着丰富的鲜。一碗粿条有了牛杂牛肉的滋养，牛肴的鲜嫩在细腻与粗犷中完美体现。

潮州的粿

粿就是米粉，或者用米粉做出来的食物。

潮州的粿很多，粿条、粿汁之外，还有鲎粿、桃粿、鼠粬粿、无米粿、韭菜粿、咸水粿等，街头巷尾到处都有。

鲎粿最有特色，用鲎肉或者鲎卵与薯粉混合，加入猪肉末、香菇烹制后，用文火温油浸熟。只可惜连接太平洋的潮汕地区海域也已很难找到鲎这种水产了。

鼠粬粿，有点像我们的水苋子粑粑，散发出水苋子的清香。韭菜粿，不管在哪一家吃，粿里的韭菜肥嫩出鲜。咸水粿，是浇上浸在肉油里的咸萝卜碎碎出味，嚼在口里咸咸的脆与嫩混合。我们在潮州的牌坊街一一尝到。

另一种有特色的粿是无米粿，用薯粉和绿豆粉制成，蒸熟，油煎，蘸辣椒酱吃。因为粿不用一粒米做成，所以名字叫无米粿。当地名气大的是潮州十八曲无米粿。我们从潮州西湖坐了一辆人力三轮车到工人文化宫的巷子里找到了这家店，想买一份无米粿，店老板说没货。我们走进店子里，看到店员都在赶货，有两大盆刚刚蒸熟了的无米粿。我们说这不是有货吗？

"那是人家定了的。"

"我们特意赶来的，马上要离开潮州了，可以优先卖给我们几个尝尝味道吗？"

"不行。"

突然，又有一位骑摩托车的大娘来了。她说："今天早上来两次都没取到货，他们家的无米粿特别好吃。"

我们本是慕名而来，又亲耳听到大娘这么一说，坚定了我们买无米粿的信心，不走了，等。看我们心诚，店老板终于大发善心，说："我数数出品，看看有没有多出几个，如果有，多出来的给你们。那就不要多久。"

我们松了一口气。

三三两两取货的人陆陆续续来了，他们只需要蒸熟的，拿回家去自己煎炸，告诉我们，无米粿要趁热吃。

146

最后一清，多出 6 个，正好一小份。老板点火用油煎炸出来卖给了我们，外酥里粉，我们蘸点辣椒酱吃，在咸辣中体验着细腻的滋味，特别地爽。就这样，我们吃着香喷喷的无米粿，心满意足。

在潮汕，另有鸭母捻、糖葱薄饼、潮汕甜豆花、梅汁甘草水果，是我女同伴的最爱。

卤鹅·烧鹅·醉鹅·盐水鹅

先说汕头的卤鹅。

到了汕头，千万不能错过鹅头、鹅肝、鹅掌三大件，鲜美，味厚，都是佐酒的佳品。带舌的老鹅头最妙。三年的老鹅头堪称极品，800元一只。巧舌嫩滑，皮厚弹牙，全无肥腻之感，味道香浓。这是用狮头鹅卤出来的，顾名思义，鹅头有点像狮子头一样，头大眼小肉质细嫩，肌肉丰厚。

低温慢煮烟熏出来的肥鹅肝，在酒的助兴下，格外嫩鲜如脂。

顺德有瓦瓮烧鹅和醉鹅。

说到瓦瓮烧鹅，品牌店在街头是一家连一家，都以酥脆嫩鲜为标准，摆出一个明档吊烧，明码标价，480 元一只，半边 268 元。20 世纪 90 年代长沙上档次的宾馆酒楼也卖烧鹅，基本上都是从广州拿货。

醉鹅算是顺德人的家常菜。

新鲜的鹅斩块油煎，红米酒焖煮。整个烹饪过程不用一滴水，只用红米酒，醉鹅也就这样出名了。真是地道的顺德农家土菜。

醉鹅出味在红米酒、豉香型米酒，顺德人有特别怪的酿酒工艺。早稻米蒸熟拌入酒药发酵后，和煮熟的猪肉经过时间的沉淀，如此酿出来的红米酒，醇和甘厚。用这酒代替水，烹出来的醉鹅，肉嫩，醇香，出鲜。

说到鹅，使我想起了扬州的盐水鹅。扬州的盐水鹅也是一绝。

当年陪同康熙乾隆爷一起游瘦西湖的，不仅仅是扬州的盐商，还有盐水鹅。扬州朋友告诉我，南京人喜欢鸭，我们扬州人唐代以来就特别喜欢鹅。

"鹅头搭酒，着实不丑。"是扬州俗话。

唐代姚合的《扬州春词》中"有地惟栽竹，无家不养鹅"，也是当时扬州人家家养鹅的例证。

扬州的街头到处可见老鹅摊，鹅腿、鹅头颈、鹅爪翅、鹅血肠、鹅肫肝都做成卤味，下酒、零食，都可。

扬州人习惯把盐水鹅叫成老鹅。"老"字说的可能是工艺讲究老道。一只鹅要经过宰杀初加工、擦盐干盐、抠卤、复卤、烫皮、烘干、卤煮等工序。

当然老鹅要出味还得有一锅好卤水。卤水一般放在木甑锅中熬出来，用杉木锅盖盖着熬最好。这样卤出来的盐水老鹅形态饱满，烂而不散，色泽黄橙油亮，质感松嫩，不乏鲜咸，浓而不腻，淡而不薄，食后齿颊留香。

卤出来的一只整鹅，放到案板上一刀从颈部下去，把鹅头和鹅身分开，再将鹅从胸膛部位一分为二，剁成小块，倒上鹅油、盐水鹅卤汁，就可以吃了。

"鹅头是最好的下酒菜。"江苏省餐饮行业协会于会长陪我们在狮子楼吃饭说，"鹅头是好吃，但吃多了上火。"我乘着酒兴吃了两只老鹅头，但第二天却没有上火。

比较起来，汕头的卤鹅味重，卤药香浓；扬州的盐水鹅卤药香淡，咸鲜适口，顺德的烧鹅皮酥肉嫩，油亮不油腻，而醉鹅香嫩清鲜。

广州打甂炉

到了广州，克明都会带我去吃广州美食。

克明和我同年，我俩一起读小学、初中和高中。那年高考的时候，村子里就考上了我们俩，他大学毕业后分配到了广州，我留在长沙，见面的时间也就少了。我每次去广州时间紧，只有一餐饭的时间，他会请我吃吃地道的粤菜。我们去过海鲜大排档，上过珠江新城空中一号。当然也偶尔去湘菜馆，说我是搞餐饮的，除了开拓视野，也尝尝湘菜出了湘的味道。吃来吃去，最让我心动的，还是临珠江而坐的那次打甂炉。

打甂炉，是地道的岭南风味。甂炉用瓦罉、砂锅煮汤，用木炭生火，有农耕人家的质朴味道。打甂炉有两种吃法可选，可以是焖煮好的食材做主料，先吃主料，再涮一些生料；也可以是底汤打甂炉，分清汤、粥水、药材汤等，把新鲜的食材往里面涮。

151

克明点了一个龟肉打甂炉，是已经炖熟的龟肉，浓汤，又点了一个清水打边炉，配了些生鱼片、蛇肉、蔬菜。还点了两个海鲜小炒。我们吃实在太多了。但克明认为我是搞这一行的，应该什么都尝一尝，我也就没话说了。我们先来了两碗龟肉，感受了鲜浓的滋补味道后，我调了一碗蘸水汁，酱料有沙茶酱、腐乳酱、姜葱汁、椒圈豉油、辣椒酱等，准备吃这清水打甂炉。

一锅沸腾的清水里下入生鱼片、蛇肉……几秒之后就出锅，蘸汁一尝，特别清鲜。特别是蛇肉，总以为很难煮熟，结果是落锅起又嫩又鲜。

广州人喜欢吃蛇，鲜菊花是绝对要放的，比如菊花蛇羹、菊花龙虎凤，都是把蛇肉做到极致的菜。清水打甂炉也有鲜菊花配。吃蛇肉为什么一定要放菊花？有人说是提香，有人说广州气温高天干火气旺，吃点菊花有降火之功。正确与否没有考证过。

一顿下来，我理解了广州人为什么喜欢围桌打甂炉，方便，简单，热闹，美味。

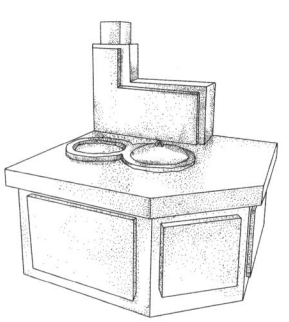

江南水碧
孕育着西湖龙井虾仁的嫩
也成就太湖三白的鲜
她们轻轻滑过舌尖
像杨柳风掠过

环西湖太湖尝鲜

西湖龙井虾仁老鸭煲

"风雅杭州，食色西湖。"游过西湖，湖美。水美、山美、堤更美。吃过杭州，菜美。色美、形美、味更美。

杭帮菜出味，店名更有味。一路数来，味宅、味庄、知味观、川味观、味味观、食味地、创味堂……不少的酒家都颇为自得地以"味"字为招牌，成为杭州的另一道风景，耐人玩味，引人寻味，一看招牌就想知"味"停车。不能不说，这杭帮菜的"味美"和西湖的"秀美"是和美共生。

是的，到了味宅，就像走进了杭帮菜精品艺术袖珍馆，店小品味高。寓高雅于通俗，于寻常见不凡。就说那"开胃鱼头王"富味不凡：豆腐围蒸，嫩鲜靓丽，有"鱼头炖豆腐"的精气；用酱椒炒雪菜盖码，酸辣咸脆，有"酱椒蒸鱼头"的神韵。

再去知味观，就如同走进了杭帮菜历史博物馆。作为百年老店，它用传统承载时尚，每品一道菜，就如同品一段历史。光一方"东坡肉"，就承载着当年杭州父母官文豪苏东坡"慢着火，少著水""火候足时它自美"的遗韵，入口香酥，油而不腻。特别是那"笋干老鸭煲"，江南隔年老鸭，配上清鲜盖世的天目山笋干、陈年火腿、黄酒，用砂煲文火一煲，汤醇味浓，油而不腻，酥而不烂，让你品味的是醇和与清鲜。不仅是时间熬出来的味道，还有大自然馈赠的鲜滋。一碗清汤下肚，就能触发出江浙师爷般的灵感与智慧。

笋干老鸭煲之外是酱鸭。

杭州也是一个喜欢吃鸭子的城市。

几乎每年的中秋节一过，老盐仓钱塘江大潮又起。随潮而兴的，杭州街头的酱鸭香也逐浪而起，香气袭人。知味观的酱鸭也是人们追香的对象。这道先腌后酱的鸭子色泽酱红，比南京的盐水鸭更干香，比潮州的卤鸭更厚味，油润芳香，咸中带鲜。

杭州还有个味庄。味庄位居西湖杨公堤。其菜有传统，也有潮流，有大俗也有大雅。就连一份"萝卜烧羊腿"，普通的材料烧成精品大菜，大气精致。萝卜晶莹油亮，羊腿色润酥鲜，富贵雅致。而"蟹粉狮子头"爽嫩清鲜：味鲜、味醇、味爽、味秀。一尝此菜，仿佛自己就成了豪门少爷或大家闺秀。"油爆青椒"，个小、色绿，油瀑至翠绿断生，清鲜、脆嫩、微辣、香而不火，清而有味。细品"宋嫂鱼羹"，更觉"相思美"。

杭州人优雅而富于想象，管“西湖”叫西子湖，给人西施一样的美的猜想。一个虾，用龙井茶来泡，叫龙井虾仁，其实那不叫泡，一个瞬间熘出一身晶莹剔透，淡雅玉白，清新碧绿，鲜美如初。

一如浙江人的精明睿智、秀气靓丽，杭帮菜清鲜、精致、醇和、大气、清秀、隽美。从宋室南迁，定都临安起，因为有一大批汴京御厨南下，杭帮菜就有了“南料北烹”的手法。二千多年来，形成了今天的“南北味”之交融态势。其味突出“鲜咸合一”，注重“三轻一清”：轻油、轻浆、轻糖、清鲜脆嫩。

杭州饮食服务集团有限公司董事长梁建军先生带领我们环绕西湖一路寻味，让我深深地感受到了杭帮菜的精致与雅美，传承着宫庭菜的底气、官府菜的贵气、江浙师爷的文气、江南女子的娇气，浓缩着西湖的秀气、钱塘江的大气。

如果说西湖呈现的是一种自然遗产的天工之美，那么，杭帮菜展示的则是一种江南饮食文化遗产的自然与人文之美。

太湖白鱼三虾面

太湖白鱼

"熟梅天气酿轻寒，渔艇初过大小干。出网乱跳时里白，芦芽蕨笋共登盘。"这是《太湖竹枝词》对美食的吟唱。词中提到的"时里白"就是太湖白鱼，和太湖银鱼、太湖白虾一起统称为"太湖三白"。

太湖白鱼一直因为色白如银、肉质细嫩、鲜美无比成为进贡朝廷的佳品。

每年黄梅时节，太湖人能看到一大美景，活跃的太湖白鱼成群结队，从太湖过漕湖入东海，声如响雷，人称"白鱼阵"。太湖的渔夫如果遇上这样的白鱼阵，从边上一网下去，自然是最开心的事，上岸还能卖到一年中最好的价钱。

太湖白鱼最简单的吃法是清蒸，切几片火腿、生姜、五花肉放在白鱼上面一蒸，腴美鲜嫩。如果铺上一层网油再蒸，那就更完美了。这味道，光绪帝的老师翁同龢曾经在他的游记中写道："海雨江风气森茫，落花时节白鱼香。残年饱吃生悲感，此味君亲未得尝。"

1995 年 6 月，我在无锡吃过一次清蒸白鱼，蒸出来的白鱼特别甜，吃起来很不习惯。原来无锡人特别喜欢甜味，还有那无锡酱排骨，红偏深色的肉味也是甜甜的。时隔二十年后到了同里古镇，在古镇里的一间小馆午餐，见菜谱上有清蒸太湖白鱼，就问店小二："清蒸白鱼甜的还是咸的？""咸的。你们喜欢吃辣味吗？可以放点辣椒一起蒸。"店小二的回答消除了我在无锡吃白鱼的恐惧，毫不犹豫地点了一条清蒸，味道果然不错。

三虾面

在太湖人家的生活里特别讲究因时而食。菜花开时的塘鲤鱼，初夏的白玉枇杷，端午的三虾面，冬至的桂花冬酿酒……一套一套的。

三虾面，是把太湖白虾剥出虾脑、虾仁和虾籽做浇头的一碗面。

每到端午时节，是太湖的白虾肥壮产卵季节。《太湖备考》中记载："白虾，色白而壳软薄，梅雨后有子有膏更美。"这时候将这些附在白虾体外的虾籽取下来，虾身去壳剥出虾仁，虾头煮开剥出虾脑，用油一熘，白色的虾仁、红色的虾脑和褐色的虾籽，在

葱姜油的快速激活下，一碗浓缩了白虾精华的三虾面的浇头就做好了。面当然是用手工面煮出来最好，三虾浇头浇上，一拌，热气腾腾，鲜香撩人，再配上过桥的白虾汤、咸菜、香醋，一碗三虾面下肚，那嫩滑鲜香的感觉，足够让你有耐心等上一年，来年端午时再来一碗三虾面解馋。

太湖白虾的吃法很多，盐水虾、油爆虾、石榴虾仁、翡翠虾斗等，都是太湖人家风味。在苏州，还有虾仁鳝背面。

苏州西施乳

关于河豚，听到的说法多啦。

河豚是一种有毒的美食。又因为河豚的肚皮白白嫩嫩、圆润丰腴，芳名"西施乳"。

李时珍在《本草纲目》中记曰："豚，言其味美也。""万重其腹腴，呼为'西施乳'。"

"拼死吃河豚"的说法让人心生恐惧。严有翼《艺苑雌黄》曾说："河豚，水族之奇味，世传其杀人。"

按江苏仪征老风俗，主人请吃河豚时，客人要从口袋里掏出一枚硬币，放在主人桌上，表示万一出了问题，与主人无关，是自己嘴馋，来买死的。而在江阴卖河豚的饭铺则是另一种姿态，门前则挂一块祖传的木牌，上面印刷着保单，意思是在他店里吃河豚中毒死亡，主人偿命。

"腹肥直比西施乳，肉剥鸡头觉味新。"河豚确实给人诱惑。20世纪90年代末，在太湖边的无锡参加长沙市优秀中青年干部培训班学习时，我第一次听说河豚是一种美味。长江口产河豚，江浙一带有吃河豚的美食传统。

2005年3月，玉楼东拓址新张，特从江苏请来祖传名师专灶烹制推出河豚，食客云集。

当时，烹饪大师亲自护送着河豚，端上桌来叫我们吃。"每人每"的鱼型小瓷盅里盛满奶白色的浓汤和一条烹好的三寸长的河豚，有人表示不敢吃，问"有没有危险？""我刚才在厨房里吃了一碗没事才端上来的。"大师调侃，"是江苏的师傅先吃了一碗后，我才吃的。半个小时了，我俩都平安无事，放心吃。"大师拍着胸脯哈哈笑，我们也都豁出去了，学着老习俗，从衣服口袋里找出一枚硬币放在桌上，慢慢地吃起来。又"鲜"又"嫩"，感觉确实像朱伟在《考吃》中所说的，"河豚，其一美于西施乳，即雄鱼之白，其嫩胜于乳酪。其二美于鱼皮，其软糯超过鳖裙。其三才是鱼肉"。

能把河豚的皮、肉、内脏烧出味的，我在江苏泰州国际金陵酒店吃过一次，秧草白烧河豚，秧草青青软嫩，河豚肥嫩鲜甜。

进一步了解河豚是在苏州。

那天，我们在春雨淅沥中游过平江老街，慕名来到得月楼吃饭。

自然要吃河豚。得月楼的师傅说，从杀河豚到烹制一点也马虎不得。"杀河豚之前先要数清河豚数量，待杀剖清洗后好清其杂料数量，以防误夹于净料之中致毒。剖河豚，先割眼，再去腹中鱼子、内脏，洗净血水，用银簪挑净血丝。后剥皮，皮入沸水滚后捞起，用镊子夹去芒刺。进入烹制阶段，则要用茶油先炸后煮透。"

师傅告诉我们，河豚毒在肝脏、生殖腺和血液。所以在杀河豚时，只要细心地把这些东西去掉洗净了，再经高温烧煮透，是不会出问题的。旧时的苏州人家吃河豚前，家里要准备一些芦根，一旦舌头发麻，喝碗芦根熬的汤，或许能快速解毒。

吃河豚，阳春三月为最好时节，清明前夕最妙。梅尧臣《食河豚鱼》："春洲生荻芽，春岸飞杨花。河豚当是时，贵不数鱼虾。"

过了清明，河豚的皮外毛刺变硬了，影响口感。所以《石林诗话》里说："浙人食河豚于上元前，常州、江阴最先得。方出时，一尾至直千钱，然不多得。二月后，日益多，一尾才百钱耳。柳絮时，人已不食。"

温
州
三
丝
敲
鱼

温州有一道名菜叫"三丝敲鱼"，且不说味，一个"敲"字，菜还未吃就已经感觉生动鲜活了。

三丝，是火腿丝、鸡丝、香菇丝。鸡丝要用刚杀的活鸡鸡脯肉，凉水下锅，大火烧开，余烫 3 分钟捞出撕成丝。

鱼用鮸鱼。

鮸鱼背上取肉，片出 1 厘米厚的片，放在撒有生粉的砧板上，鱼肉上再撒一层生粉，用木槌敲打至薄片。然后将敲好的鱼片放在八九十度的水锅中一余捞出切成条，顺便将菜心放沸水锅中余烫备用。然后，在锅内放入清汤，下鱼片、菜心、盐、料酒烧开，加入香菇丝、熟鸡脯肉丝、熟火腿丝滚开，加入胡椒粉，淋上熟鸡油出锅，就这样，一个三丝滚敲鱼成了，汤清味醇，鲜嫩爽滑。

南京有传统名菜炖生敲，将鳝鱼活杀去骨，用木棒生敲鳝肉，使肉质松散，再用砂锅一炖，汤汁浓醇，香酥可口，别具滋味。著名学者吴白陶教授曾咏诗夸赞："若论香酥醇厚味，金陵独擅炖生敲。"

福建有扁肉燕，取猪腿的瘦肉，也是用木棒生敲打成肉泥，掺点蕃薯粉，擀成纸片般薄，切成三寸见方小块，包上肉馅，做成扁肉，煮熟配汤吃，滑嫩清脆，淳香沁人，因形如飞燕得名"扁肉燕"。

生敲最大的好处就是将肉纤维敲松，通过高温烹饪，肉质细软嫩滑，口感舒爽。三丝敲鱼妙在清鲜嫩滑，再通过切细了的火腿、鸡肉、香菇增鲜，口感味道更加鲜美。

周庄万三蹄

小桥、流水、人家。
垂柳、粉墙、黛瓦。

长满青苔的老屋，深巷中毗连的商家铺子，水巷中摇曳的小船，戴着蓝花巾的船娘，绿荫下连成线的红灯笼，丰腴酱香的万三蹄，咸鲜嫩香的阿婆菜，清香浓醇的阿婆茶……这是周庄，梦里的江南的陈逸飞油画里的水乡。

小巧、大气、灵秀、古朴而又繁华。

到达周庄已是午饭时分。我们来不及过细观景，先进了一家临水而建的百年老餐馆。首先上来的周庄风味名吃"万三蹄"给人印象深刻，每人一筷子下去，还未闻得出蹄香，就只剩下两根蹄骨。只好再加两份。六十八元一份，一共吃了四份。本是一群做猪蹄出身的湘菜师傅，到了周庄吃猪蹄能这么胃口大开，可见味美。

周庄人说，这"万三蹄"是元末明初一个叫沈万三的商人家私房菜。沈万三命里缺木，需依水而居，便选址周庄。他利用周庄水路发达的自然优势，货通海外，一船丝绸、瓷器运出，一船洋货进来，这一来二去，成了当时中国数一数二的大富商。朱元璋当皇帝前，沈万三曾与朱元璋是拜把兄弟。朱元璋称帝后，已富可敌国的沈万三在家宴请朱元璋，上了"红焖猪蹄"。精选肥瘦适中的猪后腿，经过一天一晚的小火慢煨细焖，皮色酱红，皮润肉酥，肥而不腻。

朱元璋问沈万三："这是什么菜？"沈万三先是心里一惊："红焖'朱'蹄这是犯讳啊！"灵机一动："回皇上，这是万三蹄。"

"怎么吃？"

沈万三不慌不忙从露出两根一大一小长骨的猪蹄上取出一根细骨，以骨为刀，分而食之，香气四溢，入口即化。皇上吃得开心。从此，这"红焖猪蹄"成名"万三蹄"，名震四方，流传至今。

"万三蹄"实际上就是长沙人常说的肘子蒂，只不过是苏菜的做法，有苏菜的特色，其味清鲜，咸中稍甜，注重本味。

在中国第一水乡能吃上皇上吃过的菜，怎么不是一件惬意的美事呢？

正午的周庄，游人如织。黄皮肤、白皮肤、金发女郎、蓝眼睛少妇、黑人帅哥，穿梭于"轿从前门进，船自家中过"的张厅、富可敌国的"家有筵席、必有酥蹄"的沈厅、深巷老屋怪楼之间，把小小的周庄挤得满满的，仔细地品读着这有着九百年历史的古镇风土人情。

夜幕下的周庄，水流船行，蟋蟀蝉鸣，有一种水乡的安详。街边屋檐下灯红树绿茶香，又有一种江南水乡才子佳人的风流意境。

那一夜，我们枕水而眠。

次日清晨的周庄，也没有喧哗。零星站立的白发老人身穿白汗衫在街上打太极拳。街边的早点店很早就拉开了门板，开门迎客。豆腐花、冰绿豆沙、爆鱼面、雪菜面，少少的品种，静静地等候。

齿颊留着万三蹄的余香，眼里收着周庄水乡的美景，我们一路微醺着回家。

沈家门渔港蟹煮年糕与雪菜大黄鱼

从宁波天一阁出来，我们找到了沈家门渔港码头。

沈家门渔港在长江、钱塘江、甬江三江入海交汇处，是世界三大渔港之一。站在码头上，面朝大海远望，一条条大型机械渔船归来，各地海鲜汇聚，品种繁多。码头上到处是快速卸下海鲜的画面，一派繁忙。

老宁波人多靠出海打鱼为生，典型的"靠海吃海"的生活，海鲜是一种家常便饭。我们在码头边接连不断的海鲜店中，选了一家吃晚饭。

年糕和汤圆也是宁波的特产名小吃。首先来个蟹煮年糕吧。在葱香的打扮下，蟹煮年糕浸在白色的汤中，蟹肉带壳白中带红，年糕软糯柔而不烂，喝一口汤汤鲜味咸。

宁波人特别喜欢雪里蕻咸菜。有一句当地俗话："三天勿喝咸菜汤，两脚有点酸汪汪。"我们点了一道宁波名菜：雪菜大黄鱼。雪里蕻质地脆嫩，鲜美可口。刚刚从海里打上来的黄鱼煎得两面金黄，一焖，加笋片、雪里蕻煮开，黄鱼的嫩鲜叠加雪里蕻的咸鲜，汤汁乳白味浓醇，鱼肉鲜嫩，雪里蕻清香松脆。和四川酸菜鱼一比，少了些麻辣与酸爽，重了咸鲜，脆爽味浓。在杭州也吃过杭帮菜馆的雪菜大黄鱼，加了红辣椒煮，味道又不一样。

宁波菜以鲜、咸、臭著名。

蟹煮年糕、雪菜大黄鱼把宁波菜的咸与鲜完美呈现，特别适口。

至于"臭"，最有名的"三臭"是臭冬瓜、臭苋菜、臭菜心。当地人说，他们一般在家里先做一氅臭卤，再放咸菜、苋菜梗、冬瓜、菜心发酵，加盖，直到"烂发肥，臭生香"。

宁波人的菜地里苋菜是必须有的，一株株长得特别高大肥壮，是做臭苋菜的标准件。

老梗臭苋菜外皮很硬，里面的菜芯却已经融化，夹起一根一吸，菜芯肉即入口中，嘴里化开凉丝丝的臭味，又带清甜。豆腐蒸臭苋菜，另有一种臭的嫩鲜。当然，这都是宁波人的口味感觉，外地人一般是吃不惯的。

宁波的臭和咸，有海边的偏味。不带宁波本地乡愁的人去品，必须有勇气。

阳澄湖清水大闸蟹

"朝霞映在阳澄湖上，芦花放稻谷香岸柳成行……"这是小时候在收音机边听京剧《沙家浜》得到的阳澄湖最早记忆。

现在的阳澄湖大闸蟹名声太大了，以致于到了苏州，我们要专门寻到阳澄湖去吃大闸蟹。

"春有刀鲚，夏有鲴鲋，秋有蟹鸭，冬有野蔬……"住在湖边的人们对季节的馈赠是非常有感觉的。吃蟹尤其讲究。"春吃尖脐秋吃圆，春蟹以尖脐雄性最鲜，秋蟹以圆脐雌蟹最香。"……一句句民谚道出了吃蟹的时令诀窍。

"秋风起，蟹脚痒。"我们到的时候，九月的阳澄湖芦苇荡上的芦花已弯头飞花，正是蟹肥出水的好时光。

在湖边小馆有同行指点，我见识了阳澄湖大闸蟹的青背、白肚、黄毛、金爪。

据《考吃》记载，明代吃蟹爱用"锤、镦、钳、铲、匙、叉、刮、针"8种工具，叫"蟹八件"。吃蟹的不同部位用不同的工具。阳澄湖的小馆并没有这个排场。

爱吃蟹的也并不单是我等吃货、俗人，在诗人李白看来："蟹螯即金液，糟丘是蓬莱。且须饮美酒，乘月醉高台。"苏轼说："堪笑吴中馋太守，一诗换得两尖团。"陆游更是快人快语："蟹肥暂擘馋诞堕，酒绿初倾老眼明。"见到蟹和酒，老眼发"光"，虽有点夸张，但也是大实话。当然，文人们吃起来更讲情调，把酒、摇扇、邀月、赏菊。

像我，又大又红的清水大闸蟹一端上来，我就无暇他顾了。揭开蟹壳，大口嗍下蟹黄，取出肉，蘸点醋，鲜嫩回甘。果然肉嫩、脂香、味美。难怪世人公认阳澄湖的闸蟹最好，从前还是贡品。那橙红色的卵块之鲜、白璧似的脂膏之香、软玉般的蟹肉之嫩，确实叫我吃了还想再吃。怪不得李渔感慨："蟹之鲜而肥，甘而腻，白似玉而黄似金，已造色、香、味三者之至极，更无一物可以上之。"

吃完闸蟹，老板娘给我们一杯糖姜热茶。一阵鲜香下肚后，再来一杯微甜微辣的糖姜热茶润喉，沁人心脾。

《清异录》中还有一种糖蟹，"炀帝幸江州，吴中贡糖蟹"。陆放翁也有"磊落金盘荐糖蟹"之句，我没有吃过，不知味道如何。

木渎鲃肺汤

那年桂子飘香的秋天，我们从同里来到木渎，正是斑鱼群游现身木渎的季节，想要喝一碗鲃肺汤。

和"太湖三白"一样著名的，是太湖的斑鱼，以及斑鱼做的"鲃肺汤"。

斑鱼是鲃鱼的俗称，青背，白肚皮，有斑点，大家习惯叫它"斑鱼"。斑鱼长不大，最长也就三寸，受到惊吓时腹部会鼓起，像个气泡。当地人告诉我们，每年秋天桂花开时，斑鱼会来太湖流域木渎一带，群游戏水，桂花谢时就不见踪影了。有人说是去了长江，到次年清明时节就变成了河豚，说得神乎其神。这鱼虽形似河豚鱼，其实不是一族，斑鱼没毒。但是说随桂花来去也有点道理。因为《调鼎集》上有"斑鱼七月有，十月止"，还记录了当时烹制斑鱼汤的要领："斑鱼肉最嫩，剥皮去秽，分肝肉两种。

以烫煨之，起锅加姜汁、葱，杀去腥气。"

"八月斑鱼要吃肝。"吴歌《十二月鱼谚》也说出吃斑鱼的季节和重点部位。这些都是吴中木渎先辈们有关斑鱼的美食经验留存。

等菜的时候获得许可去看厨师做，只见师傅将斑鱼去皮，取鱼肉、鱼肝，配上火腿片、笋片、香菇、时令叶子菜，在清鸡汤中一滚，淋入姜汁煮沸出锅。内行一看，这样做出来的鱼汤当然甘美柔滑细嫩。主人告诉我们，做好一份鲃肺汤，要十几条斑鱼。因为一条斑鱼剥皮后只能取两小片鱼肉、一块肺。

喝鲃肺汤要"冷肝热汤"。

鲃肺汤一上桌，我们按主人的示范，照葫芦画瓢，先将斑肝取出放碗中凉着，待肝油溢出，一口抿下，"几同乳酪"。再来一口带鱼肉的热汤，果然鱼肉嫩滑，汤鲜回甘。

"斑肝汤"怎么成了"鲃肺汤"？据说有个故事。1929年的秋天，于右任应李根源之邀，泛舟太湖至木渎古镇，在叙顺楼品尝了这道菜，觉得无比鲜美，兴起，吟诗一首："老桂花开天下香，看花走遍太湖旁，归舟木渎尤堪记，多谢石家鲃肺汤。"第二天，这首诗刊在上海《新闻报》头版，木渎鲃肺汤在上海声名鹊起。

于老先生是陕西人，可能误听吴中口音，将斑肝汤听成了鲃肺汤，或许因为于老是大家，人们正好借于老的名气，将错就错，就像老婆饼里没有老婆一样，鲅肺汤中没有肺只有肝。

杭州叫花鸡

《射雕英雄传》里写有黄蓉做叫花鸡。黄蓉从农家偷来一只叫鸡，"用峨嵋钢刺剖了公鸡肚子，将内脏洗剥干净，却不拔毛，用水和了一团泥裹住鸡，生火烤了起来。烤得一会，泥中透出甜香，待得湿泥干透，剥去干泥，鸡毛随泥而落，鸡肉白嫩，浓香扑鼻。"

"九指神丐"洪七公"大喜，夹手夺过，风卷残云般吃得干干净净，一面吃，一面不住赞美：妙极，妙极，连我叫花祖宗，也整不出这般了不起的叫花鸡。"

这样的场景，看得我对叫花鸡垂涎三尺。

既然叫花鸡是杭州名菜。肯定得去西湖边吃一顿。还在从机场到西湖的路上，我就向司机打听："杭州哪里的叫化鸡最好吃？"司机很热情地说："最好不要去大店子，特别是河坊街那些地方，西湖边不少小店都可以。"

暮色中我们走进连通西湖的巷子里的一家私房小餐馆。打头就问店老板娘："叫花鸡做得好不好？"

"我们家的叫花鸡现做现烤，不像外面的都是拿的半成品加热。"

"那就好。"

虽然无法找黄蓉来下厨。但小馆也没让我们失望。我们带着吉祥如意的期盼，拿起木锤连续三下敲开黄泥壳，剥开双层荷叶包裹的叫花鸡，鸡皮油亮，色泽金黄，清香扑鼻。筷子一拨，白嫩的鸡肉从鸡骨上自然分离开来，一尝，肥嫩鲜香，有道口烧鸡的香，绍兴醉鸡的鲜。叫花鸡的妙，妙在用两张荷叶，将封坛黄泥的原始烹饪的野趣与荷叶裹鲜的自然之雅无缝连接，在持续的高温中将荷叶的自然之香裹进鸡肉中，清香入骨，清鲜绕舌。怪不得洪七公一口咬下去就把几十年练来的武功秘籍都教给靖哥哥了。

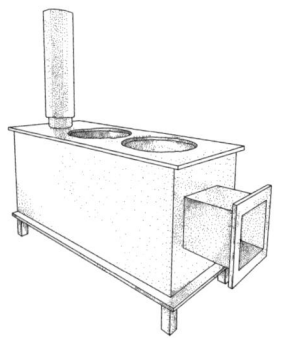

辑五

走云贵高原、黄土高原，上青藏高原
到呼伦贝尔大草原
最纯洁的蓝天白云下
升腾着羊肉的香

那年高原草原觅原味

西宁的羊肉与羊杂碎汤

西宁兴海路的"马一刀"是一家老字号，我们去的时候铺子里的客已满，屋檐下的人行道上摆了六七张桌子，只剩两个空桌，店小二将两个方桌一拼，引我们坐下。这是个当地人喜欢吃的店子，主要吃羊，有烤羊排、羊脖子、白条羊肉、羊肝之类。

白条羊肉是马家的当家品种，在菜牌特色菜排头道，85 元一片，老板娘说我们人多，有 13 个人，至少要 6 斤，我们在犹豫中少要了 2 斤。点了青海本地白酒后，一口白条一口白酒，几个来回，有点凉意的身子开始暖和起来。

白条是将新鲜上等羊肉的肋条下锅白煮，煮好后沿着肋条的纹路切成小块的羊排。好的白条肥而不腻、入口即化。马一刀的白条羊肉是先煮熟了的，大刀一砍直接上桌，冷冷的，但羊肉的清香很纯正，不腻，撒焦盐粉吃，给人一种口味跳跃的感觉，先

182

是咸，嚼到最后是清新嫩酥，4斤还是点多了，剩了一点。

也点了烤羊排，肉有点烂，嚼起来没有劲道不弹牙。一问，原来是先煮熟再烤的羊排。等吃完我站在烧烤摊边，看见师傅拿出一叠生鲜的羊排来烤。一问，原来这里的烤羊排有熟烤和生烤之分。我喜欢吃生烤的，只怪自己没有了解清楚再点。

我们这一顿的主食是尕面片，这是青海人的家常便饭。面揉成团切成片下锅煮，一般切方块或者菱形块，再加点蔬菜，如青菜叶子西红柿之类，有的加个蛋，有的放些牛羊肉。

马一刀的尕面片没有放牛羊肉，撒了点西红柿，白中带红，唰了一碗，爽滑新鲜，味道不错。

据说在青海一些地方，男方到女方家求婚的时候，女方家如果端上面片，说明人家已经谢绝了这场婚事，因为面片是揪断了的。如果女方家端上长长的拉条，这桩婚事才算成了。

从马一刀出来，我们步行到了莫家街。这是西宁的一条老商业街。

在这条街上，一个接一个的小店子都在卖青海老酸奶、炮仗、羊杂碎、羊肝、羊肺、手扒羊肉、羊蹄、羊脸等。

羊肝有卤羊肝、烧羊肝，一斤斤地卖。还有烧羊肝，这个吃法是班玛县的风味，把新鲜羊肝洗净血水，撒上一点食盐，用润湿的纸包裹两三层，丢进通红的牛粪火中，烧半个小时，纸由湿变干，由于变成焦灰，扒出后要剥尽表层沾染的杂屑，用刀割块、削片，蘸以姜末、盐、胡椒粉等佐料食用，质嫩味鲜。

我平时不太喝酸奶，但看到莫家街一家接一家店子门口的案板上堆满了上黄下白的酸奶，很想尝尝，来了一碗，果然好喝，感受到了青藏高原酸奶的酸鲜凉爽与嫩润如脂。

在这条街上我还看到马哈买提羊杂碎汤，22元一碗，泡馍1元一个，毫不犹豫地点了一个组合。羊杂碎，用羊下水炖出来，清汤之上浮着一层密密麻麻的油珠，散发着混合了羊肉味的异香。而汤中羊肚脆而嫩，羊肺软嫩，羊肠滑韧，羊肉虽少，却遇到了它的酥鲜，一口杂碎汤，一口馍，羊下水的杂与碎，在咸鲜与脆爽中独特出味。

车过多巴，再往前就到了黄土高原与青藏高原的分水岭日月山。它海拔 3600 多米。文成公主当年就是从这里走过。她沿着现在的 109 国道从海东往海南走，再往海西。

青海的草甸，草长不高，叶细，短。吃着这种草长大的青海羊不同于其他地方，羊毛厚，肉瘦，不肥。对爱吃瘦肉的我们来说，是最优质的肉质品了。

听着文成公主的故事，车已到贵德。

天下黄河贵德清。贵德处在黄土高原与青藏高原的过渡地带，黄河从西向东经贵德的中北部流去。过了贵德，黄河的水开始混浊。

窗外的天很蓝。远处的青海湖也是水天一色，蔚蓝一片。

青海湖环湖一周 360 公里。比太湖大一倍。湖色随天气变化，天蓝，湖蓝；天灰色，湖灰色。

正午时分，我们到达共和县青海湖鱼雷发射基地。湖边草场上一个特大的经幡迎风飘扬，几头牦牛在悠闲地吃草。我这个外行好奇地走到湖边，仔细观察，想看看鱼雷基地的特征，但并没有看出什么不同的细节。不过，基地的几分神秘，还是能感觉出来。

我们在小镇上吃午餐，吃到了酿皮。

青海湖的酿皮是在麦面中掺和一定数量的蓬灰和敷料，用温水调成硬面团，揉搓至精细光滑后，再放入凉水中搓洗，洗出淀粉，面团成为蜂窝状时，在放进蒸笼蒸熟，这叫"面筋"，再将沉淀了的淀粉糊舀在蒸盘中蒸熟，这就是"蒸酿皮"。酿皮切成长条，配上面筋，黄亮柔韧，在豆豉汁、醋、辣油、芥末、韭菜、蒜泥等佐料的浸润下，豉香浓郁，酸辣咸鲜嫩滑，凉爽爽的。

吃了继续赶路，车上，导游神秘兮兮地告诉我们以前多巴的婚俗：女儿成人后，父母会在离家 180 米外的地方搭一个三角白帐蓬，喜欢这家女孩的男人就会去白帐蓬找她，如果能怀上孩子生下来，才会有男孩追她谈婚论嫁，这样的习俗叫大姑娘背着孩子谈恋爱。在这里，女人能生孩子是男人成家最优先考虑的条件。

能生孩子的女人地位高，家里的草地都归女人管，如果家里兄弟多，怕传家的草地分散，往往是弟弟们都找嫂子谈恋爱，兄弟几个共一个老婆。

藏粑

离开蓝色的纳木错，我们来到蓝天下的藏族人家。高原阳光灿烂地打在棕红色的石墙平顶屋上，古朴而美丽的藏族人家显得格外神秘。热情的藏民给我们倒上一杯酥油茶，指着茶几上捏好的藏粑，笑眯眯地叫我们尝尝味道。

我拿了一坨一尝，在粗糙的粉末中感受到了一点点微微的甜。喝上一口温热的酥油茶，藏粑随着酥油茶的热流快速落胃。

藏粑是藏民祖祖辈辈的食粮，只要一只碗、一把糌粑粉、一勺酥油、一撮奶渣、一勺白糖，就能把日子过得充实悠闲。每天早上起来煮一锅酥油茶，将糌粑粉倒进一个碗里，加酥油、奶渣，用手捏成团，边捏边吃，一口藏粑，一口酥油茶，一顿饭就这样解决了。

鲜鱼时蔬这些食物对于生活在戈壁沙漠高原地区的人们来说，无异于珍馐。但是活羊可以替代一切鲜活。牧民从自己的山坡上牵来一只羊一宰，将肉砍块，放进清水中一煮，什么都不放，加上把炒香的青稞用石磨磨成粉，和奶茶、酥油、曲拉、糖，捏成最新鲜的酥油糌粑。酥油的芬芳，曲拉的酸脆，糖的甜润，羊肉的腴润鲜嫩，一起成为"高原上最方便的美味"。

敦煌生烤羊头与驴肉黄面

从嘉峪关到敦煌 380 公里 5 小时车程到达后，晚上去看了王潮歌导演的《又见敦煌》，乘着兴致，来到敦煌夜市一条街上的"老马烧烤"吃夜宵。生烤羊头、烤羊腰、烤羊排、烤羊肉串、烤羊筋、羊杂碎、老酸奶一一点起，再点上白酒。

最给力的酒伴侣，是生烤羊头。羊头烤得焦黄酥香，一把大刀剔下羊脸切片，撒上椒盐粉，弹牙厚味，那种"羊头怕酒、酸奶怕烤串"的劲上来了。

次日起来，生烤羊头的余香似乎还在舌尖，登鸣沙山，拍月牙泉，看莫高窟这惊世之作。

莫高窟，始建于十六国时期，建在鸣沙山东麓断崖上。看过窟中的壁画，令人惊叹。

据说前秦建元二年（366年），僧人乐尊路经此地，忽见茫茫戈壁上金光闪耀，如现万佛，便在岩壁上开凿了第一个洞窟。此后法良禅师等又继续在此建洞修禅，原称"漠高窟"，"沙漠的高处"，寓意"没有比修建佛窟更高的修为"了。正是这种修为的力量，形成了当年万户凿窟拜佛的景像。而河西走廊的繁华，使莫高窟成了一个惊艳世界的圣地。人们在这里虔诚一拜，祈求平安穿越沙漠戈壁。

前一天看到驴肉黄面的招牌没有去吃，从莫高窟回来，决定吃一顿，尝个新鲜。

敦煌的大街小巷里，很多饮食店都挂着驴肉黄面的牌子。原来驴肉黄面是两盘东西，一盘驴肉作菜，一盘手工拉制的黄面作主食。据说莫高窟156号窟壁画上有制黄面的场景，可见历史悠久。在我读过的饮食趣事里，说于右任、李政道都喜欢吃。

后来知道敦煌黄面，是顺张的最好。我们去的是张记，差一个字，不知味道会不会差，无法比较。

制作黄面，要用小麦粉配上沙漠里的某种碱性植物，经揉、撬、甩条等多道工序精心制作，煮熟后的面条略显黄色，面长匀称，细如龙须，长如金线，柔韧耐拉，筋道透亮，可以干拌、调汤或者加菜吃。也有用香菇末、驴肉丁、水豆腐丁丁等烩成臊子盖在黄面上，味道鲜美。

张记除了驴肉黄面，还有驴全席，2980 元一桌。驴的全身烹来上席。我们没要驴全席，而是单点了几个，扒驴肉、炒驴脸、蒜爆驴肚、烧驴尾。就着黄面吃，青稞酒也喝得精光，一天的疲惫消失了。

腾冲铜锅饭稀豆粉

我们从洱海双廊出来，坐了 7 个小时的汽车才到达腾冲和顺古镇。还好有和顺人家的铜锅饭、稀豆粉慰藉我们。

葱白头在放有猪油的手工冷作的铜锅中煸炒出香，加有肥有瘦的宣威火腿丁翻炒出油，放土豆丁、红萝卜丁、青豆、玉米、去壳的新鲜蚕豆翻炒至半熟，用煮得半熟的米饭盖在上面，喂足水先大火后小火焖熟，一锅用火腿的咸香浸润出鲜的铜锅洋芋饭顺利出炉。五彩油亮，咸香出鲜。

这锅用宣威火腿煮出来的饭注定与众不同。

土豆、青豆、蚕豆、红萝卜、玉米、米饭在水与火的高温交织中，把陈年火腿自然发酵的咸、香、鲜油脂味吸入，杂粮的自然鲜香变得丰满厚味，散爽成粒，烂而不失其形，咸淡相宜，软嫩含香。好吃！好吃！大家连连赞叹，轻易吃下两碗。

虽然没有我们怀化的瓿坛子野胡葱腊肉炒饭的酸辣，但火腿的香与腊肉散发的香极为相似，厚味诱人。

这时候正是鸡枞菌上市的时节，红绿淡黄间白的五彩铜锅饭，配上一道鸡枞菌炒青椒，再加上具有腾冲特色小吃稀豆粉，一顿晚餐大快朵颐。

稀豆粉粉糯含香，模样像一碗嫩蒸的石灰水蒸蛋，淡淡的黄。

"一升豆一盆浆。"做好一碗稀豆粉，要选好磨和豆。好的石磨磨出来的豆浆粉细腻生鲜。云南最纯正的稀豆粉原料要数保山的蒲缥豆，这种生长在山里的豌豆，磨出来的粉特别细腻香浓。

晒干了的白豌豆加水泡一天或一夜，再用石磨带水磨，滤出豌豆粉水倒进锅里，慢火一煮，边搅拌边煮，煮到稀稠糊状，就可以马上吃了。

吃法有两种，一种是吃原味。云南中国烹饪大师刘忠明建议，将原味稀豆粉配上油炸的土豆条、三鲜青头菌一起吃，特别酥香、细嫩、清鲜。另一种是加酱料吃，多种调配料调和，五味生津。

在腾冲，杂吃的排场大：红艳的辣椒面、鲜黄的姜水、焦黄的花椒油、乳白的蒜泥、翠绿的芫荽、绛红的米醋、清亮的芝麻油、红黄相间的腐乳水、墨绿的麻椒、酥脆芝麻花生碎……一一

装在白色的小瓷碗里，摆满大半个桌子，任你选择调味。

一碗稀豆粉，喝一口，咂咂嘴，细腻滑糯香辣。

贵州花江狗肉

"十月有个小阳春，花江狗肉胜人参。"在贵州黄果树有人这么跟我说。

黔菜有三绝：酸汤，花江狗肉，卤鹅头。各自都很个性地展示着黔菜特点：辣香异酸，古朴醇厚，野趣天然。

花江狗肉原产于安顺市关岭县花江镇，离黄果树瀑布不远。我们游看过落差74米宽81米的中国第一瀑布已到下午一点，陪同我们的是贵州省饮食公司同行。贵州中国烹饪大师王世杰先生说今天去花江镇吃狗肉有点晚，只能在景点附近找家正宗的老店吃。

从景区出来，十几分钟的车程，车子把我们带到了一个黑瓦青砖的四合院。果然是一家老店，古色古香，一席席的客人在木格窗、四方桌、长条凳的中式厅堂中品味有着600年历史的花江狗肉，满屋鲜香。我们依窗而坐，木格窗外的天井铺着有了年数的青石板。十月的阳光透过天井从木格窗射进来照在身子上，让本来身感凉意的我们瞬间温暖。

很快，花江狗肉上来了。先是一个火锅带一大盘切得厚薄适宜的狗肉，另有七八个大大小小的调料盅，然后每人席前放一个装调料汁的小碗。在服务员的演示下我们依次将姜末、葱花、香菜末、胡椒粉、酱油、芫荽、干辣椒粉放入调料碗中，再从沸腾的火锅中取一勺汤倒入拌匀，做成蘸汁，再将切好的狗肉下入火锅中涮煮，然后又从火锅中夹起狗肉放入刚做好的蘸汁小碗中浸过汁，入口，又烫又辣，又麻又香，热辣刺激，一嚼，狗肉鲜嫩，肉皮有筋道，鲜爽可口。和着狗肉下酒，醇香扑鼻，顿时，酒兴大发。那一顿，来了一只狗的料、喝了好几瓶茅台酒，个个酒醉饭饱。

回贵阳的路上，我请教中国烹饪大师王世杰先生，他说花江狗肉做法讲究：二十斤以内的土黄狗治净，整狗不剥皮，去骨，烤至皮嫩黄，用花椒、生姜、陈皮、八角、山奈等药草慢炖至筷子能插穿狗肉即可。炖好的狗肉凉后切片上桌，炖出的狗肉汤汤清鲜美，用作火锅底汤。切片的狗肉下入火锅，边烫边吃。因为吃花江狗肉温补壮阳安五脏，清身益气暖腰膝，而且文明野趣，这一传，就是600年，而且越传越开。我敢赌言：不仅贵州有吃，凡是中国有城市的地方，都有"贵州花江狗肉"香。在长沙，吉祥巷的花江狗肉就卖得好，而且年代久远。

不过，在贵州吃花江狗肉，更正宗、更原味、更民俗。

黄果树瀑布被明代徐霞客赞为"捣珠崩玉，飞沫反涌，如烟雾腾空，势甚雄伟"。看过瀑布后，再来一顿热辣嫩鲜的"花江狗肉"，确实是人生快意事。

蒙古包烤全羊

我们在内蒙古草原人家的蒙古包，体验了一次很有仪式感的草原烤全羊。

身着蒙古族服装厨师小伙将烤得金黄油亮的全羊抬上来，几个蒙古姑娘给我们献上哈达，敬马奶酒，唱祝酒歌，在蒙古兄弟的指点下，我们席上的"王爷""王妃"用双嘴衔出羊头上的香菜叶，一副"夫妻"恩爱的样子，引来一阵大笑。接下来用蒙古刀在羊头上划出两片羊头皮，恭敬地抛向天空，敬过天地，才开始分食烤全羊。

吃过烤全羊，我们发现三个地方的羊肉最好吃：羊头皮、羊脖子、羊背脊肉。尤其是羊脖子，是块活肉，肉质嫩，肥瘦相间，蘸上盐水佐料，酥香鲜嫩。但是同行的一对金童玉女爱吃羊腿，一人一腿羊肉，大口吃起来，三四斤重的羊腿不到十分钟时间一啃而光，剩下一根油光白净的羊股骨。

就在我们一口马奶酒，一口羊肉，酣畅淋漓的时候，三个马头琴师和蒙古族歌手小伙子在蒙古包里倾情表演："马头琴悠扬，是谁在歌唱……"一曲内蒙古民歌《吻你》后，又是一曲《黑小伙》："有你的地方，哪里都是天堂……"动听的歌声打动着我们这些游子，不断地用油乎乎的手鼓掌，"蒙古包像飞落的大雁，勒勒车赶着太阳游荡在天边，敖包美丽的神话守护着草原，啊，我蓝色的蒙古高原……"

吸着烤全羊的酥香，听着悠扬的马头琴声和一首首草原的歌，我们醉倒在草原。

傣味烧烤

正月初五。西双版纳。

我们这些从寒冷北方来的男人，都脱掉了羽绒服穿上了短裤汗衫，女人爱俏，干脆换成了一身凸显身材曲线的傣家长裙，走在西双版纳景洪市滨江大道，微微的热带季风沿澜沧江吹来，一股浓浓的烧烤味钻进你的鼻孔。顺着这股味走过去，是江边夜市，沿澜沧江江堤摆开，一个接一个的傣味烧烤摊，组成了一道独特的夜景。

包烧菌菇、包烧肉、包烧酸笋、包烧酸肉，烤包浆豆腐、烤粉肠、烤三线肉、烤鳝、烤羊肉串、烤牛干巴、烤鸡、烤鱼、烤鱼香茄子、烤青椒、烤韭菜、油炸蛹、香芋鸡、炒米干、小锅米

201

线，几乎是每个摊上的主角。我们随便点几个，配上摊主自制的蘸酱、辣椒面，在一股浓浓的辣劲和酸劲的交织中刺激得味觉舒展，不知不觉给一个热气涌动的夜晚增添了几许清新与激情。尤其是那道勐海烤鱼，外皮很脆，鱼肉很嫩，鲜而不腻。在香茅草、大元茜等配料姜汁作用下，幽香诱人。女人叫了一个菠萝饭。傣族的傣妹个个身材苗条，据说是多吃酸食和傣茶、吃烧烤和糯米菠萝饭的原因。

泼水节是傣族人的新年。"赶摆"是傣族人欢度盛大节日和集会的方式，而这些烧烤小吃，就是他们的节日摆场上最夺目的食物，而烧烤也是他们使用得最多的烹饪方法。

傣族食材

我在版纳的菜市场大开眼界，卖野菜的摊子上摆着各种野菜和能做调配料的植物。香茅草、大芫茜、刺五加尖、水香菜、臭菜、茴香、苦凉菜、洋丝瓜尖、蕨菜、面瓜花、薄荷、荆芥、苔头、折耳根、血皮菜、螺丝叶、滴水芋、苦果、刺菜，堆积如山。

这些食材或作主料，或当配料用，成菜风味独特。几天来吃到的臭菜煎蛋、苦凉菜汤、炒刺五加尖、蕨菜炒西红柿、茴香汤、傣味茴香鸡、荆芥煮鱼、木姜子煮鱼、大芫茜烤鱼、水香菜炒牛肉、苔头炒腊猪脸、薄荷牛干巴、折耳根蒸鱼、巴蕉花炒冬瓜猪肉、酸笋煮鸡、酸笋炒牛肉，都是经典而地方特色浓郁的搭配，让我这个外地来客大快朵颐。

当地人说，香茅草除了煮烤水产品除腥出鲜，单独拿来熬汤

喝，也能清火排毒开胃。

　　云南有"春吃百花、夏吃百菌、秋吃百根、冬吃百虫"之说。版纳也不例外，冬天吃各种虫子，竹虫、蟋蟀、蜂蛹、蚱蜢、知了、臭屁虫、蚂蚁蛋、水蜈蚣、花蜘蛛、大青虫等，都是当地人的好食材，往油锅中一炸，就成了版纳人民的美味佳肴，香酥可口。尤其像水蜈蚣、花蜘蛛，只有贵客来了才有吃。然而，我被当作贵客遇到这些贵物时，心中更多的是害怕，不敢入口。

呼伦贝尔的羊血肠和羊肉肠

夜幕下，马头琴琴声悠扬，满天的星星，此时此刻，我们在内蒙巴尔虎部落的草原上，在熊熊篝火的温暖下，与陌生的人手拉着手，载歌载舞，宁静的大草原变得热闹欢快。

"一日三餐茶，一顿饭。"蒙古族人的生活是简单而快乐的。

早上起来，先煮一壶奶茶。砖茶放入铜壶中，加水熬成紫红色，再加鲜奶、盐，熬出的奶茶满屋香。家里人喝好后，余下的放铜壶里在微火上暖着。因为忙活，打扫羊圈卫生、挑水、挤奶、喂水、喂草等，早餐、中餐都很简单，一般是喝奶茶，再加上奶酪、奶皮、奶饼、酸奶、炒米之类。

这种以奶为主料制成的食品，蒙古族人称为"白食"，象征纯洁、吉祥、崇高。蒙古人在逢年过节或孩子穿新衣时，都要用白食涂抹一下，办喜事时做洞房用的蒙古包，也要用白食涂抹，以示祝福。过生日、满周岁、行婚礼、出远门时，老人们都要端着雪白的奶汁举行祝福仪式，以求平安、顺利。

晚餐才是全家人的美味正餐，白食、红食全上。诸如手把羊肉、涮羊肉、羊杂碎、烤全羊、整羊席、羊肉肠、羊血肠之类。或炖、或煮、或烤、或涮，主食有小米粥、面片、酥油炸饼、馍馍等。

在内蒙古的餐桌上，给我印象最深的是羊血肠和羊肉肠。羊血肠，很有味道，是将羊血灌入小肠内，煮沸来吃，品尝一口，又香又嫩，满嘴生香，别有风味。

羊肉肠是另一种味道。用刀割下两条脆嫩的里脊肉和脖子上的肉，掺进葱、蒜、姜粉、花椒面、食盐面，剁成肉馅，剁好后撒上一些炒面，装进新鲜干净的肥肠里，装好后，再次冲洗下锅煮，煮熟后捞出，切成约三寸长的段，盛盘上桌。吃时在捣好的蒜泥里加上醋，用手拿肠蘸着吃，味道鲜美。

羊肉是蒙古族人的最爱。在海拉尔长大的白岩松，虽在北京生活了很多年，但他还是说："奶茶羊肉才是我的根。"

喝酒、吃羊肉，人手一把蒙古刀，这是内蒙人餐桌上一大景观。所以说"骆驼见了柳，蒙古人见了酒。"

不论是吃手把羊肉，还是吃羊血肠、羊肉肠，我都像当地人一样，蘸野韭菜花做成的酱吃。内蒙古的草原上遍地是野韭菜，海拉尔市的蒙语是"野韭菜地"的意思。韭花摘下来，晾干，盐腌，就成了野韭菜花酱。羊肉的温润，沾上酸咸酸咸的韭菜花酱一嚼，超级享受！我们白天路过一个牧民家去做客，见他家的地上正晾着一大盆野韭菜花。牧民说，每年开春后，羊走出羊圈，吃野韭菜、沙葱，不但能杀除体内的寄生虫和细菌，而且这样长大的羊肉不膻，所以有"六月鲜羊肉，神仙也想吃一口。"

五代书法家杨凝式官至太子太保，他在《韭花贴》里写道："当一叶报秋之初，乃韭花逞味之始。助其肥羜，实谓珍羞。"看来吃羊肉蘸韭菜花酱，这种吃法有些历史了。

内蒙古人特别好客。汪曾祺先生在《五味》中写了个故事：内蒙人出远门背上常背一腿鲜羊腿上路，见到蒙古包下马借宿，卸下羊腿交主人一煮，主人也会炒些菜添些酒水共饮，还常杀只活羊，砍下一只羊腿，送给来客第二天上路。草原上跑上一圈回到家，背上还是背着一腿新鲜羊肉。

夜深了，我在草原上白色云朵一样的蒙古包里睡下，许多散养的牛羊过来，在我的门窗外，吃它的草。

室韦小鸡炖蘑菇

　　顺着额尔古纳河，经黑山头镇，我们见到一片桦树林，发现了许多大蘑菇。一下子，惊讶的少妇们变成了采蘑菇的小姑娘，在软软的、湿湿的、落满树叶的草地里找蘑菇，顿时，遮太阳的草帽都变成装蘑菇的小篮子。

　　晚上，来到额尔古纳市室韦镇木刻楞民居住下。

　　这是中俄交界的边陲小镇，镇上清一色的木刻楞房子。室韦人被誉为"森林中的人"。因木材丰富，所以房子全部是用木头建起来的，并且造型精美，属于俄罗斯建筑风格。

　　这里也是华俄后裔的繁衍之地，黄皮肤的中国男人的智慧，与蓝眼睛俄罗斯女人的热情造就了室韦。

额尔古纳河从室韦镇流过，将中俄分界。对岸的俄罗斯，在河岸边设有高高的哨所瞭望台，有穿一身制服的俄罗斯哨兵在河边垂钓。河的两岸，除了流水声、奶牛的叫声，一切都安静平和。

我们把采来的蘑菇交给店老板，叫他给我们做自己采的蘑菇吃。主人一看，不同意，说这蘑菇煮出来是酸味道，不好吃。顿时，我们情绪低落，心就像跌入呼伦湖底。

"可以用我们的干蘑菇炖小鸡。"主人看出了我们的心情。

只好这样，加了一个干蘑菇炖小鸡。

室韦人的饮用水很贵。因为这一段的额尔古纳河水中重金属含量严重超标，无法饮用，只能去很远的地方买水来生活。这里的菜式特色又和内蒙菜有不同，夹杂着浓重的俄罗斯饮食特色。在当晚的木刻楞晚宴上，主人烹制了奶酪煎蛋、炒苏联酸黄瓜、青菜沙拉、水果沙拉、土豆煎排骨、土豆炖磨菇、苏泊汤，还有大大的列巴，整个菜式有浓郁的奶香、酸脆、清淡。我们加的小鸡炖蘑菇，炖出来的汤很清鲜，蘑菇的清香味浓烈，细嚼慢吞中发觉，草原的鸡似乎没有南方走地鸡的肉紧实，鸡肉吃起来很嫩。就着这热烫的小鸡炖蘑菇炖出来的汤泡饭，我扒了两碗饭。

我们离开室韦，齿颊还留着小鸡炖蘑菇的余香。草原的风，草原的雨，草原的彩虹，草原的姑娘从我们的眼前一一飘过。记忆最深的还是草原的河，跑在一望无际的草原，偶然出来一条河。和南方的河不同，她没有一泻千里的壮阔，只有在岁月深处写下

的曲曲折折，滋养着大草原。

哇，下雨啦！哇，出彩虹啦！草原上的雨滴打在车窗上，大家欣喜若狂。

莫尔道嘎的一顿乱炖

　　一路彩虹，一路欢笑，不知不觉来到了莫尔道嘎镇，当年成吉思汗出征地。

　　相传，1207年铁木真回室韦祭祖，路上生发狩猎之念，逐鹿至龙岩山顶。只见林海茫茫，云凝峰峦，霞光四射，一派吉祥。大汗此时豪气万千，又生出统一蒙古的志愿，于是一声巨吼：莫尔道嘎(蒙语：上马出征)！此后，鏖战草原，征西辽、攻西夏、灭畏兀，历时11年终于统一蒙古国，铁木真也被尊为成吉思汗。

　　在这样一个曾经靠木为生的镇子，如今他们放下了砍刀，封山育林，做起了旅游服务。镇上各色饭店林立，内蒙杂炖、林海山珍、冷水鱼肴、草原烧烤都有。我们在溪水边的龙祥山庄住下。奇玉兴致很高，放下行李就直奔餐厅点菜，什么辣根黑耳、清蒸细鳞冷水鱼、清炖深林老鸭、原味野菜丸子、油炸白条鱼、一顿乱炖。菜一上来，我们便开怀畅饮。邻桌是苏州来的客人，和我们一样，到了内蒙都染上了蒙古汉子的豪爽，相互乐此不疲地敬酒，直到酒酣耳热。

莫尔道嘎一年有九个月是冰霜期，常年低温天气。这里很少有烤全羊，最有味的特产是细鳞冷水鱼。一条两斤重的细鳞鱼要六年的生长期，卖得很贵。我尝到的是一种尖嘴、鳞细、肉嫩、长条形的鱼，清鲜甘美。

一顿乱炖是当地特色。莫尔道嘎人家几乎天天炖，什么杂七杂八的食物都可以炖，有以羊杂为主料的杂炖，经典代表是羊杂碎。

羊杂碎用"羊下水"做成，主要用料是羊肝、肺、心、肚子、肠子和羊血等，有的还放羊头、蹄。熬羊杂碎还需把煮好的羊下水切成小块或条状，加入水，再放点山药、辣椒、葱蒜和调料等，熬上一个半小时，一锅香喷喷的羊杂碎便做成了。熬好的羊杂碎色泽红艳，香、味俱全，吃起来鲜而味美，辣而爽口，香而不腻。连汤带水热热吃起来，让人大汗淋漓，浑身舒畅。羊杂碎中，肝香酥，肺质绵，血、肠爽口。配白焙子、香菜吃，羊杂汤味鲜、香辣、浓醇、不膻。

还有以猪肉为主料的杂炖，如五花肉炖酸白菜。有以小鸡为主料的杂炖，以蘑菇为主料的杂炖，以蔬菜为主料的杂炖，土豆、玉米炖豆角，粉条白菜炖萝卜，好像什么东西都可拿来炖，真是粗犷的混搭之美。甚至连米饭都混搭，用大米和小米混煮出来的饭叫二米饭，在海拉尔，我们在一家叫"坛焖牛肉二米饭"的餐馆吃了一顿饭。

　　在黄昏中，广播里放着德德玛《牧村的黄昏》，歌声是那样的动人：晚霞染红了草地，牧村的黄昏多彩秀丽，归来的羊群像浪花飞扬，勒勒车拉来丰收的消息，阿爸的奶酒里酿着故事，额吉的奶茶里泡着笑语……我们喝酒、吃肉，沉醉。

2002 年初夏，我们按市政府要求，前往昆明踩点——长沙市政府九月在昆明举办"昆交会"，我们公司负责接洽春城飘"湘"湘菜推介宴会相关事宜。下了飞机，去拜访了昆明市饮食服务公司赵董事长。在昆明公司帮助下，将湘菜推介会的一揽子计划项目找到了对口落地单位。当晚，赵董、王总他们端出了昆明最有民俗特色的花宴招待我们，充分感受了彩云之南的独特烹艺和原材料的丰富优势。用各种源自原始森林的山花做成的大菜，令人耳目一新，大饱口福，觉得这里不愧是春城。

我听过 20 世纪 80 年代云南流行的一句民谣：看不见的战线，打不尽的毛线，吃不完的米线。大快朵颐之余，不忘向王总打听："云南最负盛名的过桥米线是哪家？"

"明早带你们去吃最正宗的云南米线。"王总笑答。

第二天同住的许大师很早就起来了。我被从梦中叫醒后的第一反映是，"就去吃过桥米线？"一看表才四点半。原来他老人家习惯早起。

熬到七点半，我们准时下到酒店大堂，就见到了昆明公司的老总们。

"就在附近，我们走路去。"

我们转过一条大街，来到一条老街巷子口的云南米线老店建新园。虽然门面陈旧，设备也很简陋，但卫生做得很好，陈旧的木门板擦得一点油渍污垢都没有。可能是预约，很快就出品了。先是一推车生片端上来：鱼片、鸡片、腰片、鱿鱼片、海参片、鳝片、肚片，全是生鲜薄片，分盘装着。随后一大碗汤、一大碗煮熟了的米线依次上席，接着又是一碟碟豆芽、香菜、咸酸菜、辣椒粉、辣椒油呼呼啦啦上来，摆满一大桌。

"料都上齐啦。"主人把盛有汤的大碗慢慢移到桌面中间说，"过桥米线就靠这汤出味。汤是用土母鸡、老鸭、猪筒子骨、宣威火腿小火熬成，温度很高，大约摄氏一百六七十度。汤出锅有一道重要工序就是封油，汤入碗后一定要把烧开的热油倒在汤面上，封住滚汤，以防散热。大家要小心烫。"

一盘盘生片、生料依次下入汤碗中后，主人又将煮熟的米线夹入汤碗中。主人说，"这米线有两种做法，一种叫酸浆米线，是用蒙自产的大米发酵磨制而成的，保留了大米的清香；一种叫干

浆米线，大米磨粉后，直接放到机器中挤压成型晒干称为干米线。今天吃的是酸浆米线。"

"米线夹入汤碗的过程中，米线就在两只碗之间搭起了一座白色的米线桥，这就是'过桥'。完成这个动作，过桥米线就做好了。"

说到过桥，主人又说了个故事。传说清朝滇南蒙自县城外有一湖心小岛，一书生常在岛上读书备考，埋头用功，妻子送去的饭菜常常凉了忘记吃。时间一长，身子日见消瘦，贤慧的妻子十分心疼。一次，妻子杀了一只肥母鸡用砂锅熬后送去，发现很长时间后还热，原来是鸡汤上有一层厚厚的鸡油保温。贤妻灵机一动，如果把米线先煮好，把佐料切成薄片到吃时再下入鸡汤中不更好？一试，效果很好。后来，书生考取了秀才，因为送饭到湖心岛要过一座桥，所以，人们根据这个故事，把这种吃法叫过桥米线。据说，这种吃法已经流传 100 多年了。

原来还有个爱情故事。

米线柔糯爽滑，酸辣鲜香，生片经滚汤一焖，嫩鲜味厚。

主人说吃过桥米线，一定要放点香酥，柔软中感受香脆可口的滋味。但是，这东西难做出味来。云南有句俗话："一碟香酥，三年学徒。"所以外地的云南过桥米线很难有这香酥。

"哟，这么神奇？"

原来，这一粒粒的香酥是用猪五花肉切丁、外裹豌豆粉，经小火慢炸而成，工艺的窍门是调味和调火慢炸。

品完这盛名之下的过桥米线，感觉它妙在碗大、汤滚、料多、味鲜、生焖。用的是火锅原理焖熟各种生片生料，吃起来嫩滑热烫。有一滚当三鲜之妙。但又见不到火见不着锅，功在汤滚，绝在生片片薄如纸，巧在封油，又油而不腻。

好一座温暖如春的美食春城，连吃食都温而不见火。

儿子上大学时去云南采风，我特意带他去金马碧鸡坊附近的建新园专门吃了一顿过桥米线。那些个盘盘碟碟一上来，儿子也觉得阵仗很大，吃了一碗，直说好吃。

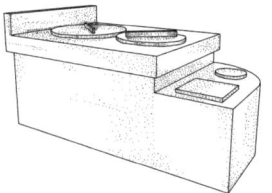

辑六

从这山，到那山
那一锅山味
带着山间草木与菌子的清香

山行食记

新疆天山手抓羊肉

这静谧的峡谷，仿佛已存在了千万年。远处的雪峰，在一片翠绿之上，银亮亮地连着蓝天白云。

跑了两个小时的车在这里嘎然停下，我们到了天山大峡谷。扎堆的毡房，在山之南的草地上安静地呆着，这就是哈萨克、蒙古族人的家。每家毡房外的门口搭有一个简陋小棚，摆着锅灶，刚刚宰杀出来的整头羊肉，挂在棚子的柱子上，这眼前的一切，好像是在等待着客人们的到来。一切都那么从容、古朴、原始。突然，一个健康而胖实的哈萨克老人向我们招呼：来我们家吃手抓羊肉吧，还有烤羊肉串、烤全羊……

来一次哈萨克族游牧民生活的原生态真实体验？

一切都是那样的原汁原味，我们不由自主地留下来了。同行的湘菜大师王焰峰一看主人家里就两位老人，想着我们十几个人的饭菜，能一下子做得出来吗？王大师自告奋勇，我来帮你们搞。提议得到两位老人的支持。主人很大方，羊肉、鸡蛋、红萝卜、西红柿、青椒一一摆到了王大师的案前。但是主人说："这手抓羊肉还得我亲自做。"王大师会心一笑，连声"好！好！"。

随行的人分成了三摊子，一群人爬山，一群人做菜，一群人摄影。

专业的人做专业的事，专心的人干喜欢的活。一边是大厨专业做大菜，一边是美眉专心烤羊肉串，安慰馋嘴。菁哥、二哥两位美女最积极，把又大又好的羊肉一个劲地往铁签上串，怕穿少了吃亏。主人说，这羊肉要一块瘦一块带筋的五花肥肉相间，才好吃。羊肉穿好了，又一根根地放在炭火上烤，烤来一股羊肉的酥香。美女不时地翻烤，时而涮油，时而撒盐，时而撒辣椒粉、孜然粉，一切都在笨手笨脚地进行。谈笑中，走出一位高手，只见米舅舅抓起一把盐，一路连抛，有招有势。与其说是帮忙，还不如说是显摆手艺。盐均匀地撒在羊肉串上，他继而又抓起一把辣椒粉一抛，如仙女散花，徐徐落在羊肉串上，均匀而无半点浪费。小柳子连忙举起广角照相机，记下了那精彩瞬间，后来打开相机看照片，这相同画面竟连拍了120多张。小柳子早已全然不顾那烤羊肉串的烟，是否伤到了他那昂贵的镜头。

每一批羊肉串烤出来很快一抢而空。都在夸米舅舅放盐到位、辣椒粉撒得准，盐味正，辣得过瘾。一直在烤羊肉串的美女委屈得哼哼，长时间面对烟熏火烤，竟然没有一个人说她烤得好。其实，羊肉串烤得很酥香，又特别嫩，但是大家似乎没有买这火候的账，还说，这里的羊是吃野草长大的，肉嫩些。

不错，牧民说，新疆的羊吃的是中草药，喝的是矿泉水，走的是金光道。都是吃的含油脂的针叶草类，羊肉鲜嫩，不膻。

"手抓羊肉熟了。"随着主人一声吆喝，准备充分的王大师以羊为料小炒助兴。小炒羊肝、小炒羊肉、羊油淋青椒、西红柿炒蛋……一道道菜都热油快炒，快速出锅。

一桌子菜都以"手抓羊肉"为中心。主人要自己亲手做"手抓羊肉"，是为了我们吃到他们的正宗味道。这一顿饭，确实让我解开了"手抓羊肉"神秘的谜底。

带骨的羊肉砍成大块，加放洋葱、盐，一炖即成，香、嫩、鲜。其实，做法上没什么巧，就是一定要放洋葱，他们称之为"皮牙子"，主要去膻，增鲜，有的还习惯放点萝卜炖。

没有一道菜做起来比这更简单的了。

但是，也没有一道菜吃起来比这更兴师动众的了。吃手抓羊肉，尝鲜之外，主要是找抓的感觉。牧民告诉我们，吃手抓羊肉时，左手抓羊肉，右手拿刀，将骨头上的羊肉一块一块切下来，再慢慢地抓起，一口羊肉，一口馕，蘸着汁吃。口干了，就喝一口热烫烫的手抓羊肉炖出来的羊肉鲜汤。

一锅原汁、原汤、原味的手抓羊肉,让我们感知了新疆游牧民族的饮食习俗。吃了这一顿手抓羊肉,我们的车又启程了,赶往下一个南北疆景点。一路上,我们一会儿穿过一望无际的戈壁滩,一会儿越过满眼皆春的大草原,一会儿又翻过起伏延锦的沙漠,葡萄沟的马奶子、吐鲁蕃坎儿井边的烤全羊、喀纳斯湖边的烤羊排、海拔 3800 米帕米尔高原上的爆炒耗牛肉、神的自留地禾木的馕、天山的雪蟹,一一留在了我们的美食记忆中。特别是烤全羊,区别于其他地方,是焖烤。腌入味的全羊一律放到馕坑里焖烤,烤出来的羊肉嫩鲜鲜的,香酥酥的。

印象中,新疆的旅行就是坐车,看景,美食。长时间在戈壁滩上的奔驰,和人一起随着路面起伏的,还有不时腾起打出的羊肉嗝。

新疆的美食纯真、简单、粗犷、原味。羊肉、洋葱、西红柿、辣椒、红萝卜、孜然、盐,是新疆人最原始、最经典、最常备的原铺料。大锅、大盆、大块,就是他们豪放的饮食风格。

这一趟新疆之行,我们参加了乌鲁木齐办的中国厨师节。新疆人在戈壁滩上守望生命,也在草原上享受生活。他们用勤劳的双手做出了天下最干净、最原味的纯真美食:第一抓饭、第一烤全驼、第一烤肉、第一馕……把第二十届中国厨师节办得气势如牛,热闹而特别。

祁连山搓鱼子与羊肉焖饼子

我们看过了青海湖后，坐汽车沿祁连山一路向西。

没有看到大柴旦的日出，在茶卡盐湖也没找到天空之镜，倒是见识了西宁高原羊肉的原味清鲜，莫家街羊杂碎汤的清澈，还有青海湖畔的面片、青稞面、青麦面，卓尔山的秃秃麻食、手搓的面疙瘩，张掖的搓鱼子，敦煌驴肉黄面的粗旷地道。

人有时候是矛盾的。比如味觉。人的味觉一头总是顽固地锁着故乡的味道记忆，一头又游离出追寻异乡新滋味的欲望，但又挑剔着他乡味道的陌生。

汽车奔驰在柴达木盆地，一边昆仑山，一边是祁连山。

祁连山在青海省东北与甘肃省西的边境，河西走廊的南侧，是个被干旱区包围着的高地湿岛，它的北边是北山戈壁和巴丹吉林沙漠，南边有柴达木干旱盆地，西边是库姆塔格沙漠，东端是黄土高原，黄河谷地，连接秦岭。祁连山的冰川融水从山间流向荒漠，滋润着干旱的西北大地，也阻止了沙漠向内蒙古高原漫延。

"祁连六月雪"，祁连山春不像春，夏不像夏，四季不分明。

祁连山下有一片水草丰美的草原，那就是夏日塔拉，一个牧马放羊的优质草原。

我们用了一个多小时上到海拔4120米的大冬树山垭口。我爬上山顶远眺，祁连山不是一座孤山，而是一个众多高山、宽谷平行排列的山脉。

翻过海塔尔山进入祁连县，遇见了卓尔山麻拉河，两岸是红土丹霞地貌的山，山坡上长着浅浅的草。河水黄色偏红。几个小时的戈壁滩穿越，一看到满山的草，虽浅，感觉卓尔山下的麻拉河与村庄还真是卓尔不凡，是个适合住上一晚的小村庄。

但我们还得往前赶路。12点半到达八宝镇吃中饭，菜摆满一桌。我一下来了两块手抓羊肉。最好吃的还是那碗手擀面，白色的细叶面上撒满了细细的香菜叶，面柔，口劲足，清香含鲜。咕咚咕咚，一下子嗍了一碗。

到张掖的时候，已经是晚饭时分，因为听到张掖吃食的顺口溜："羊肉焖饼子，鸡肉垫卷子，炒搓鱼炒炮仗。"感觉很新鲜，晚餐就吃羊肉焖饼子和炒搓鱼子。

羊肉焖饼子是一道慢工老火的吃食，做好的关键在焖。张掖人是将带骨的羊肉砍成块，先和姜、八角爆炒出香味放水加盖煮开，再以羊汤和面，擀成大薄饼，涮上油铺在正在熬煮收汁中的羊肉上，一层层叠加在上面，再加锅盖盖上，小火焖煮使羊肉汤汁收浓。羊肉的鲜香美味，通过热气全渗透到饼子中去了，一份味道鲜美的羊肉焖饼子就这样出锅。

大块的羊肉和面饼子，都焖成了深深的酱油色，装在盘子里，干爽爽的，热气腾腾。我们吃起来，羊肉糯软，饼子劲道十足，咸鲜柔软厚味。再配上张掖的九粮液酒，舒爽。

搓鱼子是张掖人自己的"饭"。用盐水和面，用手搓成一寸长、中间粗、两头尖的条，酷似小鱼，下水煮熟，捞出沥干水拌上蒜泥葱酱汁，或与辣椒蔬菜一炒，就是劲道、滑溜的搓鱼子了。在张掖，和搓鱼子相类似的还有炮仗。不同的是用盐和面后，要醒半个小时，搓成炮竹大小的面段，就叫炮仗了。炒熟的叫炒炮，是张掖有名的小吃。它还可以和青菜、羊肉、洋葱、土豆丝一起炒，叫炒炮仗，是面食变着花样吃的形式。

我们点单时要的是炒搓鱼子，结果却端上来一碗煮搓鱼子。它像我们的汤面做法，汤清，搓鱼子白白的，汤上飘着几根香菜叶。找餐厅服务员商量能否加一份炒搓鱼子，服务员说"我们店里只有煮的"。

从张掖到嘉峪关，依然是祁连山脉陪伴我们。草原、沙漠、戈壁、少有的胡杨林，时儿连片的玉米地，一一甩向车后。

"望山跑死马。"在青藏高原上，山看起来很近，实际很远，有马都累死了，还未到山脚下的说法。我们在祁连山下，向着敦煌的方向一路西行。远处的祁连山顶白雪皑皑，平均海拔3800米以上，终年积雪。

嘉峪关，万里长城的起点，我们从关内到关外登楼。

遇朝宗门，这是"效忠朝庭，忠于君主"的门。

从张掖扁都口到嘉峪关，打破这片土地的寂静与荒凉的，有千千万万的人，但有三个人不能忘记，那就是张骞、霍去病、左宗棠。

当年张骞从长安出发，路经此地去西域，可他一到此地就被捉，一扣就是十年。借机脱险继续西行，寻找月氏，一心完成汉武大帝交办的任务。然而，当他千辛万苦见到月氏后，月氏向匈奴报仇的想法已经没有了。张骞苦口婆心后，只好继续西行，搜集西域的地理交通物产、商贸情报。

霍去病马踏匈奴，在狼居胥山祭天封禅，打通河西走廊，这就是辛弃疾在《永遇乐·京口北固亭怀古》中提到的"封狼居胥"。

1876年左宗棠用胆识、智慧，沿着祁连山的走向，由东向西，在武威、张掖、酒泉、敦煌、嘉峪关、玉门关、阳关等处设置郡和关，形成了环环紧扣的安全与补给保障体系，护卫着河西走廊的繁华与安宁，有力支持他收复新疆。当年，那片土地上的驮队、烽火台、驿站、沙漠，一一成了蜚声世界的丝路记忆。

　　当地人说，搓鱼子与羊肉焖饼子，曾经是收复河西走廊部队的食物补给。

五台山，就像太行山的头，座落在山西的东北部，是地球上最早露出水面的陆地之一，也是世界五大佛教圣地之一。

五台山因有东南西北中五台而得名。其中北台叶斗峰最高，民间有"躺在北台顶，伸手摸星星"的说法。

五台山层峦叠翠，山中蘑菇多，菌肉细嫩、蘑体肥实、香味浓烈，是有名的"台蘑"，有"一家喝其汤、十家闻其香"的美誉。在通往山顶的道路两旁的小摊上，摆着许多台蘑在卖。

也有一些食摊上摆着油炸的面食。有个油炸货的名字叫"油布袋"，吸引了我。向摆摊的师傅打听，他说居住在五台山周边的人每年年关都会做这种粗粮食品吃，因为下锅油炸以前要在面坯上面砍三刀，所以还有个名字叫"砍三刀"。砍的目的，是在油炸时方便麻油渗透到面食里去，这样炸出来的"油布袋"，色泽金黄，绵甜利口。

和这个一起吃的还有"消食汤"，在庙里它还有个雅致的名字叫"慈航普度"，大意是喝了这个汤，人能从烦恼的此岸渡到觉悟的彼岸。这个汤要用台蘑做。台蘑先切片，再将金针菇切小段，红萝卜切丝，下锅和姜丝一起煸炒出香味，倒入浸泡过台蘑的水，烧开，将水豆腐片、粉丝、发菜加到里面煮开，调盐味，撒点胡椒粉，关键还要调一点山西的醋，大火滚开再出锅，酸辣清鲜。

我们从北台下来已经下午一点多了，早已饥肠辘辘，就在山路边的食摊上坐下来，各取所好。我来了两个油布袋、一碗消食汤，外加一碗拨鱼。油布袋吃起来有点硬，没有山上摊主推介的那么好吃，吃了三口，放在一边。不过拨鱼好吃，拨鱼上面放了两块西红柿、一些黄瓜丝，我加了一勺辣椒酱，一拌，三拌两搅就嘚下去了，口感筋滑、柔软、爽口，可能是两头尖中间粗的原因，又叫剔尖。"消食汤"有点烫，汤鲜，坐着慢慢喝下去，虽在深冬，一碗汤喝得人全身发热，精神抖擞。

五台山是文殊菩萨讲经说法的道场，坐在这里喝上这样一碗消食汤，不说马上文思敏捷，但一定神清气爽。

福州于山佛跳墙

第一次去福州，被聚春园集团饮食同行盛情的酒给灌醉了。

那酒不是一般的喝法，主人称之为"深水炸弹"。宴席上先上白酒让大家高兴地品饮，到大家叙及旧情友谊意兴正浓时，他们开始了一种新的吃法，用小白酒杯装满白酒，轻轻地放入装满啤酒的大高脚杯中，大杯中立小杯，白酒和啤酒一同喝下，两个杯子要滴酒不漏。这一炸，主人和客人都炸成了"难得糊涂"。

第二次去福州，因为"一朝被蛇咬，十年怕井绳"，坚决抵制了"深水炸弹"。聚春园集团的"佛跳墙"却又让我醉了。当然，是心醉。

这一次去福州是带长沙的烹饪团队参加第十四届中国厨师节，

并应邀在福州百年老店安泰楼进行闽菜、湘菜交流。下飞机时已是下午五点了，聚春园集团的周总就直接把我接到了于山宾馆厨师节的领导招待酒宴上。

席上的第一道菜是每人上一个不大不小的古拙的瓷坛。热气腾腾，醇香悠幽，撩人食欲。满满一坛的坛口，凸起一层金黄油亮的鱼翅，周围是一圈深黑的刺参，外层是一圈白亮的鸽蛋与米色的干贝相间围边。这气势一看，档次不低。再看瓷坛外壁，深黄色的瓷坛上写有"佛跳墙"三个字。

"哇，闽菜首席大菜'佛跳墙'！"

"是，慢慢吃。"聚春园集团郭董事长端着酒杯走过来说："来，老朋友干一杯，一路上辛苦了。"

这样的大菜，色能眩目，醇香扑鼻，有点不忍心下箸。

"佛跳墙"既是闽菜的骄傲，也是聚春园的资本。

相传，清光绪二年福州杨桥巷官钱局一官员，在家宴请布政司周莲，其妻选用鸡、鸭、猪肚、羊肉等20多种原材料，盛入瓷坛密封煨制而成，周莲尝后赞不绝口。事后，周莲叫衙厨郑春发求教官员夫人。郑春发深悟其妙，稍加创新，多用海鲜，少用肉类，其菜更加醇和适口，香粹滑嫩。次年，郑春发与人合伙开办"聚春园"，推出此菜作招牌菜相号召。一时间，达官显贵、文人墨客云集。郑春发席上每每首推此菜，坛盖一开，香气四溢。一位秀才脱口而出："坛启荤香飘四邻，佛闻弃禅跳墙来……"众人拍手叫绝。"佛跳墙"从此闻名于世，百年飘香。

一道菜香到佛能弃禅跳墙来，那是何等美味？

梁实秋先生听说了这道菜后，在他的《佛跳墙》一文中这样写道："……不过佛都跳墙，我也一直的跃跃欲试。"

能让佛闻之跳墙，让梁实秋听之也跃跃欲试，只因厨工炉火纯青。

1984年3月，聚春园当家名厨闽菜大师强木根、强曲曲晋京为来访的美国总统里根操办国宴时，烹制此菜，深得贵宾好评。

"佛跳墙"用料珍贵，集山珍海味于一菜，火功精细，有满汉全席的遗风。之所以成品原汁原味、清爽典丽，全因慢功出细活，香醇甘美。

闽菜精细、清淡、典雅、重汤。"佛跳墙"不仅菜精、淡雅，而且汤鲜味醇，淡而不薄。

那一晚，一坛"佛跳墙"下肚，香堪沁齿，醇香醉美。

永定土楼人家芋子包

福建永定是个土楼之乡。

站在承启楼前看着这个圆型的土楼，就像一朵肥大厚实的蘑菇破土而出，我们感慨万千：客家人讲究外圆内方，独特的建筑造型，表达了客家人强烈的安全防范意识和对安逸日子的向往。

"无山不客客住山"，客家人从中原迁徙过来，依山傍水而居，用最短的时间与原居民友好相处，用勤劳的双手换取饮食起居的需求，打磨掉岁月的伤痕，把一日三餐尽量做得精致小巧，抚去战乱引发的乡愁。虽然这些东西都是普普通通的大众日常饮食，但客家人从不粗制滥造，每迁居到一地，就主动将自己的生活习俗与当地习俗融合，形成新的风味，不仅自己喜欢，而且让当地原住民接受，也就形成了"不同地区有不同的客家风味"的格局。

看过土楼，劳累了一上午，我们决定在土楼人家尝尝具有永定特色的客家饭。主人向我们推荐了客家人的芋子包、蒸肉骨髓、芭蕉心炖土鸡。

芋子包是什么？主人说，是我们的特色，芋子煮熟剥皮，捣成芋泥，加番薯粉和盐，擀成包子皮。将瘦猪肉、香菇、冬笋（或笋干）、虾仁、箩卜丝、葱白这些剁碎下锅翻炒，做馅心。擀好的芋子皮包上馅后，上蒸笼猛火蒸15分钟出锅。"很容易做，我们客家人也叫它牛泳浴。"她说，"当然还可以水煮、油炸、油煎。"

芋子包蒸好一端上来，我赶紧趁热吃了一个，果然外糯内香，切成丁的香菇、肉、笋交融成馅，在芋团的封闭中，经历高温蒸出来后，特别的鲜香，再在芋子包上撒上炒鸡蛋花，启齿一咬，感受到了味的多层跳跃。

"番薯芋子半年粮。"永定山地溪边遍地芋子，是客家人的主要杂粮。芋子包味道又这么好，难怪是当地经典名吃。

芭蕉心炖汤，有清热解毒、降血压、护胃的作用。在我的老家，也有用芭蕉心蒸猪心的方子，说吃了对治疗心脏病有好处。

芭蕉心炖土鸡我是第一次吃，感觉味道更鲜，应该也是更补的美食。

有种说法，剥芭蕉心像修行一样。你看，把芭蕉叶子一片片剥开，芭蕉心剥出来了，心就明亮了，这个过程叫"明心"，明心见性。

"清明要明，谷雨要雨。"谷雨的清晨，一阵微风细雨后，我们站在安化云台山的茶山上，用手触摸着嫩黄的一芽二叶，柔软细嫩中感受到茶马古道新生的春意盎然。

"在安化，谷雨这天是要吃碗擂茶的。"我们坐在资江边的湘茶百年老店晋丰厚，曾亲手制作北京奥运火炬茶、年逾古稀的黑茶传承人谌小丰对我们说："喝了安化的谷雨茶，饿死郎中爷。"

晋丰厚的茶娘将米、花生、生姜，与刚刚从云台山顶上摘来的谷雨淋湿的茶芽，放擂钵一擂，撒点生玉米粒，加山泉煮开，茶汤就成了。十分养眼的乳白微绿的茶汤，喝一口特别生津。千百年来，在梅山文化的孕育下，茶马古道的人们一直喝着这碗乳汁状的擂茶，安享着古道粗犷与细腻的滋味。

就着谷雨擂茶的余香，我们品尝了梅王宴。大山深处的厨师们真是厉害，油亮通透的安化砧板腊肉、清新自然的剁椒炒坨粉、清鲜嫩爽的马齿苋煮肉泥、耳目一新的梅山雄鸡煨芭蕉、清爽爽的冰花魔芋、清鲜香辣的黄焖资江鳜鱼、风味独特的坛子粉蒸肉、时蔬清清白白，等等，一桌全部用来自山里的食材做成，做出了梅王当年日常生活的宴席，质朴无华却又精致大方。

据《宋史·梅山蛮传》记载："上下梅山峒蛮，其地千里，东接潭，南接邵，其西则辰，其北则鼎。"在梅山这片神秘而又神奇的土地上，自古至今流传着一种古老的文明文化形态，似巫似道、尚武崇文、渔猎农耕。有专家研究发现，古梅山教徒分为"上路梅山，张弓挽弩；中路梅山，追山赶猎；下路梅山，捞鱼虾"。蚩尤的尚武勇敢精神、梅山神倒立的张五郎传说、梅山傩戏、蚩尤以牛为图腾与端午吃牛角粽、擂茶迎宾的盛情习俗等，构成了梅山文化的动态留存。

云台山又是梅山文化的核心区。梅鋗曾在这里，他做为楚越大将，在长江流域及以南影响深远，被封为"梅王"，留下不少历史痕迹。今天，厨师们通过挖掘历史，遍访民俗，在云台山下推出梅王宴，从土屋土砖土灶的陈列，到泥炉瓦钵家常菜的呈现，用质朴的手法，烹制出了浓郁的梅山峒蛮食俗的本味。

几天来，我们登云台山，在西洲村遇见为火宫殿古牌楼题"乾元宫"的清代大书法家黄自元的塑像。我们又翻越高马山，过高马二溪，穿越洞市，走访茶山，遍寻美食。

"这些指尖上的嫩芽是上天的恩赐。"制茶人说。

原来湘茶与湘菜一样，有了道法自然，人间自有真品。

虎形山拔丝蕨粑

邵阳隆回是魏源故里。魏源，"睁眼看世界"最有眼光的人。他提出了"师夷长技以制夷"主张，著有《海国图志》，对后来的维新运动产生了很大的影响。

我和隆回人、火宫殿总经理谭飞相交多年，每次跟他回隆回老家，都会发现新的美食。这次，我们在虎形山下吃到了拔丝蕨粑。

夹起一片，拔出很多丝来，越拔越长，快速一拉，断了，往口里一嚼，酥酥脆的甜，外酥里嫩，这嫩，是软嫩，吃起来又比拔丝牛奶嫩得更有韧劲。

拔丝菜是湘菜中的甜菜。有拔丝香蕉、拔丝湘莲等。一般在宴席的最后一个菜上。以前没吃过拔丝蕨粑，到底是隆回人，有创新精神。

蕨粑是用蕨根粉做的，虎形山蕨根多。淀粉是从蕨的根上沉淀出来的。用蕨根粉还可以做出蕨粉丝、蕨凉粉等。蕨粑可以炒腊肉、炒土鸡，也可以开汤，比如三鲜蕨粑汤。蕨粉丝可以凉拌，酸酸辣辣，是湘妹子的最爱，蕨粉丝还可以当面条一样煮着吃。蕨根粉的吃法很多，但将蕨粑做成拔丝菜，还是头一次看到，有新意，也很成功。在场的湘菜大师李强、周国强、刘中和、马力，无不称好。

"其实，我还是想请大家吃隆回的煮泥鳅。"回到家乡的谭飞经理说："又粗又肥的野生泥鳅用大蒜、姜、辣椒煮得融融的，放口里一嚼，刺肉分离，香、辣、嫩、鲜。还有血鸭也不错。"他说的血鸭，就是血浆全土鸭，之前我来隆回吃过。隆回人喜欢将一整只鸭处理净后砍大块，放青椒、姜、蒜爆炒出香，淋入鸭血再快炒出锅，鸭血的粉嫩、鸭肠和鸭菌子的脆嫩、鸭肉的醇香，再带上辣辣的鲜香，真是大快朵颐。

有关蕨根粉的营养价值，可以在《本草纲目》上找到根据："蕨根祛热解毒，利尿道，令入睡，补五脏不足。"

也有人说蕨根粉不宜多吃，但是，遇到这资江边"大江南"的拔丝蕨粑，确实不想少吃。

云山米酒炒血鸭

那天清晨，从隆回县城出发，越过资江的弯弯曲曲，慕名去云山吃血鸭。

一个半小时的车程赶到武冈县城资江边的南门口老字号粉店，排队吃了一碗牛肉粉。粉是圆粉，因为前店后厂，井水磨制，米粉吃起来很鲜嫩，所以生意兴隆。我们打着米粉的饱嗝，呼吸着被誉为"楚南仙境"的云山新鲜空气，一路爬上了海拔1300多米的云山半山腰，大汗淋漓。临近中午，我们直奔目的地——云山脚下原住民家吃血鸭。

云山，在邵阳武冈市，被誉为"楚南胜地"。

这里一片青一色的土砖房古村落民居，几百年来，安静地聚落在这山窝里。每户人家没有商业招牌，每天却在开门迎客，喝茶、吃饭，随意选择。

我们慕名走进了第一家农家土砖房，专吃他们母子俩做的血鸭。在当地，他们家的血鸭被称之为"云山血鸭"。没有招牌，名气很大。

屋前的地坪里圈养着三只活蹦乱跳的麻鸭。

主人顺手捉来一只宰了，取一个蓝花瓷碗，小心翼翼放上一匙盐，接装鸭血。鸭子去毛去内脏洗尽宰块。备足老姜、蒜子、辣椒、米酒等配料。这一切，手脚都很麻利，半个小时搞定。

重头戏是"炒"。因为名气大，因为同行，我特意观摩了烹炒血鸭的全过程。只见主人往柴火土砖灶添足树枝柴料，锅烧红，下茶油，煸姜，旺火爆鸭块，以血浓浆，弹盐和味，一切都很大方、很公开地进行，看上去和其他厨师炒血鸭没有差别。但炒出来的血鸭，肉嫩含香，血凝如脂，味厚醇鲜，而且"三不粘"：鸭肉油汁不粘锅、不粘碗、不粘筷子。

为什么这么神奇？掌勺的小伙告诉我，炒血鸭不用水，以云山米酒为水，以鸭血浓浆调味。血鸭香嫩的关键是要用当地米酒炒，多次加入，反复拌炒，绝对放不得半滴水炒。热腾腾的血鸭香鲜嫩辣爽口，一碗血鸭吃完后，盛血鸭的碗真的干净如初。

一阵鲜辣与醇烈邵酒交错醍醐灌顶后，还真感受到了农家血鸭的纯土乡味。不过，云山血鸭不放酱辣椒，放鲜红辣椒，绝不用水炒，喷当地米酒炒，原味、土俗、鲜辣，醇香，云山血鸭和永州血鸭是否缘于同一食俗？农家的小师傅底气很足地对我说，云山味就是云山味。

　　来到永州，已过正午。一路的奔波早已让我们对永州的传统经典名菜东安鸡、血鸭谗涎。

　　我们一行八人受到永州朋友的热情接待，朋友说先吃个简餐充饥。

　　说是简餐，实为永州异食特色宴。

　　千年名菜东安鸡、炒血鸭自然是打头菜，盛情上席，热气腾腾。顿时，东安鸡的酸辣之香与血鸭的咸辣之鲜，弥漫整个房间。期盼中的千年名菜，在主人的推介中趁热落舌为快，鸡肉透熟的东安味与血鸭的嫩鲜，依次在齿颊之间游荡，满口生津。

　　永州，一个没有污染的城市，水系发达，境内潇水、白水、

湘江、资江贯穿。

主人介绍，东安鸡之所以闻名于世，是因为永州自然环境好。东安的鸡鸭鱼比长沙人有福气，都是吃天然矿泉水长大的，引得大家大笑。

其实，永州的美食很地道很个性。东安之外的九嶷山下，宁远人用九嶷山泉、鸡骨草炖土鸡，却是另一种清鲜，皮脆、肉嫩、汤清、味鲜。八方桌前，黄豆焖狗肉、馅豆腐、炒血鸭、蔬菜丸子、白煮河鱼、拖缸酒放一席，只能说是太有口福啦。宁远拖缸酒，糯米用九嶷山泉煮熟，自然凉，和酒药子拌匀，进陶瓷缸发酵半月后生成糊酿酒，再兑入红薯酒即成。乡亲说，1斤糯米酒兑1斤红薯酒。头回听说头回喝，一喝，心醉。

照例，我记下此行吃过的几道永州美食。

曲米鱼

一盘名为曲米鱼的菜上席后，冷冰冰的，却红艳照眼，清爽诱人。一尝，香辣嫩鲜，曲香浓郁，冷香袭人。桌上转盘还未转上一圈，就已空盘，主人忙叫服务员"再上一份"。

套用一句俗语：人不可貌相，菜也如此。没想到，曲米鱼以一种后来居上的态势抢占舌尖之美。本该让人热血沸腾的东安鸡被冷到一边，只能从盘子里散发出淡淡的热气，弱弱地向客人示意着它的盛名与经典。

曲米鱼，祁阳白水镇的一道家常菜。

发源于桂阳县大土岭的白水从常市蒲竹入永州祁阳，汇入湘江，润泽出了祁阳白水镇。曲米鱼就是从这里流传开来，一传千年。据说，宋朝宣和年间就成为朝廷贡品。

地道的草根美食之所以成为朝廷贡品，只因为白水的优质清澈，富含多种矿物质微量元素。这里生长出来的草鱼肉嫩甘鲜，丰腴弹牙。

袁枚在《随园食单》上说："凡一物烹成，必须辅佐。"并强调："厨者之佐料，如妇人之衣服首饰也。"

村落的饮食之美，不在"全"和"奢"，而在简单、古朴、偏味，却又匠心独具。笨拙与巧手之间，一种乡俗之滋、质朴之味、自然之鲜的随意而出，是一种巧搭的偏味，一种裸烹的偏味，纯粹的原汁原味。

古时的白水人就是以红曲米配白水草鱼。

初看曲米鱼，有点像我们长沙的鲊鱼做法，仔细一了解，其实不然。既有鲊鱼之同，都用了含有红曲霉素的红曲米腌制，取活草鱼去头尾去内脏洗净，砍成小块，再清水洗净，先用盐和米酒腌5~8小时，再洗净、去水，用红曲米、葱姜、蒜、辣椒拌匀，上搭子一蒸，出锅淋上生茶油冷却。又有鲊鱼之别，鲊鱼不仅要腌，还要入坛封藏发酵，提味，多热食，品干香。而红曲鱼是先腌，现拌，即蒸，冷食，品鲜香。

也不同于祁阳白水的鱼鲊。

祁阳还有一种吃鱼的方式："鲊"。用黑米或豆粉来鲊。

这也是一种传统吃法。早在北魏贾思勰的《齐民要术·作鱼鲊》有记载："作鱼鲊法：刌鱼毕，便盐腌。"

祁阳鱼鲊有两种吃法，分黑米鱼鲊和豆粉生鱼鲊。

黑米鱼鲊，是藏坛封腌熟吃。讲究鱼血要放尽。一般取活草鱼，在鱼尾部剖一刀，再放入清水中游养半小时，把鱼体内血水排尽，捞出宰杀治净，用干毛巾擦干鱼身上水分，将鱼切成小块，用清水再冲洗干净，置竹筛中晾干，再用盐腌制两三个小时，将锅粑磨成粉状，炒黑至香成为所谓的"黑米"。再将腌好的鱼沥干水放入盆内，拌入姜米、蒜米、胡椒粉、辣椒粉、黑米粉、麻油，放入坛子里封腌十天左右，随吃随取。

而豆粉生鱼鲊，是现鲊生吃抹干水。先将黄豆炒熟磨成黄豆粉。再将活鱼放尽体内血水去鱼骨，取净肉抹干水切片，薄如蝉翼，加精盐抓拌至鱼片有粘手的感觉，再倒进白醋浸渍1分钟，倒入漏勺沥干，加入姜末、蒜米、辣椒、胡椒粉、香菜末、麻油拌匀，即可蘸上黄豆粉吃起来。鲜香脆嫩。

谁说永州人的饮食生活不时尚？这样的吃法，难道比日本的生鱼片的吃法逊色？

永州炒血鸭

在永州我详细了解了炒血鸭的窍门。

炒血鸭没什么巧。不过鸭子一定要选麻鸭，辣椒要辣，最好用家里坛子里的酸辣椒，炒出来的味才正。新取的鸭血不能凝固。把鲜鸭血接入放有盐或白酒的容器中，不断搅拌就不会凝固，这样处理的鲜鸭血便于淋炒。活麻鸭子宰杀去毛洗净切小块，红锅炒干水气出锅，这一步很关键。然后，净锅烧红放茶油上旺火，待油烧红下鸭肉快炒至肉卷缩，喷酒再爆炒，下姜片、辣椒、酱油、大蒜、食盐，香爆出油，最后下鸭血大火炒熟（约30秒）即成。

这样炒出来的血鸭，鸭肉嫩脆，鸭血香滑，色近枣红，酸辣醇香，香浓味厚。

永州血鸭是一道名菜。相传，太平天国起义军开赴永州河西时，老百姓为了慰问太平军洪秀全之妹女统领洪宣娇，送去很多鸭子。洪宣娇为了慰劳官兵，将鸭杀了，亲自用鸭血炒鸭肉，全体官兵感激涕淋，官兵问这叫什么菜，洪宣娇脱口而出："血鸭。吃了血鸭，血战沙场。"全场群雄激动。就这样，永州血鸭流传下来了。

美食千千万，鸡鲜鸭子香。这是一句行话。麻鸭经过干炒、酒爆、香煸、焖烧、血炒，不香不鲜不醇才怪。

永州血鸭炒饭

　　永州当家的东安鸡、永州血鸭、白水的曲米鱼、九嶷山鸡骨草炖鸡，一一成为下酒的好菜。一阵菜香酒酣后，朋友们说把桌上盘中血鸭拿厨房去搞个血鸭炒饭来，说到了永州，吃了血鸭炒饭才算酒醉饭饱。我没强行阻拦，心里其实在想，正好让我这个湘菜文化爱好者见识见识永州血鸭炒饭。

　　厨房里师傅手脚很麻利，没一会儿工夫，穿着恰腰小袄的服务员把血鸭炒饭端来了。褐色鸭血以颗粒状密密麻麻附在白色的米饭上，搔得很碎软的青椒、鲜绿如春的葱花缀混其中，一股股血鸭味道的姜香辣香散发出来，真是勾人食欲的气味，一口气又吃了一碗半血鸭炒饭。到了晚上一点再去赶一场唆螺的夜宵时，还满肚子饱嗝。

　　饭稻鱼羹，南方人的生活写照。湖南炒饭不少，比如蛋炒饭、扬州炒饭、酱油炒饭、雪里蕻炒饭、金裹银、金银炒、雪花炒饭、扣肉酸菜炒饭、菌油炒饭，等等。印象中，这些炒饭，有的咸，有的清鲜，有的辣，各有特色。小时候最喜欢妈妈的锅巴饭，放点点盐，用锅铲压一压，捏一捏，成饭团，有淡淡的清香，牙齿碰到锅巴吃起来脆脆的，别有一番滋味。

　　仔细回味，永州血鸭炒饭更有个性特色。普通的辣鲜之外，浓烈的姜鲜与粉粒状的鸭血嫩鲜、咸鲜交织在一起，挑逗你的味蕾奔放，享受着"天然真味"的舌尖之滋。

杀猪粉

早就听说："永州人吃早饭奢侈，吃个杀猪粉，要杀个猪。"

"杀猪粉？"是什么套路？这次到了永州，自然不会放过。

第二天起了个大早，从河东来到河西零陵区一家红砖房子菜馆，单间围起一桌。先来了一盘农家浸水酸坛子泡菜：青椒、萝卜、豆角，或青色清鲜酸辣，或白色咸鲜酸脆，三色清鲜，活色开胃。夹起一根青黄色豆角还未吃完，一大盆猪血脑髓汤上来了，几管葱花浮在上面，碧绿生鲜，每人喝上一碗，冬天的寒气驱尽。接着依次上来嫩辣的"青椒炒杀猪肉"热炒，脆辣的"酱椒脆肚"，嚼劲十足的"炒粉肠"，芹香"炒猪舌"，嫩鲜的"熘腰花"，蒜香"天花板"，咸辣的"辣炒满肠头"，"擂辣椒"，"猪油炒小白菜"，咸鲜的"焦盐鞭花"，然后，一大脸盆清水米粉上来。"还有一个猪头肉就来，客人慢用。"一身红花老棉袄的老板娘转身又回厨房去了。

额的神。吃一个粉，上十个大菜，一头猪的下脚料都来了，排场确实大。口味也独特。红褐色猪血汤里飘着白色的猪脑髓，吃起来又绵又粉。还有那猪鞭排阵，挂糊油酥，又酥又有嚼劲，咸鲜酥香，一清早就让人起劲。

然而，挑粉一嗍，无盐无味。"真这么杀猪的吗？"

原来，从脸盆里挑来清水粉，还要自助盖码调味。十大前

菜热炒就是码子，还有那大盆猪血脑髓汤，足以让你"宽汤""重挑""免码""双码""带迅干"……

小食材，大味道。一头猪的下脚料汇成一碗粉的码子，以炒烹鲜，以炖激鲜，小味大出，精彩多滋，诱惑难挡，赋予了杀猪粉更多层次的风韵与乡味。

"对面就是个杀猪场。"老板娘告诉我，"像这样经营杀猪粉的，永州只有三家，家家火爆。但发展不了，因为这些杀猪下水要现取现做才新鲜，吃杀猪粉就吃个新鲜。"

不错，没有这杀猪场的下水随取作后盾，巧妇也难下好这碗"杀猪粉"。

"小暑不见日头，大暑晒开石头。"大暑遇上二伏，岳麓山下热浪滚滚，阳光刺目，风至如沸汤。这要在从前，还没有遇上拆迁，大家还种双季稻的时候，乡亲们就该头顶暑热"双抢"了，扮禾、插田。一个"抢"字说出了赶上季节的重要。

双抢虽苦，但是扮禾饭真好吃。

冷汤凉菜酸坛子，热菜香瓜绿豆稀，简单，管饱，防暑降温。

冷南瓜汤、冷丝瓜汤、冷米汤煮豆角，还有豆豉姜末冬瓜汤、酸菜苦瓜汤，一律把它早早煮出来，放在堂屋里任凭风吹。

清水煮冬瓜汤，一定要用清水，放两粒豆豉，撒点姜末，增鲜活味。豆腐脑汤，清水打出来，清新嫩滑，飘着猪油香。

丝瓜切薄皮，用少少的猪油炒出水，丝瓜变得柔软软的，加水一焖，翠绿如春，摊凉后的丝瓜汤清甘偏甜，喝一口凉爽爽的。

酸菜苦瓜汤，常常是早上做了中午吃，中午做了晚餐吃，而且是冷吃。本地白色刺苦瓜，晒干蒸了再晒干的青菜酸菜，酸菜苦瓜用少少的猪油一同炒软放水、干辣椒粉煮开，淡酱色的汤，清澈见底，淡淡的苦，微微的辣。

扮禾回来洗把脸，喝一口这些汤，满口清凉，清热解暑。再来一点酸水坛子里的刀豆、藠头、辣椒、黄瓜、豆角，胃口全开。一口咬住凉拌黄瓜、凉拌西红柿、凉拌酱瓜，酸的、咸的、甜的、辣的，轮流启味，扮禾的疲惫乏味全部消失。再来点米醋蒸辣椒、辣椒炒肉、煎茄子、酸菜炒苦瓜、炒百页、炒红薯叶子、辣椒炒蕹菜梗子、咸鱼蒸蛋、蒜子烧肉，唆两口谷酒，吃两碗饭，插田的劲又上来了。

扮禾饭是软硬兼施，有稀饭，有撩饭，各取所需。稀饭有白米稀饭、绿豆稀。绿豆稀从早到晚都有的。

撩饭，先煮，后撩，再蒸。

米淘洗干净加水煮开，用筲箕撩去米汤，锅中加甑皮，把煮沸后的米倒在上面，堆成一个锥型，沿锅边倒入一点水，盖上木饭盆盖，用纱布在锅与饭盆交接处围上一圈纱布密封，猛火一蒸，饭粒清爽饱满带硬，散发米的清香，用南瓜汤一泡，鲜甜入肚，肚子就饱了。而铲出锅边那圈锅粑用米汤一撺，撺出的锅粑稀饭冷却后更是清香爽口，稀与稠之间嚼出锅粑碎粒的香，是人双抢大汗淋漓疲劳后最简朴的营养补给。当然撩出来的米汤也可以煮豆角炒茄子。

那些年，乡亲们普遍穷，米汤当油。米汤煮豆角，油荤子少，但用米汤煮出来又嫩又鲜。炒茄子油少了不会柔软糯鲜，家里油少怎么搞？祖传的经验是用米汤来对付茄子，一个最省油的办法。俗话说得好："茄子服米汤，一行服一行。"比如米汤青椒蒸茄子，茄子切成片就用米汤腌一腌，蒸出来柔糯鲜香。米汤的稠，挤进松软的茄子片中，高温下快速植入青椒的辣，还有盐和醋的调和，十足的扮禾味。

遇上起伏，扮禾饭当然少不了路边荆煨鸡和清炖狗肉。

双抢的日子里，除了要做好一顿扮禾饭，还要准备扮禾茶。清早起来，首先会泡两壶扮禾茶凉着。打来泉水，烧一铜壶开水，在大土陶的煲壶里放上一大把老母叶烟熏茶、荆芥，泡上一煲壶茶，浓浓的茶香里有淡淡的清凉味道，一壶留在家里，一壶提到扮禾的田间上，方便大家口渴时随时能喝到水。益阳一些地方的扮禾茶除了放老母叶泡，还有放盐姜的习惯，解渴去湿，适时补充体内因出汗多而丧失的盐分，用最简单的办法支撑体力。

凤凰吊脚楼的鲊宴

　　凤凰的山，沱江的水，因为高高矮矮的吊脚楼的错落，叠出了凤凰古城的奇长秀美与生机盎然。

　　五月古城里的古树发了新枝，明媚的阳光驱走了春寒。穿过横在沱江上的石墩过了河，在一家不大的吊脚楼里坐下，望着汩汩流动的河水，水草在清涟下荡漾飘浮，似乎正推动着江中的小乌船悠悠前行。

　　凤凰是神奇的。在这样一个湘西边城，走出了民国总理熊希龄、文坛翘楚沈从文、著名画家黄永玉。

　　我们借着在凤凰的小憩，不妨多喝几杯沱江的水，品一品吊脚楼里的苗家美味佳肴，或许能沾一沾凤凰的灵气。

苗家酸汤、苗家菜豆腐、腊肉炒蕨、魔芋豆腐烧子鸭、血肠粑、凉粉、姜糖、清鲜嫩滑的枞菌炖肉……无不展示着沱江两岸人家的饮食风俗。

尤其是那藏在吊脚楼里的苗家鲊宴，常常令人追味。

辣煎鲊鱼、香酥鲊肉、蒜炒鲊鸭、鲊辣椒煎蛋、鲊椒酸菜糊鳝鱼、辣蒸鲊鸡、白辣椒鲊芋、鲊辣椒煮豆腐、鲊辣椒炒鲜笋、鲊辣椒炒藕丝……以鲊菜为原料，随便就是一桌鲊宴。特色是酸辣，咸鲜，味厚。

在凤凰这个西部边陲小镇，千百年来，聚居着以苗族、土家族为主的少数民族。长期以来由于交通的不便，他们在半封闭环境中有着独特的饮食习俗。为了贮藏食物，确保生鲜食物如鱼、肉之类不腐烂，他们发明了这种独特的保存办法：鲊。

《解文说字》中说："鲊，藏鱼也。"说的是贮藏鱼的一种方法。

刘熙在《释名》中记载："鲊菹也，以盐米酿鱼以为菹，熟而食之也。"荤素食物都拿来一鲊而食，是苗家人饮食生活中的重要的方式之一。千百年来，这种吃法在湖南乡村广为流传，历史悠久。长沙马王堆西汉墓出土的竹筒片上就记载有"酸鲊鱼"。

新鲜的猪肉鱼肉荤料、根茎类植物夹以盐、花椒子、玉米粉一腌，封入坛中，将坛子倒覆水中两三周即可食用，放更长时间也不会腐败。

每户人家一到秋冬就要做鲊鱼、鲊鸡、鲊鸭、鲊肉、鲊辣椒、鲊芋头……一个坛子里鲊一类品种，客人来了，随便从坛子里取出几样来，就是一桌鲊宴，风味独特，丰盛待客。

　　鲊辣椒是一大特色。立秋后，玉米磨成粉子拌入剁碎的鲜红辣椒，放上盐，封入坛中两三周即成鲊辣椒，广泛用来调味，和各种原材料搭配烹出独特的鲊辣味。鲊辣椒炒蛋、鲊辣椒炒油渣、鲊辣椒煮鱼、鲊辣椒糊豆腐、鲊辣椒蒸肉、鲊辣椒蒸芋头……地方特色浓郁，千滋百味。

苏仙岭米饺与青蒿饺

雾雨罩冬，润物无声。雾雨中的苏仙岭仿佛一副水墨画。

我们从郴州苏仙岭下来，在马路边遇到一食摊，蒸笼里热气腾腾，一股特殊辛香飘来，走近一看，我才发现是青蒿饺香。这时，一对外披绿色外套内穿白衬衣的窈窕少女正在购买。我在想，这么精致诱人的食物，说不定当年张学良被软禁在苏仙岭时也吃过。

青蒿，一种野生草本植物，气味芬芳，有散寒祛湿之功效，清明前后为最佳饮食季。这青蒿饺，是我平生第一次见识。取青蒿捣汁，泌出一股鲜烈辛香，和入粳稻米（掺有糯米）磨出的粉团中，把素白的米粉染成嫩绿，揉团，擀皮，包饺，一蒸，旋即清芬翠绿如膏，吃到嘴里，以纯洁的本色原味撞击出丰繁多滋的口感。

千百年来，湖南人拿青蒿来揉入米粉团中，做蒿子粑粑。有民谣说："糯米艾叶细细磨，什锦馅儿粉面搓。浑似汤圆不用煮，清明共吃艾馍馍。""清明吃艾饺，勿怕阵雨浇。"说的就是清明时节吃艾粑粑艾饺子的习俗。因为青蒿又称作"艾"，艾饺，就是青蒿饺。

食摊由两位妇人打点着，一位负责蒸和卖，站着，兼迎宾；一位负责包饺子，坐着。只见她出剂子，擀皮，包馅，折挤成皱，又快又麻利，一个个包得弯弓如月齐整有型。以米粉浆团为料做出来称为饺子的，长沙有一种"糖饺子"，名为饺子没包馅，以糯米粉揉条油炸，撒白砂糖而成。金黄色的饺子上沾满白色砂糖，甚是雅致，吃起来咯吱咯吱，操作上比做青蒿饺简单，是上了年纪的老长沙最喜欢的食物。

摊上女主人告诉我，她们只卖两种饺，一为米饺，白色。一为青蒿饺，翠绿色。分别有鲜肉馅、酸菜馅、玉米馅、红豆馅四种，一饺一味，共八个花色，五元四个。

我们在冷冽的寒风中爬了一上午的苏仙岭，正饿着，毫不犹豫买了八个花色饺子充饥。

首先吃的是鲜肉青蒿饺，因为青辛与咸鲜的混合，以素托荤，清芳翠绿，更是润泽出味。

红豆青蒿饺，有那股辛冲的青蒿气在粉团中融化，激发出一种甘滋妙味，翠色膏润，香美妩媚。

而玉米青蒿饺，因为鲜玉米的充实，清辛甜脆素净，翠绿柔嫩。

再尝酸菜米饺，糯润玉白，虽然没有青蒿的冲气，嚼来酸辣咸鲜，深浓馥郁。

红豆米饺，因为红豆的助阵，提味助甘，满口甘甜，又带着清冽的米香，芳醇柔润。

米饺，色白如玉；青蒿饺，清芬玉绿。虽为一小小饺子，却传承着厚重的南方稻作米食文化，百搭随和，还可以包出香菇饺、海鲜饺、韭菜饺、羊肉饺等，浓淡荤素不拘一格，入口滑润，或柔滑甘鲜甜蜜蜜，或弹柔软糯咸滋滋，余味悠久袅袅不尽，在舌间温润柔厚生津。

雪峰山邵阳猪血丸子熏鸭拐

　　雪峰山下的邵阳隆回南岳庙镇，经过一晚的春雨滋润，满山新绿。然而，更吸引你的是那烟熏腊味的独特厚味与精致。

　　鸭拐，当地人又喊鬼爪。干净鸭肠子缠在鸭掌上，腌制后经柴火一熏，乌亮亮的，撒点辣椒粉一蒸，以牙齿为刀，将鸭肠一段段从鸭掌上剥下来下酒，咸香碰烈酒，热辣之后是沁人心脾。这是身在异乡的隆回人喜欢吃这玩意的理由，甚至吃的是一种乡思。乡里有句俗语："娘的个肠子。"儿行千里母担忧。那时乡里穷，好吃的东西不多，娘拿鸭肠缠鸭脚，或熏或卤，像宝贝一样或留或捎给在外的儿子吃。精致的做工，熟悉的老味道，寄托的是做娘的牵肠挂肚。

邵阳人喜欢辣,而且是一种猛辣,一种厚辣,一种混合辣。五爪金龙,朝天椒就是邵阳的特产,被广泛种植。说到邵阳的辣椒,被业界尊为湘菜文化专家、中国餐饮文化大师的谭飞很在行:"剁辣椒剁好后,要放鲜仔姜封在坛子里。""炒菜爱用朝天椒。"谭飞老总一一列举着他们吃辣的习俗,"炒霉豆渣一定要用剁辣椒","煎水豆腐习惯煎一面,而且要用青椒和姜丝煸,这才叫正味的邵阳'一面黄'","熏腊味习惯用干尖椒粉来蒸"。在他们看来只有凶猛的干辣,才能激活冷香厚裹的咸腊之鲜。所以,邵阳人家做出来的鸭拐,常常是辣滋滋的,既是男人们下酒的好搭档,又是女人们茶余饭后的好吃食。

更令人难忘的是猪血丸子。这种用豆腐、肥肉丁揉合起来的球团,在低温环境下的冷烟慢熏中,变得硬中带软,柴火一蒸,软嫩弹牙,特别是在辣椒的刺激下,腊香出鲜,与单纯的腊肉比起来,那种嫩嫩的腊味之鲜独一无二,无与伦比。

谭飞吃着猪血丸子长大,对烹制猪血丸子独有一套,他在火宫殿创新推出了"猪血丸子蒸腊肉"。这个从隆回走出来的特产猪血丸子,最早在火宫殿与腊肉热恋,谁都没想到,她们的结合,成为了与传统湘菜名菜"腊味合蒸"的竞争对手,一直热销。

一片五花三层的腊肉与一片猪血丸子夹着蒸,猪血丸子吸着腊肉蒸出来的油,更加油润嫩软,腊香浓烈,而腊肉中油脂析出后不油腻,口感更好,出新的搭配,原汁原味,浓浓的湖南隆回味道。

陌上乡愁

腊肉

小时候，一见到腊肉，就知道快要过年了。

每年的腊月里，乡下农家都会把年猪解了，把猪肉分割成一块块的腌上盐后，挂在火塘上方的钩子上，这种冷烟慢熏出来的腊肉，看上去乌黑透红，油光发亮。这样的腊肉和腊鸡、腊鱼一蒸，就是湖南人团年饭上的"腊味合蒸"，厚味多滋，如果加点豆豉辣椒蒸，老辣弥香。

还有腊排骨。取肋排靠胸侧带软骨的一节，油锅中煸炒出香味，加水煮沸到脆中有嚼劲儿，盐味老道，莴笋切成坨投入腊排骨火锅中，在滚煮中吸取排骨的腊香和盐鲜，翠绿带脆。腊香，清香，辣鲜，深度融合又各自喷发，腊排骨上的肉启齿一咬，自然分离弹牙厚味，那才是家乡的年味。从鲜排腌制到冷烟熏制成腊排，到急火煸香出油，再到慢火煮沸，需要长时间的等待，一切都是时间演化出来的味道，吃了也是一次补钙行动。湘菜大师罗玉林为了做好这道腊排骨莴笋脑壳火锅，从取料、油煸到慢煮，都很有讲究，步步匠心独到，清爽中不失厚味，把一个山里人家的年味，打造得富有活力而又质朴出味。

爱吃腊肉腊味的人不少。

我和全国同行粤菜大师黄振华、辽菜大师戴书经、上海的点心大师葛贤萼、豫菜大师姚炎立、黔菜大师王世杰分别聊起湘菜，他们几乎都说：湖南腊肉，湘菜一绝。

一次翻读梁实秋先生的《雅舍谈吃》，发现他也喜欢吃湖南腊肉，他在书中写道："湖南的腊肉最出名。……那一晚在湘潭朋友家中吃腊肉，宾主尽欢……此后在各处的餐馆吃炒腊肉，都不能和这一次的相比。……而腊鱼之美乃在腊肉之上。""真正上好腊肉我只吃过一次。抗战初期，去长沙，乘便去湘潭访问一位朋友。乘小轮溯江而上，虽然已是初夏，仍感觉到'春水绿波春草绿色'的景致宜人……主人以盛馔招待，其中一味就是腊肉腊鱼……腊肉刷洗干净之后，整块的蒸。蒸过再切薄片，再炒一次最好，加青蒜炒，青蒜绿叶可以用但不宜过多，宜以白的蒜茎为主。加几条红辣椒也很好……"

朋友海莺在长沙长大，大学毕业去了美国留学、工作、成家，实在想吃腊味了，她会找来铁桶、葵花籽壳之类，在她美国家里的后院熏腊肉腊鸡。她回长沙时，我陪着在火宫殿找乡愁，她从手机里翻出自己在美国熏腊肉的照片给我看，那熏出来的腊肉腊鸡红润油亮，手艺还真不错。她说，放一把大蒜辣椒炒出来吃，就像回到了长沙。

游子思乡。改不掉乡音，还有从小形成的味觉记忆，比如，腊肉炒冬笋、豆豉辣椒蒸腊鱼腊肉、辣椒爆肥肠、辣椒炒肉等，都是我们舌尖上萦绕不去的乡愁。

风吹肉

三月陌上，油菜花开。

小时候，油菜花盛开时人总是四肢无力昏昏欲睡，妈妈偶尔会切一小块屋檐下的风吹肉炒香干给我们吃，有时候吃白辣椒炒风吹肉，一吃到风吹肉的鲜咸，整个人就有劲了。

冬至后，湖南就进入了寒冷天气，冷风冷雨，这为各种食物的储藏创造了良好条件。当然，用盐腌制是最普通的处理方式。

萝卜用盐腌制后吹得半干半湿，用来炒风吹肉或者焖风吹鸡，萎缩了的萝卜由软变脆，干瘪的肉回软，滑落齿间，弹牙的柔韧中释放出十足的咸鲜味。

一些湘菜馆，一到春初会在进门的前厅摆着一个桌，摆放着风吹鸡、风吹排骨、风吹肉，油亮亮的，还有风吹萝卜，都是腌

了盐后风吹干的，特别显眼，都是撩人乡愁、惹人食欲的乡村人家风味。

乍暖还寒时候，也可以用一锅深藏了一个冬天的风吹肉炖春笋。

杭州有一道名菜叫腌笃鲜，咸肉、豆皮、春笋放砂锅里"笃、笃、笃"的慢火一炖，清鲜味吃过难忘。

霉豆渣汤

有一年，湘菜大师黄自强给我们做了一道霉豆渣汤，汤清如镜的水中沉悬着黄黄的霉豆渣，诱人口水直流。

我先滔上一勺汤喝下，童年的记忆顺着豆渣的霉鲜味回来了，饥饿的胃一遇到这几十年前的老相识被浸润得兴奋，大脑迅速反应：再来一碗。岁月的饥馋与陈年的乡味在汤的腐鲜中得到滋润。

"今天不喝酒。"出版人新哥喝过黄大师做的霉豆渣汤后说，"吃酒就糟蹋了这些菜。"爱喝酒的兄弟们为了吃菜不喝酒，我还真是头一次见。

早上露水中扯来的小萝卜菜余在霉豆渣汤中和美交融，鲜滋妙味。

霉豆渣是隔年的香。小时候，在那个缺吃的年代，一年中只

有逢年过节或在黄豆收割后的秋天，才在家里打豆腐吃。打豆腐过滤出来的豆腐渣，老妈是舍不得丢的。将豆渣挤干水，拌上一点谷酒，捏成一团晒一晒，再让它自然发霉，然后在烟灶上冷烟熏，香喷喷的霉豆渣就做成了。大年一过，霉豆渣就是农闲时的好菜。或用剁辣椒大蒜炒着吃，是香辣的下饭好菜，或掰出半砣来用白辣椒开一个汤，热辣腐香，咸鲜开胃。

酸菜苦瓜汤

苦瓜，酸菜，热锅热油里一炒，下井水，煮开，煮到苦瓜在脆到融软的临界点，撒点盐出锅。就是伯伯夏天的当家菜：酸菜苦瓜汤。微微的苦，淡淡的味，汤面上飘着少许油亮的油珠。

伯伯一辈子一个人过日子。农作的活一样都不能少干。每天农作回来，满头大汗，自己做饭，一般来说中午1点有饭吃是好事。他总是不急不忙。

夏天，苦瓜是他最喜欢的蔬菜。他说，吃苦瓜去火。一般是开汤。在他的菜园子里，苦瓜种得多，有一个棚，任由苦瓜藤自由爬行生长。广阔的空间里收获苦瓜的丰收。伯伯只种本地白苦瓜。白苦瓜味苦、肉厚、质嫩。长老了的苦瓜易红，苦瓜籽外裹的一层瓤也是红的，放口里一唥，甜蜜蜜的，什么是"苦尽甘来"？呷一粒红透了的苦瓜籽瓤就能感受出来。

长得黄红的苦瓜切片，茶油一煎，软糯中夹杂清脆，苦瓜本身的苦的浓度已被太阳晒熟转红而稀释，好好吃。

青辣椒炒苦瓜也是他爱吃的。

炎炎夏日喝一碗酸菜苦瓜汤，或者一顿青椒炒苦瓜，解暑，清火。

冲菜

每到初春时节，青菜薹子是园子里最打眼的。又粗又嫩的薹子隔一两天不掰下，尖上就开出了黄黄的花。这是在提醒喜欢吃冲菜的主人，再不掰就老了，菜杆一空心就不脆嫩了。

春华山的林老爷子每年正月底到三月初都要做冲菜吃。这个时间段里，青菜长薹子的最好季，掰了又长，一两个晚上就能长出粗嫩的新薹子。他手里拿着一把晒蔫了的青菜薹子说，要冲气浓，就不要炒得太熟，炒得生一点再密封。

一语道破了风味冲菜的制作天机。一般来说，把掰来的青菜薹子洗净，晾晒吹蔫，切碎，红锅炒热，密封一晚，产生"冲味"。

第二天，再将锅烧红，放入极少量的茶油，下入蒜米、尖红椒米、盐、生抽，形成调味汁，倒入青菜，快速拌匀即成湖南特色冲菜，冲气袭人，味如芥末。这是在寻常百姓家中流传了不知多少年的食物。一旦离开这片土地，这味道就成了乡愁。

张家界小炒肉焖红枞菌

张家界诗歌节开幕啦！诗人们灵感喷发。

"盈盈然升起的几缕炊烟／是经索溪峪的蓝莹莹的水洗过／袅袅的姿势是故乡的手势／我已经无须召唤，既来之则安之……"这是国家一级作家廖静仁先生写给张家界的诗。

"天子山，没有天子／只有农夫，只有开垦8字的农夫／这位八字先生，用锄头，用犁铧／给天子山，算了一卦……"这是湖南最具影响力诗人陈惠芳先生的诗句。

……

套用陈惠芳先生这句美景的诗，我想补一句张家界的美食："天子山，没有天子 / 却有天子的菜 / 这些菜，是天厨用天子山的山和水 / 给天子，送了一味 / 人间真味"——

在张家界，能和天子山风景媲美的风味，有张家界的小炒肉焖红枞菌。

暑假，我们驱车去天子山，在山底下的山沟沟里晚餐，正好遇上了红枞菌当季。穿着蓝色苗族服装的服务员向我们推荐了小炒肉焖红枞菌。

红枞菌，橘色带灰色的枞树菌，每年的七八月，雨后的张家界枞树林里都能采摘得到。一个晚上从枞毛须底下的土层里长出来就是嫩如脂的扣子菌，当然是一级棒，一两天后没及时采就开成了伞，虽然有点跌价，但质地还是很嫩。张家界的红枞菌，比起春天里南岳衡山的乌枞菌，要脆硬一点。

枞菌的特点是清鲜。为了把红枞菌烹制得糯一点，当地人还是有一套的。新鲜五花肉切片放姜在锅里煸炒出油，再将红枞菌放进去煸炒至软，加水一焖，焖得半干半汤，一个鲜得让人心醉的小炒肉焖红枞菌就出锅了。

我们点的小炒肉焖红枞菌，是加了一把拍碎的青椒焖煮的，纯粹的清鲜带辣，背靠天子山，坐在苗家的晒谷坪吃，一股山沟沟里的本味。山珍，味真。

张家界的土腊肉也是很出色的，这个季节，切一盘冷烟熏出来的五花腊肉和红枞菌一起煸炒出香，在青椒的参与下再焖，干锅上席，腊香扑鼻，红枞就是另一种香气浓郁的清鲜了。

怀化有一种特别不同的红枞菌吃法。他们把五花肉煸炒出油后，加入红枞菌和野胡葱坛子菜一起炒，加水一炖，喜欢辣的，撒点干辣椒粉滚开，酸辣的野胡葱香里浓缩着红枞菌的清鲜，夏日炎炎的天气里喝上一口这样的汤，满口生津。

就像四川泡菜一样，怀化人家里喜欢做野胡葱坛子酸菜，将山地里的野胡葱扯来稍微晒一晒，放在瓿水坛子密封一两个月后，变得酸酸的，拿出来炒鸭、煎蛋，特别开胃。

岩耳是张家界更珍贵的山珍。生长在武陵源石岩绝壁上，清热解毒，养阴润肺，明目益精。《药性考》记载："石崖悬耳，气并灵芝，久食色美，益精悦神，至老不毁。"如果在小炒肉焖红枞菌里加一些岩耳，那就是人间极品了。

韶山山味

1977 年底，徐大斌从花猫冲来到韶山冲，在韶山宾馆当上了一名打杂厨工。

这个高中毕业后已经代课一个学期的年轻教师转做厨师，大斌说他更想当一名厨师，在韶山为毛主席招待客人。

大斌想学油案。然而，现实并没有如他所愿，和煤打杂见习期一满，他被分配到宾馆的白案房，8 年没换岗，天天搓着面粉团，与炒菜无缘。

是金子，在哪里都会发光。大斌白案干得很安心。他的白案手艺上手快，快到很快就成了韶山宾馆接待小组成员。组长是当年接待毛主席的唐建安师傅。

唐师傅非常喜欢大斌的勤奋与聪明。大斌虽然是接待小组的白案师傅，但每做完白案活，会主动跟唐师傅学油案艺。

唐建安师傅擅长炖羊肉煨狗肉，小炒更是拿手。猪油炒的小白菜嫩鲜如初，味却入进了叶子里。煎出猪油的油渣，他拿来炒大蒜辣椒，酥脆香辣，倍受青睐。徐大斌看在眼里，学到手里，很快成了宾馆里的油案白案通，每次接到接待任务，在唐师傅的指导下，油、白两案一起拿下。到他当上韶山宾馆的厨师长，宾馆接待不再需要外援。1990 年，大斌被中国外交部派往中国驻原苏联大使馆主厨，其间参与了时任中国国家主席在大使馆举行的宴会制作，让他对国宴有了认知。

一个执着而个性强的热血青年，这一干就是 42 年。转眼成爷，人称"三爷"。他日复一日，坚守做着三味：韶山山村原味，主席喜欢的味，还有国宴的味。

韶山山村原味：大碗萝卜炖羊肉

1983 年，首长王首道来到韶山。徐大斌被派往滴水洞做饭。这是他第一次参加接待首长任务。除了做湘点，他还把大碗羊肉炖萝卜做出了水平。这次接待任务完成后，他感觉到了当好一名厨师的价值。"自己做的菜得到客人认可，很激动。"三爷回忆说。

羊肉、干整椒在厥口锅里小火慢煨至七成熟，加红泥土中长大的白萝卜深煨，热辣鲜香，得到首长好评。

经历了这一次接待，他深深懂得，菜品不一定要高档，但一定要让山外来的客人吃到山中原味，用料一定要鲜活有生气。

那次接待后，他白天在宾馆上班，晚上回到老家和乡亲们聊天，找韶山特色家常菜的做法，把不少韶山乡村原味带回宾馆研制。比如新鲜的萝卜秧子放到竹篙上晾晒变软，再用开水烫后擦盐封入坛中腌制变酸后，切碎放辣椒炒肉沫，酸辣脆爽，适合下饭。一次，歌唱家李谷一来到韶山，他做了酸萝卜秧子炒肉沫，她特别喜欢吃："这个好，就是家里的味道。"二十年后，三爷把自己从韶山坊间挖掘出来的乡村原味，汇成了一本特色湘菜谱《韶山毛家菜》。

主席喜欢的味：蒜子红烧肉

红烧肉是毛主席最喜欢吃的。韶山宾馆总经理刘建国先生对韶山食俗认知很独到，他说，韶山地道的家常做法是拿蒜子烧五花肉。

三爷为了做出红烧肉的湘菜底色，保持了韶山本土做法，五花肉得取韶山 150 斤左右的原种花猪的肉，切成四方坨，烧得晶莹透亮，蒜香入肉，酥烂鲜香，落口消融。再在菜品装盘上桌时配上剁辣椒、湘潭的矮脚白菜心、以"每人每"形式上，精致大气，味道别致。1999 年 11 月，他携红烧肉参加第四届中国烹饪大赛，技压群雄，夺得金牌。

2018 年，三爷走进美国联合国总部，他又把这道韶山特色的红烧肉烧得落落大方。当他向外国朋友介绍这是毛主席生前最喜欢吃的家乡菜时，外国朋友们翘起大拇指，都要和他合影。在中西文化交流中，又一次释放了中国饮食文化中湘菜的精彩。

国宴的味：寒菌鸡片

三爷做国宴菜自有标准：体现韶山灵气、显示厨师底气、原材料有生气、小味烹出大气。

2015 年，50 多个国家的大使齐聚韶山。

三爷把毛主席生前最爱的寒菌搬上了这次会宴。

俗话说鸡鲜鸭香。三爷用寒菌烩鸡片。寒菌先用生姜煸炒出香慢煨，再与鸡片、冬笋片一烩，寒菌、冬笋的原味清鲜融入土鸡的嫩鲜，素鲜烩荤鲜，韶山山味的原鲜更加浓郁醇香，令外宾们一品为快。

韶山的田藕清脆甘甜，他凭借扎实的刀功技术，把田藕切成发丝一样的细，配上青椒丝，猪油一熘，青白相映，藕丝洁白如玉，脆爽可口，外宾们赞叹不已。

有趣的是，当年在中国驻原苏联大使馆和徐大斌同事的一秘李辉已升为大使，这次来到韶山，大斌做了一个改良的苏联味罗宋汤——西红柿土豆炖牛肉汤，一个韶山味的干煸牛肉萝卜丝，鲜辣带脆，大使吃到了当年大斌在莫斯科大使馆常做的两个菜，怅然又回到了 16 年前。动情地说：一晃十六年，一餐两乡愁。

越是地方特色，越能凸显国宴魅力。2018 年秋天，三爷参加上海国宴论坛，他把韶山的山味搬上国宴的做法，得到来自全国各地的同行们的广泛认同。

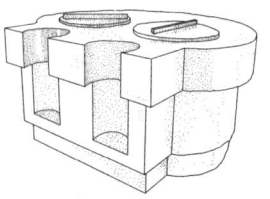

辑七

屈原漫步湘江沅水间遇见的湘菜

如今还在《楚辞》里吟唱

湘江北去

有毛主席与湘菜的故事

辣润湘江

一座城长沙味

每个城市都有一根中轴线，长沙也不例外。

云麓宫、麓山寺、爱晚亭、岳麓书院、火宫殿、城隍庙、陶公庙，沿西往东走向，连成了古城长沙的一条中轴线，在楚人尚赤的空间思维里，赤色的墙柱撑起了这些盖着青瓦、绿瓦或黄瓦的建筑物。而红色的辣椒则滋润着这一方风味——湘菜，满堂红。

千百年来，围绕这条中轴线展开的是这座古城的风景与风味。

一

从岳麓山下来，站在橘子洲头看湘江北去，山水洲城，尽收眼底。

湘江东岸，有火神庙护佑这座城，消灾祈福，饮食文明，安居乐业。陶公庙却镇守在长沙的东边，浏阳河从东向西走向，以九道弯的姿势流淌过长沙城，在新河三角洲汇入湘江。

就是这一湾新河的水美，在清末民初，留下了新河肥鸭的烤鸭香满长沙城的美丽传说，顺着鸭子的走向，这个城市的人们乐于早上去赶一碗和记的粉，到红墙巷的挹爽楼吃吃官府风味的大餐，而新河肥鸭做成的挂炉烤鸭自然少不了，他们唠叨着"杨裕兴的面，奇峰阁的鸭，德园的包子真好吃"，"赶得南门的包子，丢了北门的豆腐"，还念念不忘"火宫殿样样有，有饭有菜有甜酒""麻辣仔鸡汤泡肚，令人常忆玉楼东"……

从中轴线展开，"一步两搭桥二马路三泰街四方坪伍家岭六堆子七里庙八角亭韭菜园十间头百善台千佛林万祠巷上大垅下河街东屯渡西长街南门口北正街中山亭水风井火宫殿……"，构成了这座城市的骨架。火宫殿和水风井像一对太极图的两只眼，相互平衡着这座城市的发展空间。

到了清咸丰年间，长沙的酒席业异常繁荣，涌现出了著名的"餐馆十柱"：式宴堂、旨阶堂、菜根香、馓香居、菜香圃、庆星园、嘉宾乐、玉楼春、挹爽楼、天乐居。后来还有曲园、老天顺餐馆、饮和祥、燕琼园脱颖而出，不在八角亭，就在青石井、小四方塘边，或者城隍庙旁，满城香飘飘的。

二

古城的长沙叫"潭州"，建在湘江两岸的小山丘上，六堆子基本上是古城的行政中心。

从六堆子往南有定王台，那是西汉景帝的儿子长沙定王刘发登高望母的地方。从长沙到长安 1500 公里，刘发每年都要挑长沙好米派专人送往长安，孝敬母亲，再运回长安的泥土筑成了定王台。

当年，青石桥是一条通往定王台的路，繁华而古朴，孕育了早年长沙的"桥上十子"。

定王台往东有马王堆。1972 年中国十大考古发现之一的马王堆汉墓就在这里。随墓出土了大量的食物和竹简。310 枚竹简，一半以上记载了汉代食物和饮食器具，说明 2000 多年前西汉时期的湘菜佳肴美馔已非常丰富。

六堆子往北，有营盘路，那里有抗金名将辛弃疾的飞虎军营盘遗址。他送友人的《贺新郎》写了长沙暮春景色："柳暗清波路，送春归，猛风暴雨，一番新绿。千里潇湘葡萄涨，人解扁舟欲去。又樯燕，留人相语。艇子飞来生尘步，唾花寒，唱我新番句。波似箭，催鸣橹。黄陵祠下山无数。听湘娥，泠泠曲韵，为谁情苦。行到东吴春已暮，正江阔，潮平稳渡。望金雀，觚棱翔舞。前度刘郎今重到，问玄都，千树花存否？愁为情，么弦诉。"词中"泠泠曲韵"是否指的长沙弹词有待考证。

今天的营盘路两边美食飘香，从西往东，徐记海鲜、好食上、毛家饭店、南景饭店、冰火楼，一字排开，制造长沙的美食时尚。

六堆子往西，有西长街，中国著名的"长沙米市"就在这里。"长沙有好米，其香十里。"是当时对长沙米市最朴实的注释。因为湘江水运的便利，米市吞吐量巨大，一度成为中国四大米市之一，湖南"鱼米之乡"更加响当当。后来，这里发展成为供养这座城市的水产、禽蛋、肉食、香料、调料批发市场。

西长街往南有太平街，那里有贾谊故居，长沙"屈贾之乡"由此得名。

如今这条街是老长沙的缩影，长长的旧麻石街，错落有致的青瓦白墙老房子，记录着这座历史文化名城的沧桑与繁华。

因为屈原，千百年来，湖南的端午节异常隆重，传说曾经抛下粽子的汨罗江，蓝墨水的上游，龙舟竞渡。这天，岸上人家还会用蒜子烧肉、黄焖鳝鱼，喝雄黄酒。

现在想起来，2000多年前屈原漫步湘江沅水之间，也亲身感受了湘菜的滋味，以至于他在《楚辞·招魂》中放歌："……大苦咸酸，辛甘行些。肥牛之腱，臑若芳些。和酸若苦，陈吴羹些。胹鳖炮羔，有柘浆些……"当时的湘菜在他的笔下是如此美妙。

如今，太平街的巷子里，不乏老味棋布。

剁椒鱼头，一盘浸润在热油中的坛香鲜辣，老街人气爆棚的直接诱因。姜香，蒜香，葱香，紫苏香，众香发越，激活鱼头的鲜香与嫩滑。

蒜头炒腊肉，一碟富含蒜香腊香的咸鲜，那是时间和冷烟熏成的。

豆豉辣椒蒸肘子蒂，一碗沙码子的老长沙家常味，猛火一气呵成藏在金线街的深处。豉香活辣，油而不腻，落口消融。

米发糕，一笼用木甑蒸出来的湘点，带着原初的米香，是世界最早水稻发源地之一湖南稻作文明中的古老吃食。

正哥牛肉串，一串地道的长沙烤肉，赤红的炭火上原味孜然香，把牛肉的香从鲜嫩中激活，香辣厚味，每天傍晚时分引得成群少男靓女在这里不见不散，那是长沙夜生活的启幕。撸上一把串，泡吧，洗脚，或者在田汉剧院听一场歌，痛快淋漓。

在太平街的东边，有黄兴路并行，通往湖南第一师范。这个学校的伟大之处，是培养了中华人民共和国的缔造者毛泽东主席。青年毛泽东走出韶山冲就读一师范。借着课余时间，勤奋求学的毛泽东从一师范出发，循着宋代朱张会渡的路线，坐摆渡小划子上橘子洲头"问苍茫大地谁主沉浮"，听道岳麓书院，上爱晚亭作湘江评论，在山脚下的溁湾镇刘家台子创建新民学会，寻求改造中国与世界的道路。疲劳了偶尔去火宫殿吃两片臭干子。1958年4月12日，毛泽东主席回到火宫殿感慨：火宫殿的臭干子还是

"闻起来臭，吃起来香。"45 年后，2003 年 3 月 6 日，全国"两会"期间，时任国务院总理的朱镕基也有同感，他在参加湖南代表团分组讨论时深情地说："我曾经想起火宫殿的小吃就垂涎不已……"

火宫殿东去 100 多公里有文家市。1927 年 9 月 9 日，毛泽东在这里发动了秋收起义。拥军的浏阳人用一甑甑浏阳蒸菜，增添了起义的工农红军走农村包围城市的勇气。此后，传播得更为广泛的是毛泽东作出的一个著名论断："不吃辣椒不革命！"

三

黄兴路，因纪念中华民国创建者之一的黄兴而命名。

这条南北走向的黄兴路是游子回家的乡愁地带。

站在五一广场这个城市商业中心，往北走，黄兴路有老照壁相连。在 20 世纪 90 年代初，这条小巷是著名的野味一条街，当时的人们说那是暴发户"野性的胃口"。

在老照壁北出口，有又一村快餐。20 世纪 80 年代，从香港引进的快餐生产线，开启了长沙人简单生活吃快餐的方式。但终究因为水土不服，快餐生产线停产，留下纯手工生产的快餐盒饭。

五一广场往南，黄兴南路原来是老字号美食一条街。

玉楼东酒家，可先尝麻辣子鸡汤泡肚。1937 年 3 月，我国著名京剧表演艺术家梅兰芳应邀来长演出，当时有"万人空巷看梅郎"的盛况。长沙大剧院经理萧石朋在玉楼东设宴洗尘，梅对"口蘑汤泡肚"赞不绝口，色香味好！

玉楼东由长沙大盐号"朱乐堂"家厨谭奚庭创办于1904年。因为玉楼东的兴旺，孕育了湖南湘菜第一厨谭奚庭。

与玉楼东相邻的是银苑茶厅。这里有"三湘美食"。湘点、湘茶、湘菜。在银苑茶厅的南边，能吃到桂香斋的馄饨和甘长顺的面。

守在解放路八角亭的，是"友谊""杨裕兴""天津"，雕梁画栋，古色古香，墙面上一字儿排开的彩灯，把店门照得红彤彤。在这里，人们可以吃到外黄内嫩的"友谊"锅饺，美味可口的"杨裕兴"面，还可以尝到香喷喷的"天津"小吃。

黄兴路织机街口有清真李合盛餐馆。这里，曾经是田汉、郭沫若等文学艺术家们的聚会地。常常出入品尝"牛中三杰"的老顾客，也有急急忙忙赶路，却又舍不得错过，而入堂买个牛肉煎包、卤牛肉、一碗牛肉面的解馋客。

与此相比，斜对面的德园茶厅更少不了那百十年来的热闹气氛，门前排队买包子的长龙，笑哈哈地摆到了黄兴路上来。天天如此，人们为的就是一早起来能吃到德园包子。

再向南走，有"强民"的狗肉、"双燕楼"的馄饨、"柳德芳"的汤圆、"黄春和"的粉……然而，随着城市改扩建加速，这条美食街在拆迁中消失了。

黄兴路的南端与城南路交汇出南门口。

20世纪20年代，这里有闻名全省的"商余俱乐部"。诞生了一代名厨盛善斋，他在这里主理的红煨土鲍、口蘑干丝、奶汤鱼翅名震一时。盛善斋后来创办潇湘酒家，成为湖南名店。因为潇湘酒家生意红火，盛善斋烹制的湘菜自成一派，时人称之为"盛派"。

20世纪80年代以来，南门口变成了一座吃的不夜城。一到晚上，空气中飘荡着卤鸭架、口味虾、嗍螺、葱油粑粑、凉面、卤粉的鲜香。时髦的女郎、帅气的老男孩都是这夜场的主角，划拳、酗酒，直到天明。

四

站在南门口，沿城南路往东500米，有天心阁。

天心阁始建于明代，古城长沙曾经的最高处，防止外来入侵或者瞭望长沙城火情的最佳处。清代大学者黄兆梅一句诗高度概括："四面云山皆入眼，万家烟火总关心。"

在通往天心阁的城南路上，20世纪90年代是啤酒鸭的美食街。鳞次栉比的酒楼中，彭氏啤酒鸭最为火爆。如今，只剩下了九龙鱼头的"口味蛇"。

到了天心阁下面，永庆街（今都正街南段）有厨师祖师庙宇——詹王宫。每次为回湘的毛主席做饭的湘菜大师石荫祥告诉我："因为詹王宫是供奉餐饮酒席业的行业神庙，每天有很多名师去敬香、论道、交流厨艺，我只要有时间就去听道。很多湘菜制作的诀窍就是在那时听来的学到的。"

在长沙这座古城，与天心阁齐名的是水陆洲。有副对联工对绝妙很形象："水陆洲洲系舟，舟动洲不动；天心阁阁栖鸽，鸽飞阁不飞。"

水陆洲，处在天心阁西边湘江的江心，因洲上产橘子又叫橘子洲。20 世纪 80 年代洲上和橘子一起齐名的吃食是水煮黄鸭叫，一锅用青辣椒和高温沸腾的本味鱼鲜。外地来的文青，主人除了请到火宫殿吃点臭干子小吃，还会安排去橘子洲吃一顿水煮黄鸭叫，三三两两坐在湘江的竹排上"举杯邀明月"，共叙友谊。

水陆洲北去 30 公里有铜官古镇、长沙窑。

铜官，早已举世闻名的陶都。1300 多年前的隋末唐初，这里"方园十里，炉窑林立，遍地皆陶"，号称"十里陶城"。《水经注》载："铜官山，亦名云母山，土性宜陶，有陶家千余户，沿河而居……"

那时，长沙铜官窑是与浙江越窑、河北邢窑齐名的中国唐代三大出口瓷窑之一，世界釉下彩陶瓷发源地。

1999 年，在印度尼西亚勿里洞岛外海打捞出一艘沉船，船体里完好保存着 6 万多件中国唐代瓷器，其中出自长沙窑的就有 5 万 6 千多件。这就是习主席在杭州 G20 会议大会讲话提到的"黑石号"，足以证明长沙铜官窑是中国陶瓷史上的浓墨重彩，古海上丝绸之路陶瓷重镇。

这里烧制的陶瓷被湘人广泛应用于饮食起居，陶制的缸用来装水盛谷，陶制的瓮坛可以镶在灶上烧水，陶制的浸水坛用来腌菜。瓦罐煨汤是铜官古镇上最古老最温暖最原味的味道。在我生活的记忆中，儿时的罐子饭特别香，米淘干净后，下入陶制的小罐子里，加点点猪油、盐，放上恰当的水，放入火塘里一煨，那种猪油润出来的罐饭，特别让人感觉那是一种人间真味。

"吃在长沙，也表现出独特的个性，长箸大盘，摆在特别大的圆桌面上，完全是富泰作风。那里不像广东馆有半卖、小半卖，也不像江浙菜馆有六寸盘、八寸盘的分别，一上来就是大件头，四菜一汤，足够八个人吃饱……"李雁荪在《长沙风物系人思》里写的这段文字表明，湘菜宴会富泰，用大盘、大汤盅，与湖南岳州窑、铜官窑、醴陵瓷是分不开的。

走在铜官古镇的小路上，潮湿的空气中混合着土陶的味道。这味道从陶泥的采掘沉淀中，从陶工的娴熟手艺中，从泥胚的转动成型中，从千年不熄的窑火中，从千家万户的铜官人家散发出来。在泥、水、火的变换交融中，诉说着"南青北白长沙彩"的历史故事，深藏着湖南陶瓷走向世界的秘密。

天心阁的东边有白沙路。白沙路连接着回龙山和冬瓜山。

回龙山在北，是全民健身的运动场。冬瓜山在南。曾几何时，冬瓜山成了烧烤小吃山，长沙撸串的夜场。夜幕降临，一些人去了回龙山的贺龙体育馆健身瘦身，更多的人，不约而同钻进了冬瓜山那些老长沙味道的矮房子里健胃解馋，一手串，一手啤酒，酣畅淋漓。

从冬瓜山沿书院路南行5公里有豹子岭，那是距离长沙城最近的乡里土菜窝子。豹子岭土菜是上了年纪的长沙人的乡愁。

回龙山下有白沙古井。白沙路也因白沙古井而得名。

"常德德山山有德，长沙沙水水无沙。"这幅对联的下联夸奖的就是白沙井的水好。

长沙名酒白沙液因取白沙井的水酿造而成名。以前的夏天，这条街上的居民常常在白沙井提两桶水洗个冷水澡，一个竹铺子摆在屋檐下，来两杯白沙液，炸一碟花生米，烧个辣椒，用蒜泥、醋、松花皮蛋一拌，再来个韭菜把子，夏天就这样打发。碰上起伏，会来个酒爆仔叫鸡，蒜子、白沙液或者谷酒、路边荆熬水一个都不能少，仔鸡先用酒和蒜子爆，再用路边荆水一焖，起伏吃一个酒爆仔叫鸡，生筋活络，去湿排毒，细伢子吃了夏天不生痱子。

长沙城内可以和白沙井的水相媲美的，是岳麓山上的白鹤泉。

"灵脉本无源，因禽濑玉泉。自非流异禀，谁识洞中仙"。这是北宋"铁面御史"赵忭游山后对白鹤泉的赞美。白鹤泉在麓山寺后面，清冽甘甜，清澈透明。有"麓山第一芳润"之称。

有趣的是，用白鹤泉水煮沸后沏茶，蒸腾的热气盘旋在茶杯口久久不散，形似白鹤，白鹤泉因此而得名。著名老茶馆徐松泉就是在这里取水煎茶，引得茶客盈门。这里也曾经成为革命党的接头地。

五

白沙井往北 4 公里有荷花池茅亭子。当年湖南督军、省长谭延闿就住在这里，三次督湘，后官至南京政府行政院长。谭延闿和家厨曹荩臣在这里把湘菜推向了一个发展高峰，为后人留下了一个响当当的名字"组庵湘菜"。

珍妃的侄孙唐鲁孙 1946 年到台湾定居，他对"组庵湘菜"印象极深。

唐先生在《令人难忘的谭家菜》一开头就写道：

近几十年来，川滇一带讲究吃成都黄敬临的姑姑筵，湘鄂江浙各省争夸谭厨，如果到了明清两代皇帝都的北平要不尝尝赫赫有名的谭家菜，总觉得意犹未足，似乎觉得有点没玩够，缺点什么似的。我提到谭家菜，一般老饕总喜欢把谭家菜跟谭厨两者互相比较，其实两者是似同实异，两不相侔的。

唐鲁孙说的"谭厨"是指谭延闿的家厨：

"谭厨是因为组庵先生尊人在广东游宦多年，所以调教出来的厨师，骨干仍然是羊城风味。不过组庵先生深恐老人齿脱胃弱，所以精研之余，无论烧烤炖炒任何菜式，尽管腴润浓厚，一切都以软烂柔嫩为主，再加上湘菜固有的烹饪手法，于是形成驰誉大江南北谭厨独特的风格啦。"

他说谭厨的菜是"淮扬菜的底子、岭南菜的手法，如果说他做的是湖南菜，还不如说他是集中国菜之精英，而不是囿于哪一省那一个地方的来得恰当。"他跟梁实秋教授聊天时说，"历史流行的菜肴，分山东菜、广东菜、江苏菜、湖南菜、四川菜等等……"（《酸甜苦辣咸》）

在唐鲁孙眼里，湘菜是什么样子？他在《湖南菜与谭厨》一文中认真地作了注解：

"湖南菜讲究大盘大碗长筷子双拼桌面，一桌可以坐上十七八个人，虽然因为风土气候关系，偏重辣味，可是一般菜肴也都是肥厚浓腴，仍然本着长江一带烹调的本色。湖南菜应当以长沙菜为代表。"

20世纪30年代他曾到长沙十日饮。他还说到了长沙人有关菜单的趣事。他在文章中写到："所以对于湖南的名肴名厨，虽不能说全都遍尝，可也吃了十之八九。"他说，当时的长沙还有一样挺特别的。凡是大家公认的美食专家、知名老饕小酌大宴，所开的菜单，当时的饭店酒楼都把它们视同瑰宝把它抄存起来。他还记得当时长沙吃客有句话是"大宴遵刘""小酌从萧"。这说明，当时长沙的食文化已十分讲究、丰富。难怪唐鲁孙老先生台湾退休后想起三十多年前他在长沙畅饮之事时，遗憾自己当时没揣上一两张"刘单""萧单"，留到当今来神气：

"可惜当时萧单刘单没抄下来，否则现在如果进到此间的湘馆点菜，岂不可以混充湖南大老足唬一气了吗？"而台湾另外一位著名教授，在《食的故事》一书自序中这样评价湘菜："与川菜鼎足而三的，分别是有'官菜'之称的江浙菜及被目为'军菜'的湘菜。"

当年，曾国藩带兵作战，为消除士兵们长期露宿野外的湿气，常以湖南有名的"新化三合汤"野餐，不能不说是湘菜孕育了湘军。

"惟楚有才，于斯为盛。"曾国藩的母校岳麓书院门前这幅对联，真实写照了千年学府是湖湘文化的策源地。

湖湘文化源远流长，博大精深。其经世致用、敢为人先、躬行实践的文化要素，积淀着湘菜的文化底蕴。而代代湘厨也一直以坚强的毅力、开放的心态、创新的精神，激发湘菜之光。创新和流行，又带动着湘菜在整个社会中的波浪式创新发展，使湘菜强调精致而求"和"，兼有粤菜之鲜香，不失鲁菜之气派，不缺淮扬菜之文气雅致，别具一格。

六

"吾道南来，原是廉溪一脉；大江东去，无非湘水余波。"多少年来，一代一代的先人们就是以这种传承已久的湖湘气魄，以创新的姿态，继承传统，又不断地超越传统，孕育着湘菜的新生。

因为这座城市的历史与底蕴，因为这座城市的风俗与民食，最爱光顾的老街老店、喝了想再来一碗的汤、香得撩人的湘菜点心……一并成为长沙的记忆。

韭菜把子与荤素捆鸡

韭菜把子

在化龙池麻石老街的深处，有时候会有一位老娭毑，岁月的沧桑在她脸上刻下了深深的皱纹，手里提着一个竹篮子，边走边吆喝：韭菜把子——，辣椒萝卜——，卤香干子——，篮子里香气扑鼻。

与老娭毑脸上皱纹形成鲜明对比的是，篮子里的韭菜把子翠绿翠绿的，密密麻麻的红辣椒粉粘在韭菜上，水润油亮，鲜嫩如春。

一根韭菜缠成一把，韭菜把子因此而得名，一把二块五毛钱，是女孩子最爱的街头小吃，买几个随手拿在手里，一根牙签签起边走边吃。巷子深处的长沙里手也喜欢拿来下酒，一盘韭菜把子，一盘卤香干子，邀上街邻好友，来几杯白酒，几瓶啤酒，谈笑风生，快意舒服。

韭菜把子在春秋两季味道最好。

春天雨水充沛，"春菜如马草。"春韭香肥，被称为"一束金"，据说因它有养生壮阳功效，湖南有人叫它"壮阳草"。

因此喜欢春韭的人多。据我所知郑板桥喜欢："春韭满园随意剪，腊醅半瓮邀人酌。"杜甫喜欢："夜雨剪春韭，新炊间黄粱。"苏轼也喜欢："渐觉东风料峭寒，青蒿黄韭试春盘。"

春天一到，会做韭菜把子的老娭毑们就忙起来了。选8寸长左右的肥嫩韭菜洗干净，在滴有清油的开水里汆一下，过凉，拌入盐味辣椒粉卤水麻油，再一根根缠成把子，提着上街去卖。

韭菜在不同季节味道不同。嫩在春韭，香在秋韭，臭在夏韭。元代的周权称春韭为早韭，"早韭绿且纤。"夏天，太阳晒得历害，韭菜叶老味臭。有"六月韭，臭死狗"一说。秋天一来，又是吃韭菜的最佳季节。俗话说："韭菜葱，七老八嫩。""八月韭，佛开口。"

老娭毑们歇过三伏，待到八月桂花开，提着韭菜把子又上了街。

篮子里和韭菜把子一起卖的，还有辣椒萝卜、凉拌刀把豆、卤香干子、兰花干子。冬春两季辣椒萝卜最好吃，低温的天气里吃起来脆脆辣辣。凉拌刀把豆脆脆的，一股清香惹人嘴馋。卤香干子厚味，兰花干子四季皆香，用八角、辣椒、姜千煮万炖，炖得干子柔软浓香。有顺口溜说得口水流："兰花干子片片香，又放辣椒又放姜，慢慢子呷，慢慢子咽，兰花干子呷不厌。"

这大概就是清末《湖南商事习惯报告书》中记载的"沿街叫卖的提篮小卖"了。因为走街串巷，方便了市民行人而兴盛起来。

荤素捆鸡

"捆鸡，捆鸡，不是捆的鸡。"捆的是鸡肠和豆腐皮。捆鸡肠子的叫荤捆鸡，捆豆腐皮的叫素捆鸡，都是十足的老长沙味道。

荤捆鸡，把鸡肠子捆成五寸长一筒，一卤，卤成了香干色。长沙流行经典两吃：一是切片热炒，最好是用青椒炒，鲜辣厚味；一为凉拌冷吃，用辣椒粉、蒜子、香麻油凉拌，五味杂陈，嚼起来韧劲足，微苦，香辣，诱惑力十足。做这种吃法生意的，多是沿街叫卖。边走边吆喝："捆鸡——，凉拌捆鸡——"一听到巷子里卖捆鸡的吆喝声，守在家门口的老长沙常常走出门来买一份下酒。

我住坡子街，常常遇见一男一女叫卖。一个是娭毑，叫卖"南门口捆鸡"，一肩挑两篮，一篮是卤好的原捆鸡，如果你看中了，她会告诉你，拿回家先蒸一下切片，或炒或凉拌，很香，一篮是带盖的不锈钢桶装着凉拌好的捆鸡，揭开，香气扑鼻。

一个是老头，推着一辆老式旧单车经常守在福庆街口，一个木桶挂在单车后座边，桶子上写着"北正街捆鸡"，十元一碗，多买的话，要用秤称。有时候想在家里喝点酒，最省事的办法，买一碗凉拌捆鸡，一份坡子街"三合一"。

"三合一"是20世纪90年代坡子街的老味道。有国宝、文记、刘热卤等店子，家家生意好，门口一个热卤罐，现点现卤。也有出堂卖的服务。三合一四合一五合一七合一随你挑，切得薄的猪耳、卤得香的牛肉、剁得厚实的猪尾巴、切成块的猪大肠、白嫩嫩的豆皮等等，摆满一案板，任选几样下入热卤陶罐中一卤，几分钟时间就可以上桌吃。不管你吃几合一，素捆鸡、韭菜必须有。

豆腐皮捆起来的素捆鸡，差不多也是五寸长一筒，先卤成香干色，后切片，再卤，韧性足而口感质嫩，配着生啤喝，是长沙男女老少的快乐生活。

一碗荤捆鸡，一个"三合一"，荤素捆鸡通吃，开心自在。

　　三个月前，碰到了三十年前黄兴路墙上画满龟羊狗蛇鸡的强民小吃店的掌案老左，健谈的他面容已显老态。

　　当我提及他当年那一灶鞭香的美妙时，他微微一笑，脸上露出了手艺人的本真与底气，淡定从容，老辣中无半点傲气。

　　想当年，黄兴路上的强民小吃店以清炖龟肉、清炖龟羊肉、清炖狗肉、药膳牛鞭为特色，因为主打清一色的滋阴壮阳炖品，"强民"因此在长沙家喻户晓。

　　那时，强民的龟、羊、狗肉用量大，取料分割出来的龟鞭、狗鞭也就积少成多，师傅们也不放过增加花色品种的机会，不时会推出清炖龟鞭、清炖狗鞭狗杂，一飨食客。懂套路的食客常隔三差五来一次店，一碗清炖龟鞭，或者一碗牛鞭，或者一碗清炖狗鞭狗杂，每碗5到20元价格不等，再来一碟花生米、凉拌海带丝之类，一瓶小湘泉酒，随喜自配，尽兴而归。

我就住在樊西巷对面黄兴路的公司宿舍里，到强民步行只需3分钟，每天下班后闲来无事常常来回在黄兴路上走走，在树影斑驳的梧桐树下寻找青春飞扬的方向。

当时单位食堂不开晚餐，我们几个单身汉的伙食搭在李合盛，全是牛肉的菜肴，或者下碗牛肉面，食堂菜品比较单一。一段时间后，小刘丽和小任两个女孩子有点吃不习惯，我们改到德园吃饭。晚饭后就沿黄兴路散步，有时我和平辉也去长郡的球场打打篮球，打得一身汗后，又去南门口来碗嗍螺、几瓶啤酒宵夜。我们很少在强民吃饭。但是老左是熟人，路过强民时经常在门口碰到他，我们会寒喧几句，有时花5块钱来碗清炖狗肉汤打打牙祭，我们一般不呷狗鞭、牛鞭，因为那是中老年人最美妙的晚餐。而老左最喜欢指着新炖的牛鞭、龟鞭游说："真是好东西，吃一碗啰。"

强民的牛鞭、龟鞭、狗鞭确实是这个城市的特色。在那个没有伟哥的年代，多少给渴望"性"福生活的人以希望。每当夜幕降临，食客会陆陆续续进店，多是单个而来，偶尔三人一行。

在我的印象里，上了年纪的人都崇尚"吃什么补什么"。鞭是壮阳的食材，尤其是牛鞭含雄激素、蛋白质、脂肪等成分，是上好的男性补品。《本草纲目》记载：牛鞭主治男人阳痿、早泄，补肾壮阳，固本培元。清宫满汉全席，牛鞭被列为第十二道菜肴。

牛鞭最好红煨清炖。生活中感觉男人们更喜欢吃清炖的多些，似乎是就喝那一碗汤管用。不过汤要炖得粘嘴巴算是火候到位。

2018年春节期间，王墨泉大师办了一次家宴，一锅清炖牛鞭炖得汤浓味鲜，让我记忆深刻。牛鞭软糯弹牙，喝一口浅茶色的汤鲜润回甘，胶质感超强。

用牛鞭炖鹿鞭，还要放牛睾丸、西洋参、枸杞一起煨炖，色白汤浓可口。这是许菊云大师的创制，他取了个很霸气的名字：霸王举鼎。意在强调壮阳功效。

曹恒斌大师用料更猛，拿海马、牛鞭、狗鞭、龟鞭一炖，叫"海马响三鞭"。那一年他年近半百，拿去参加全国烹饪大赛，凭借完美的刀功、到位的火候、巧妙的搭配、独特的味道，他夺得金牌一枚。宝刀未老载誉而归，迎接他的当然是隆重而热烈的掌声，还有想一品"海马响三鞭"为快的吆喝声。

有年二伏时，云南的朋友寄来香格里拉的松茸菌，白嫩肥厚，清香浓郁，肉质细嫩，润滑清爽，传有"以形补形"一说，强精补肾。有人建议盐煎，有人想切片蘸点芥末喝点洋酒，有人说清炖好。当时正好清炖了一锅牛鞭，我建议干脆来个松茸菌牛鞭打甂炉，主意一出，大家翘起大拇指：真是双剑合璧。

红泥小火炉一沸腾，大家在牛鞭的软糯与松茸菌的细嫩之间，不断打破味觉的平衡，获得滋补的能量。

1993年，我被公司派去打理老店奇峰阁，在做精"一鸭四吃"的特色时，我们创新推出"双鸭八吃"和"十大牛系列佳肴"，没想到在市场上形成了强大的吸力。尤其是牛杂大边炉、护宝牛鞭、药膳牛尾、酸辣蹄筋、发丝百页、牛腩煲、卤牛舌牛心等，各有特色，引得顾客纷至沓来，生意满堂。叫座又叫好的是牛杂大边炉，一滚当三鲜。而更多的人吃着护宝牛鞭，借着酒兴念念有词：归巢夜引弓，神物护宝牢。

　　那时，店里为了采购到足量的新鲜牛鞭，在全城杀牛的市场预定。采购回店的新鲜牛鞭，经过反复冲洗、快速出水、精心改切后，在长时间的小火慢炖中熟烂鲜糯，待到恰当的火候时加入党参、枸杞滚烫出炉，鲜滋独具。有时还根据顾客需求，将护宝牛鞭滚开后，再冲入一两个鸡蛋，金黄的蛋丝浮在鞭花周围，一派鲜色，养眼，一喝而尽，养生。

湘江渔食

挑一个阳光明媚的秋日，我们坐着在湘江边漾湾镇长大的志红兄的自制小筏子，在湘江捕鱼沉虾。加上周晖、谭飞、彭仲民、王奇玉，我们六个人兴致高昂地在摇摇晃晃的筏子上，时而站时而坐，时而下网，时而撒网，一个下午的忙碌与守望，等到夕阳悬在了岳麓山的山顶，红遍半边天，傍晚的霞光打在远处的江面上，金色的波光粼粼，此时的傅家洲的树梢染成了层次感分明的青黄色，就到了收网的时刻。

志红兄从筏子上拿出一根带钩的长竹篙，非常娴熟地往江上用可乐瓶子做的浮标下面钩，网鱼虾的网笼收到了船板上，船慢慢地前移，网笼一节节地收，在网笼出水的瞬间抖一抖网笼，小小的米虾从网边滑落，直到网笼全部收上来，将笼底的绳子解开，活泼乱跳的小鱼小虾跳到了桶子里。船再转到江心，将另一种拦网从水里慢慢扯起来，零零散散有嫩子鱼网在网上，随着网离开水面，鱼不断地摆动着鱼尾，水珠溅到我们脸上，清凉舒爽。志红兄老练地将一条条嫩子鱼从网上取下来放入水桶里，有三分之一桶，收获不小。

我们带着战利品上岸，在江边小区找一家店加工我们捕到的鱼虾，吃饭。

嫩子鱼一个做水煮杂鱼，一个做油酥嫩子鱼。河虾也是两吃，一个盐水虾，一个米虾炒韭菜。

俗话说得好："鱼吃跳，鸡吃叫。"这些对锅下的鱼虾，烹出来鲜美回甘。彭仲民兄还事先亲自红煨了一份猪脚，搭配这些江鲜跳味，非常对味：新鲜猪脚要煮三道水，放龙牌酱油、美极鲜、三个四川风味的榨菜坨煨，深煨三个半小时后，猪脚厚味香鲜爽爆啦。他说，这道菜是他外公传的，他妈妈烧得更老道，出味就靠那几个四川榨菜坨，榨菜坨不能用当年做的，要陈年的，味厚。一举杯，又一村周晖总经理一首对联脱口而出：人间美酒盏无数，万家灯火总是情。横批：烟火人生。

我小时候在乡下也喜欢网鱼。

周末或者放学回家早，我也会拿着鱼网和自己做的简易钓杆到门前的小河里去捉鱼。先将20多米长的尼龙网往河中横栏固定在水中，再上岸钓鱼。

我的钓鱼杆是用一根小竹杆做的，一根尼龙线固定在竹杆尖上，只上一个钓鱼钩，没有浮标，在钩子上挂一小坨白棉花，蘸点谷酒往河里一放，钓鱼钩不落水，让它像蜻蜓点水一样，在水面上上下下飞跑，河里的小鱼闻到酒香看到白棉花飞来飞去，以为是虫子之类的美味来了，跃身而起去咬棉花，一但用力过猛、高度恰当，小鱼小嘴吞着小钩，我就毫不犹豫把鱼提上来收进我的提桶里啦。我们管这叫"飞钓"。简单，成本低，飞钓的时候，年少的我感觉快活如神仙。

要钓到鱼，还是要点手艺。钓钩在水面上上下移动速度要快，离水面不能高，基本上要水上漂的上下跳动。傍晚时分是小鱼抢食的时候，我基本上选这个时点去，一般不会打空转身，加上尼龙网拦河一布，快天黑收网，提着装了鱼的桶子回家交给妈妈。水煮鱼是最鲜美的吃法，鲜辣诱人，即使鱼吃完了，就着那热辣的紫苏香的鱼汤一泡，也可呷下两三碗饭。

有了这从小河到大江网鱼的经历，回味总带着嘴馋的味道，我的味蕾一直想念着那些江河鱼鲜。一次在猴子石往南的湘江渔船上，又让我遇到了"心头好"。

那天夏夜，明月当空挂，清风习习，在停靠湘江边的渔船上，渔夫为我们煮了一条金鳜。

金鳜是湘江和洞庭湖中最名贵的鱼，身长，扁圆，尖头，大嘴，利齿，大眼，小细鳞，肉质细嫩丰满，肉厚刺少，肥厚鲜美。所谓"西塞山前白鹭飞，桃花流水鳜鱼肥。"这些鱼捕上来养在船边一个小筏子里的鱼仓内，活蹦乱跳，船老大用湘江的水、紫苏、生姜、大蒜、辣椒煮出来，味香、汤鲜、肉嫩、鲜辣。吹着傍晚的江风，借着湘江两岸的阑珊灯火，就一杯冰啤酒，真是人生快意事啊。船上是没有冰箱的，冰啤酒是船老大走到船尾，从船边扯起一根绳子，从沉在江水中的网子里拿出的，一起扯起的还有西瓜。西瓜切来，也是凉凉的沁甜。

举杯下箸中往北望去，月光下的橘子洲头依然和着水流声，宁静而生动。

鸭茸海参

一块新鲜的肉皮在平整的木砧板上铺开，将肥肉丁、鸭脯肉放在上面，用刀背捶成泥。过箩筛，打入鸡蛋清打起，兑入高汤待用。

海参深煨入味，冷却，放入鸭茸中。

锅洗净下猪油，下入鸭茸、海参半成品料，小火慢推出锅。一份洁白的鸭茸海参就亮彩出鲜。

这是湘菜大师张小春大师从鸡茸海参创新而来的一道传统湘菜。

小春大师最早看到鸡茸海参是 1984 年的秋天，刚刚恢复营业的百年老店奇峰阁热闹非凡，请来的周子云、袁国卿、石良斌、罗中厚等十三位退休名厨在店里示范烹制失传的传统湘菜，这给想学艺的张小春带来了绝好的机会。

十三位老前辈，每个人都有绝活。袁国卿走南闯北几十年，炼就一手炉子功夫，尤其是东安鸡炒出来特别出味，由于年纪大了邀来师弟罗中厚示范烹炒；石良斌，公私合营前十三盛的老板，红白二案、涨发干货，样样拿手。鱼皮、海参、鱿鱼、墨鱼、鱼翅经他一发，出品率高，复活如鲜。石良斌老师傅一发海参鱿鱼就是一大麻布袋，张小春就去帮力气活，下班后按石师傅的要求换次水再走，一个月下来，石良斌非常高兴地对小春说："张伢子，你是咯样搞下去，今后不怕冒饭呷。"周子云，人称周二爹，红云川菜馆的"全侉子"师傅，行业敬重的几个老师傅之一。酸辣鱼皮、酸辣海参、红煨鲍鱼、鸡汁鱼皮、鸡茸海参、鸡茸墨鱼、鸡茸鱼翅、网油酥方等经典湘菜名菜，他一到店就抓紧时间向年轻人一一传授。张小春看在眼里，记在心里，只因原材料成本太高，难得反复实操。他更多的时候就用鸡茸青豆成菜来练，悄悄地掌握了鸡茸子的做法。

鸭茸海参和鸡茸海参一样，做得好不好，关键是鸡茸、鸭茸推出来要嫩如豆腐，白如雪，站得稳，摇得动。

罗氏辣椒

青辣椒清洗晾干，适量开水加盐放凉，一同封坛，泡过一段时间，坛子里的辣椒就成了微酸的酱辣椒，如果加点米酒，青辣椒在封坛中更香。

一次到南景饭店吃饭，上了一个新凉菜——罗氏辣椒，辣椒内的空气被挤得空空的，辣椒的一面与另一面贴在一起凹凸有致，辣椒干干的，深绿偏黑色，光亮亮的，淡淡的酱香坛子气，嚼一口，脆脆的，微酸含辣。这道菜深受同桌的喜欢，转盘还末转完一圈，就没了，又加了一份。

坐在身旁的南景饭店的总经理曹洋，是个精力旺盛、精明能干、豁达热情的女子，和先生康希董事长成功做出了"友友""南景"两个湖南品牌，从一师范的劳动广场开到了九所边，高大上的南景饭店，成为湘味更精准的中高档湘菜馆，湘菜之外也聚集更有特色的"中国味"。曹洋老总悄悄地告诉我，这个辣椒是她在衡阳一个姓罗的家发现的，罗家祖传配方，只做给家里人吃。把它引进店里，大家吃了都说好吃。罗家这个辣椒每年做一次。在二伏时，把从农家收来的青辣椒曝晒一天，一次性调入多种调料入坛两周后，直接拿出来就可以吃了，脆辣咸鲜。一年晒五千斤，专做店里独特的冷碟。后来想，叫什么名字？大家说要有个性点，就干脆叫"罗氏辣椒"。原味，独家，好滋味。

我有个老家在永州的老同事黄姐，很会做酱辣椒，是另一种风格的酱辣椒，带水浸的。加点高度数的白酒，特别香脆辣，我喜欢吃，她每年秋后都会分我一点。有了这个秘密调料，我在家请客就更有特色了，做一道酱椒香菜百叶，或者做一个酱辣椒炒鸡，炒的时候再加点剁辣椒，双味特色，每次端上桌都会一扫而光。

按照黄姐的做法，最好选牛角青辣椒来做。她说，用酒是关键，做出来的酱辣椒油亮光鲜，质地脆嫩，酱香更浓郁，放得更久。

黄姐的酱辣椒适合做配料烹调调味，比如酱辣椒炒血鸭，地道的永州风味。罗氏辣椒也是酱辣椒中的一种，不过做得更为干爽一点，一味爽口开胃的凉菜，冷香袭人，脆嫩咸鲜。

辣椒炒肉·肉炒肉·肉炒腰肝·杀猪肉

青辣：辣椒炒肉

　　青辣椒、酱油、带皮五花肉、瘦肉，缺一不可，猛火一炒，炒出湖南人的乡愁味道。当然，细节在五花肉。肉要煸炒出油，青辣椒带盐炒软，辣椒的清香直入肉味之中，带着酱油汁上席。

辣椒炒肉，味在辣椒。辣椒要出味，厨师重要，辣椒质地更重要。色泽青、新鲜肉厚质嫩、口感辣的原辣椒比较好，而且辣椒要炒软透油盐味。选肉当然也马虎不得，最好是七分瘦肉三分肥、当天杀的新鲜猪肉。炒出来辣椒青翠软嫩，猪肉嫩爽鲜美，清香藏辣。

随着季节的变化，青辣椒的味道一如女大十八变，辣椒炒肉也有了季节变化的味道。

初夏的青辣椒是一种嫩辣，清香四溢中有一种毛毛辣，这时的辣椒炒肉带着少女的温柔；三伏的青辣椒是一种酷辣，既辣香扑鼻又辣劲十足，此时的辣椒炒肉宛如泼辣的少妇给人以激情刺激；初秋的青辣椒是一种脆辣，此时的辣椒炒肉一如看破红尘的女郎辣得干脆，依然诱人；而深秋临近冬天的青辣椒是一种微苦的辣，有初夏的辣椒的嫩，但辣中带苦，放肉一炒，少了初秋辣椒的霸气。寒露前后，青辣椒一般长不大了，我们把这时的辣椒叫扯树辣椒，个小，干瘪，特别是放到烧红的铁锅子里按压擂碎，再加豆豉一炒，炒出来又嫩又苦又辣，下饭的好菜。

对于一个湖南人来说，青辣椒永远是饭桌上的主角，从辣椒炒肉到青椒炒鸡，到青椒焖蛇，到平锅碎青椒鱼头，青椒代表着湘菜的"芳华"，嫩辣清鲜。

老辣：老口子肉炒肉

带皮的五花肉，切薄薄的片煸炒出油，加瘦肉快炒，放鲜红椒丝、青蒜、豆豉、酱油，调味翻炒，带汁出锅，酱香浓郁嫩鲜可口，这就是长沙街头巷尾流行的老口子肉炒肉。把老口子肉炒肉炒成上档次的精品大菜的，是位于韶山路起点的潇湘一号，长沙有头有面的都追去一品为快，只可惜店子没做多久，不知不觉关门了。

要称得上"老口子"，除了肉炒出来要嫩，还要入味。入味就得老坛子剁辣椒。剁辣椒从坛子里取出来放砧板上，再剁碎，下油锅煸香和肉一炒，老辣厚味，油润嫩香。当然，剁辣椒不能多，多了咸，标准是见肉不见剁辣椒的境界。青蒜少不了，有了蒜香、老坛剁辣椒香复合，肉炒肉就能在酱油味中爆裂出"老口子"需要的老长沙味道。

嫩辣：肉炒腰肝

半瘦半肥的新鲜肉切薄片，猪肝尖切片，腰花切凤尾花刀，分别抓酱油稍腌，香菇切丝，酱辣椒切碎，葱取开叉、有葱白葱茎的一节切段，初加工完成。

锅烧红，放油下肉片炒出油，下猪肝、腰花一熘，放酱辣椒、葱调味，葱香和味，以嫩出鲜，酸辣多滋。熘成一碗嫩辣的肉炒腰肝。

有一年在捞刀河镇老街上的小餐馆吃饭，有肉炒腰肝，炒出来特别香。老板是厨师，一个人的店。他的一条腿有点瘸，为了便于操作，他半边屁股坐在一个高脚凳上炒菜，播锅，翻炒，有板有眼，灵活多变，只见他一瓢猪油下锅，烧红，下入几根姜丝煸炒出香，下入少量的五花肉片煸炒出油，下少量瘦肉、猪肝、腰花，大火，喷料酒急炒，下红椒丝、香菇丝、葱白头快炒，撒上胡椒粉翻炒出锅，猪肉放得不多的肉炒腰肝嫩辣香鲜。一桌菜炒完了，老板师傅走到桌前招呼："肉炒腰肝好呷啵？""这是我搞了一辈子的菜，一般不得筐瓢。"

水辣：杀猪肉

比肉炒腰肝更味重的炒法，是杀猪肉。

每年年关将近，乡亲们会把自己家里喂肥了的猪杀了，叫解年猪。

这天中午，主人会把乡邻都邀请来吃杀猪肉。

在新鲜大蒜干辣椒粉腐乳汁的调和下，取刚刚杀的猪内脏切片和猪肉一起爆炒，猛火一焖，带汁出锅，怎一个水淋淋的鲜辣了得？

杀猪肉吃起来嫩、鲜、辣，口味比较重。

"远亲不如近邻。"解年猪是一家子一年中的大好事，把乡邻们请来一起尝尝鲜，农闲时节一起喝喝酒聊聊天，有一种感恩之心在里面，也是增进友谊的方式。过去穷的时候，也是乡邻们打牙祭的日子。

杀猪肉实际是一锅杂料，各种下水配上一块肉，黄焖。花比较少的成本，和乡邻一起迎接新年。

　　一锅热气腾腾的杀猪肉，就是邻里和睦相处的图腾。

有锅气的擂辣椒

一只只青辣椒用菜刀拍碎，在红锅中快速用力摁压擂开，再不时滴点油与水在锅里擂，擂得辣椒米碎，调味出锅，裹着浓稠的青色汁儿的辣椒的清香，足以让你的味蕾高度活跃。

这就是三湘大地老百姓家里的摁辣椒，或者叫擂辣椒。

这种从柴火灶上的生铁锅里摁出来的摁辣椒，在三湘大地人家都能找到。摁辣椒有着独特的烟火油盐味，是独守锅香镬气清鲜与香辣的下饭菜。

镬气，也叫锅气。在乡下或是市井人家，总认为把菜炒出锅气才好吃、过劲。摁辣椒擂出香辣油盐味之外，更妙的就是吸入了那烧红的铁锅气逼出来的香。

靳江河边的老韦说，到我们乡下吃饭有味没味，不是要放多少调料，而是锅要烧红，油要烧红，把菜放下去炒，放准油盐，菜做出来就有味了。好食上的董事长汪峥嵘甚至在朋友圈感慨："吃菜有锅气，做人有骨气。"

在湘菜的烹饪生活里，一般有三种用好锅气的技巧。

红锅炒，收水气，出锅气。

摁辣椒，在高温的红锅子中用力按压辣椒挤出辣椒中的水分，炒出的是一股淡淡的焦香锅气。

烫出来的黄菜，先放在红锅上炒干水气，再下猪油调盐味放辣椒炒，炒干了水气的黄菜再遇盐味，被黄菜吸入，鲜美透味，脆中带辣，厚味爽口。这是每年三四月间青黄不接时的当家下饭菜。

长沙黄焖鳝鱼一个重要的环节，就是剖出来的鳝鱼一定要先红锅带血炒，炒得血干肉卷起锅，再用油炸起酥，放姜辣椒蒜子煸香，加水一焖，放紫苏、盐煮开装碗。以锅气逼去鳝鱼的腥气，鳝鱼黄焖出来清鲜回甘。

响油响醋喷酒，借锅气。

红锅响油，用锅气炒香、煸香、爆香、熘香主料或调味料，快速成菜，激活香味。老姜炒鸡，一定要先把老姜响油煸出姜香，再爆鸡，鸡炒出来才姜香透味。熘虾仁，沿锅边喷酒，把火引入锅中，短时间把原材料封闭在高温中爆香入味。

香煎暴盐鱼，来个锅边跑醋，鱼肉更嫩鲜，叫"响醋"。香雾过后，提香爽味。

收汁，亮油抱汁凝锅气。

红烧、干煸、糖醋，就是这种情况。

一瓢芡勾出来亮油抱汁，一瓢水焖出来油亮鲜香，一瓢糖融化后油亮中能扯出千丝，那才叫锅气来了。

了解了锅气，炒一份锅气足的摁辣椒就简单多了。

民间流行的大致有 4 种不同的炒法：铁锅烧红，把辣椒放下去，可以带水擂，或者带盐擂，还可以滴油擂，油水混合擂。油、水放多少，要以锅不降温、油不坏菜、水不湿椒为度。至于那种做法更好吃？那就只能各取所爱。当然，辣椒的选取也很重要。江西余干辣椒就特别好。时令不同口感也有区别。夏初刚刚上市的皮薄肉厚的嫩青椒是做摁辣椒的好料，然后是深秋的扯树辣椒。那种长不大的嫩辣贴上锅气是另一番滋味。

橘洲黄鸭叫

"获花秋，潇湘夜，橘洲佳景如屏画。碧烟中，明月下，小艇垂纶初罢。水为乡，篷作合，鱼羹稻饭常餐。酒盈杯，书盈架，名利不将心挂。"这是唐代李殉留下的1200年前的橘洲风景与生活画面，美，惬意。

这个"鱼羹稻饭"，让我想起20世纪80年代末，长沙人纷纷赶时髦到橘子洲头"中流击水"，痛快地去吃一顿水煮黄鸭叫。长沙人搞鱼吃相信"仰河水煮河鱼"。河水煮河鱼要用紫苏，紫苏去腥增香。

那时候，橘洲公园到桥头一带，洲上朝东的住宅开起了活鱼馆，尤其在夏天，店家还在东边的江面上扎起连成片的竹排开夜市。男人们穿着拖鞋背心短裤叉，女孩子一袭吊带背心吊带裙穿着，一到晚上，闲坐江心竹排上，煮一锅黄鸭叫，配上几碟韭菜把子、酸萝卜皮、油炸花生米，来几支冰冰的白沙啤酒，谈笑风生中划几手拳，酣畅淋漓。也可以听吉他手弹唱，客人点一首歌3到5块钱，热闹一直持续到三更半夜。有点像水陆寺里的对联说的："拱极楼中，五六月间无暑气；潇湘江上，二三更里有渔歌。"

长沙是山水洲城，橘子洲头占其一。站在江东看洲上，星灯闪烁，树影婆娑，人人都向往。

20世纪80年代末我在黄兴南路上班，班上有个同学分配到了岛上的街道办事处工作，我们会花二十分钟骑单车走橘子洲大桥到洲上找他玩，有时候也加入到橘子洲头吃水煮黄鸭叫的人潮中。

我们一般会先游橘洲公园，在橘子洲头的水岸沙滩上捡一块磅边石朝猴子石的方向打打水漂，看看江上轮船长笛悠悠而去，肚子饿了再去吃水煮黄鸭叫。

当时范四毛活鱼馆是洲上水煮黄鸭叫煮得好的"名声哥"，我们每次都去他家。

其实，他家做的水煮黄鸭叫并没有什么特别的地方，就是活的黄鸭叫现剖，稍作油煎，喷醋，老姜切米子煸香，放青椒、蒜子、紫苏，一次放足水加盖一煮，煮得汤色奶白出锅上席，鱼香溢满一桌，夹一条一尝，鱼肉嫩滑，汤鲜香辣。一条鱼，一杯冰啤，一勺汤，一碗饭，鲜辣过瘾。

当年杜甫客泊湘江，曾留下"夜醉长沙酒，晓行湘水春"的诗句，不知当时杜甫夜醉湘江，是否也是用水煮黄鸭叫佐酒？

橘子洲在湘江江心，分上洲、中洲、下洲三岛，史料上讲几个岛上的人谋生方式不太相同。上洲有繁华集市，民居多开饭铺，中洲地多，居民一般种菜为生，下洲居民多是渔民。同事小婷的家在橘子洲，邀我们去过她家，她爸热情开朗，水性好会打渔。听他爸说，他们常常半夜三更驾舟去捕鱼，天亮回到洲上。捕鱼有手艺也靠运气，捕回来的鱼一部分按约定的要求卖给洲上的餐馆，其余的鱼早上八点左右，在湘江东岸河滩鱼市上卖掉，没有卖掉的自己吃，或者做成咸鱼再卖。

黄鸭叫是湘江流域一种野生鱼，体形小、土黄色，群游时会发出咕咕咕的声音。过去，黄鸭叫在市场上不俏，卖不起价，靠捕鱼为生的渔民们，在湘江捕了黄鸭叫，多数是自己家里吃，后来这些洲岸原住民把家传手艺拿出来开馆子，居然令游客在橘子洲头追寻毛主席的足迹之外，还一定要吃一顿水煮黄鸭叫才罢休，一个家常菜硬是成了一道湘菜名菜，和橘子洲头一样，声名远播。

春分蒿子粑粑

春分到，陌上绿。

嫩了蒿子，香了蒿子粑粑。

春分雨润，蒿子就疯长。

俗话"春分有雨病人稀，五谷稻作处处宜。"说的是春分下雨洗涤大地，人与自然和谐共生。万物生长，利于稻作。

鲜嫩的蒿子能排毒又清火，但有点苦，直接吃口感不好。先民们想了个办法，山野坡地摘来蒿子嫩尖洗净切碎，蒸熟，捣成泥，摊凉，拌入糯米粉中，掺糖揉熟，揉成厚实的圆形饼，上笼蒸熟，就很好吃了。甜甜的，糯糯的，蒿草清香绕舌。

蒸出来的蒿子粑粑冷却后可以储存。这样的粑粑再用茶油文火慢煎，是另一种口感，外酥内嫩，柔糯含香。

有一年春天，我去平江踏青，在农贸市场碰到一个卖蒿子的老头，他说，他八十多岁了，蒿子是他清早采的。我一听，把他那两袋蒿子嫩尖全买回来了。

　　回家后，吃过但没做过蒿子粑粑的我，尝试自己做，首先用榨汁机来榨蒿子汁，刚榨三分之一，榨汁机就坏了，只好又去买来一台，本来想省力却费了九牛二虎之力，才把蒿子汁榨出来和入糯米粉里，揉好做成粑粑一蒸，一派青绿，色美。虽然粑粑里不见蒿子，但是蒿子的清香深浓。也许是没有蒿子做筋，纯糯米的蒿子粑粑特别的糯，筷子一夹粑粑就变形了，快速放到口里，咬一口，一扯，牵出一根长长的糯米带来，也不断，只有突然将筷子一拉，才能将蒿子粑粑痛快地吃下。那味道，是仲春的鲜柔。因为做得多，我送了好些给朋友分享，有行家说，留点细碎的青蒿叶一起揉进糯米粉，粑粑味道会更好。

　　乡间传说，到了三月三，冬眠的山蛇出洞，出洞的蛇头一口会咬遇上的草、动物或者人，把毒液吐出来开始新生活。因此，按照民间的说法，三月三后蒿子最好不要吃了，以免吃到被蛇咬过的蒿子叶。

　　如此一来，春分的蒿子粑粑也就珍贵了。

　　在昼夜平分的春分，做一顿蒿子粑粑很惬意。糯米粉裹着嫩绿的蒿香不经意间就丰富了季节的味道，而梦醒时还蒿香满屋。

湘川简味

1993年10月22日，第三届全国烹饪大赛在武汉开赛。

士兵简忠姚携热菜鸡汁鲍脯鸭舌、荷包复制豆腐、冷拼海底世界、雕刻金鱼戏水参赛，一举夺得热菜、冷拼、雕刻三块金牌，被评为"全国十佳厨师"。消息传到湖南省军区，军区为这个已经服役11年的军中厨师长士兵记立三等功一次。

拆骨水鱼

1982年，重庆伢子简忠姚参军入伍，赴广西集训备战自卫反击战。然而，三个月后，接到命令换防到湖南南湾湖农垦，分到营部食堂工作。他入伍前就在重庆当过两年厨师了，凭借这点底子，简忠姚就这样在南湾湖的军营里，开始了他的烹饪人生。

刚到南湾湖不久，首长来视察。简忠姚在食堂做了四菜一汤：鲜嫩老辣的麻婆豆腐、鲜浓糯香的拆骨水鱼、嫩滑含鲜的荷包蛋煮柴鱼片、本味的煮南瓜，菜一上桌就获得了首长们的赞许。尤其是那道拆骨水鱼，更被赞不绝口。

拆骨水鱼怎么做的？

活水鱼宰杀治净后，生取水鱼壳，葱姜酒腌十分钟，蒸十分钟，拆骨，改刀成块。猪油烧红，下姜蒜子五花肉煸炒出油，放入骨头汤、拍碎的胡椒、切块的水鱼、青椒，旺火一焖，汁浓出锅，装入碗中，"显山不露水"，火候就到境界。

简忠姚做的这一顿川湘搭配的家常做法的饭，成了他改变自己命运的一顿饭，从此他多了许多机会学习专业烹饪了。他先后被派往广州东山宾馆学习粤菜早茶，北京和平饭店学习凉菜、热菜。在长沙，简大师经常跑到有厨师考级的湘江宾馆偷艺。

象形拼盘与果蔬雕其实是美学在美食中的灵活应用的结果。简忠姚没学过美术，他跑图书馆借书学素描，买来圆规在西瓜上比试。功夫不负有心人。五年后，萝卜、茄子、黄瓜、西瓜、冬瓜、南瓜，他几刀一雕，变成了栩栩如生的花鸟、创意十足的果蔬灯。他成为当时全省烹饪行业"雕刻一把刀"。

麻婆豆腐、回锅肉、酸菜滑肉，是简大师最喜欢的三道川菜。镶一点花椒、豆瓣酱、泡椒，是川菜的经典调味方法。用活了这些调料，菜味肯定会变得独特，这是简大师的从厨体会。

虾仁米豆腐是道传统湘菜，好吃。他借鉴麻婆豆腐的做法，创新推出牛筋米豆腐。

牛肉剁成泥，加花椒、豆瓣酱煸炒出油，放牛筋、米豆腐一烧，烧得亮油抱汁，咸鲜中带着微微的麻辣味，味道更加丰满鲜香。

鳜鱼腩焖鱼鳔

鳜鱼腩、瓦子鱼肚鱼肠、鳙鱼鳔，油煎至表面转浅黄色，下姜蒜青椒爆香去腥，转入砂锅中，放清水、豆腐，一个千炖万煮，煮出一锅奶白色的汤，撒一把紫苏沸腾出锅，"每人每"的位上菜，这道菜让来湘视察的领导连连称赞：这个菜做得好。

简大师管这个菜叫砂锅鳜鱼腩焖鱼鳔。用姜蒜醋紫苏激活鱼腩的肥美之鲜、鱼鳔鱼肠的脆嫩之鲜、豆腐的嫩鲜，高温下用时间怒放出浓郁的鱼香辣鲜，一碗鱼汤藏着丰富的口感与分明的质感，独一味而多滋。

清汤鱼丸

简大师善于借鉴。有次去武汉做厨艺交流表演，他在大中华饭店见识了中国烹饪大师卢永良烹制桔瓣鱼氽。传统湘菜做鱼茸子是在肉皮上剁鱼肉成茸，卢大师是用绞肉机绞鱼肉。简大师发现他放鱼肉的同时，加入冰块和姜葱汁。一问，冰块原来起降温作用，确保鱼茸鲜度。绞肉机的好处当然是解决了鱼茸的细腻度和成菜速度问题。

另一个细节也让简大师惊讶，掺入鱼茸里的肉泥不是剁。卢大师将肥膘切成长方形条平整的冷冻，取出来用刀反复刮，刮出来的肉泥非常细腻，用手一拌，成奶油状，再放入鱼茸子里抓匀，又快又好。

简大师回来按照卢大师的套路做传统湘菜清汤鱼丸，果然味道不一样，鱼丸软滑Q弹，在清汤中浮得更起，配上两棵清绿玉白的菜胆，清爽致极。和刘晓庆一起来泰天吃饭的艺人们大呼这道菜好吃。简大师爱看《渡江侦察记》,《渡江侦察记》里的演员就为简大师题词："艺高手巧创佳肴"。

雅俗三鲜

"杨大"是湘菜大师杨敬伟，晴溪星沙店的厨房老大，那里的美女们都这么叫他。说说"杨大"的雅俗三鲜。

组庵豆腐

组庵豆腐，通俗的讲，就是谭延闿的味，曾经的官府湘菜。

我吃过很多次今人做的组庵豆腐，而出自湘菜大师杨敬伟的厨房里的豆腐还像那么个味——颇像台湾美食作家唐鲁孙笔下所写老谭家豆腐的味。

豆腐白嫩四四方，这个用箩筛筛过的豆腐，配上精致清鲜的白菜胆，俨然一幅鲜活的山水画，一入口，没有半点腥味，绝对的时间耗费后，火功透味转化的细嫩腴润。是用心做的菜。

杨敬伟是个十分用心做事的中国烹饪大师、湘菜大师，先是"中国好餐厅"晴溪山庄株洲店厨师长，如今又掌管星沙店厨房，少有的言语不多却埋头研究的市场一线湘菜大师。为了迎接星沙店的开业，他搜寻了很多有关组庵菜的湘菜史料，包括我的《湘菜六味》一书里有关组庵菜的叙述。有一天，他带着我的《湖湘文库·湘菜谱》来我办公室聊组庵菜时，给我的感觉是，这个人认真，有股子劲。

我说，当今有几个见过组庵菜？你搞这个有感觉吗？

一年过去，今晚的组庵豆腐"每人每"位上席前，众人皆惊。功夫不负有心人。惊醒我的，是我当时的疑虑多了点。惊醒众人的，是长沙还有这么孤艳的出品。

羊血焖仔羊

黑山羊，浏阳的贡品。当然这是历史的写意。

今天的人们都喜欢"小鲜肉"。杨敬伟他们把黑山羊烹成了"小鲜肉"。

羊，当然用跑山的嫩仔黑山羊。

带皮的五花三层羊肉切片，和羊血一焖，几片当归在沸腾中将味杀入羊肉中，几叶香菜的香从外围突破空气与热气的宁静，里外夹攻，矫嫩的羊肉收起了它矫情的膻味而变得清爽含香，剁得碎的红椒激活了羊肉的鲜，羊肚的少量杂入和味，质感更加丰满，满口软糯、劲脆与嫩滑交织，和汤一嘣，"小鲜肉"的感觉酥到骨头缝里去了。

蒸沙鳅

浏阳溪水中长大的沙鳅，一剖两开腌点盐，晴天小晒，再冷烟一熏，放点辣椒、米醋一蒸，香辣弹牙。

广州的朋友回家，在星沙晴溪点了个蒸沙鳅，一尝，"辣得好，口劲足，儿时的味。"

蒸沙鳅，千百浏阳蒸菜中的普通一碗。而一从晴溪的厨房里做出来，就变得高大上，而且是贴心暖胃的味。为什么？味好不在故弄玄虚，而在真真实实。

晴溪的老板熊智是浏阳人，用美学的思维造餐厅是他这十几年来的习惯用法，因此有了晴溪的与众不同，"中国好餐厅"。

晴溪星沙店的厨师长杨敬伟也是浏阳人，呷着浏阳蒸菜长大，把"儿时的味"原汁原味蒸出来，肯定是他"饭碗里的路"，再配上熊老板的美学思维，一碗美而有味的蒸菜就有了。

　　"叽……叽……叽……"蝉在热火朝天地放纵歌唱。秋声没准已经从院子里的樟树梢上传来，阳台上迟开的那一朵朱砂兰已干涩卷缩。老友电话邀约："明天去品个龙趸鱼全席有时间吗？"

　　当然好。我最喜欢吃鱼，何况在立秋的前一天。我没有半点犹豫就答应了。

　　立秋，要咬秋，贴秋膘，这个千百年来的季节交替的民间饮食习俗，在农耕时代是隆重而富有仪式感的，因为二十四节气，就是农事的时间表。这"龙趸鱼全席"也算是对酷暑一夏的煎熬来一次安慰。

　　"龙趸鱼全席"由中国烹饪大师贺俊贤先生主理。之所以叫全席，是因为把一条龙趸鱼的各个部位都一一分档取料做出一桌菜来。什么头盘、主菜、主食依次上席，摆满一桌。且不说一个主食用双米炒鱼肉是如何如何的香嫩可口，光开胃头盘就来了六个，最亲切的是一盘"伊比利亚火腿拼无花果"。因为，一年前我在西班牙吃过这样的火腿，如今正怀念这味。

这盘切得薄而红鲜透亮的火腿来自伊比利亚半岛，腌藏了36个月。这样的火腿，在西班牙人眼里贵比黄金，是世界上最好最贵的适合生吃的火腿，卷上无花果一嚼，咸鲜中满口清鲜回甘。

而一个六时炖汤"每人每"上来，就知道今天提前"咬秋"的档次不低。贺大师介绍，这个六时炖汤是用野生天麻和龙趸鱼头炖了6个小时才端出来的。浅浅的黄、清澈见底的汤里浮着一朵菌，长腿的菌子上还布有浅浅的皱褶而又肥实的质感，一眼就看得出菌子的嫩软诱人，喝一口汤，浓醇清鲜。

还有十大尊享主菜更是隽永雅致大气。有的是粤菜的风格，有的是港式风味，有的是西班牙特色技法，中西合璧，丰盛多滋。

头个主菜是"每人每"打边炉。龙趸鱼薄片刺身用一条铺满冰的大船盛上来，一股股似白雾的冷气从冰层中升腾起来，好似秋凉的爽快。我们夹上一片生鲜的鱼片，下入"每人每"的小火锅中涮个几十秒，取出来放到盛辣椒汁的味碟里一蘸汁，满口香辣鲜嫩。美美地享受之后，再看新哥手工制作的精美菜单，这菜叫"一帆风顺！"口也舒服，心里也舒服。

山西人做菜用陈醋，广东人蒸鱼煲汤喜欢用陈皮。在广东人

眼里，新会的陈皮最好，而且晒干后的陈皮放的时间越久越好，厚味香浓。今天，贺大师拿出藏有5年的陈皮蒸鱼腩，再配上黑蒜，自然香浓味鲜，软糯香丰。

黑蒜是用新鲜生大蒜带皮发酵而成的，食后无蒜臭，营养价值极高，以甜、软、糯的口感诱人。每天一两个黑蒜，温和肠胃，降血糖血脂。

接下来是鲍汁焖龙趸鱼翅，软糯带劲弹牙；芥籽汁扒龙趸鱼柳，香酥鲜嫩；麒麟蒸鱼下巴，肉嫩味鲜……

吃过"鱼羊鲜"，没吃过土鸡鱼汤焖鞭花。贺大师今天用熬了6个小时的龙趸鱼头汤焖土鸡鞭花，鲜美之间是鞭花的弹牙之趣，弄得同桌的兄弟们都弱弱地问一句：还来一杯？

向来不喝酒的波波毫不犹豫地举起了酒杯，干了。

几杯下去，波波电话响了，原来他约了人两点半碰头，一看表已经到了三点，大家起身离席。

顺着秋风的到来，接下来的日子碧水惊秋，风摇银杏，落叶无声。今天一顿"龙趸鱼全席"，完全打开了我们咬秋的味蕾，我们暖暖的胃，不用怕秋凉了。

五花肉的湘菜百味

一块五花肉。118道菜，38种技法，50位弟子齐烹，从炒炖煮煨蒸烤焗到烧熘烩爆炸煎，从酸甜苦辣咸到焦酥麻辣香，一菜一味，汇聚湘菜百味。

春天里，张小春大师领衔50名弟子共同打造了一场春宴："一块五花肉的湘菜百味"。

湘菜大师张小春从厨近40年，站在弟子们的作品前感慨："为了促进弟子们的技艺交流，这一年来，我们在复杂中简单，简单不失简约，烹小鲜不失大气，尊重传统不失时尚，用一道主料，把湘菜的烹饪传统技艺传承下来，也把创新的时尚潮流打磨进来，当然还要把全省各地的吃肉风俗收藏起来。"

这里是各种五花肉的一场"大聚会"。鲜五花、腊五花肉、风吹五花肉、五花鲊肉、五花酸肉……都来了，湘菜大师张小春师门50名弟子巧手一烹，五花八门的味道全出来啦。

这里有昔日皇帝喜欢的白起方肉，隆重的仪式感现场堂做，烹出了湘菜的古韵新滋；

有当年毛主席喜欢的红烧肉，传统而软糯含鲜；

有承载武冈血鸭风格的醋血五花肉丁，用老王家米醋一烹，那香味呈现出了独特的湘菜底气，浓缩着湘菜的精华；

有老百姓家常的菜苏子风吹肉、白椒胡葱炒风吹肉、祁东黄花菜炖风吹肉、洞庭芦笋焖风吹肉，那是农家小院屋檐下，风带盐吹成的时间的味道、家的味道；

有来自沈从文故里的香煎湘西酸肉，从陶坛里出来的酸肉，酸酸辣辣的；

有农家鲊肉蒸干豆角，鲊肉的坛子香与豆角干香相融，浓香扑鼻，多滋开胃；

有肉塞华容辣椒，那是辣椒酿肉的精彩演绎；

有嘉禾的洗澡肉，用白煮的手法，成就五花肉的咸鲜嫩脂；

有来自衡阳的香煎麸子肉，吸油含鲜……

当然，能让人眼睛一亮的是各种刀工出鲜的菜，如莲蓬肉、荔枝肉、桂花肉、金丝肉、银丝肉、宝塔肉、富贵柴把肉、茴香腐衣肉卷、虎皮扣肉、羲和张氏狮子头等，有的形如水果，有的像柴把，有的似宝塔，丝、坨、片、块、卷、球，用各种形状呈现一块五花肉的鲜滋妙味，美观大方。

这场技术交流虽然主料简单，但配料并不简单。

你看，桂东的黄菌煨肉、茶陵的蒜子烧肉、湘潭的莲心烧肉、莽山的苦笋焖肉、舜宝山的血酱土猪肉、邵阳的猪血丸子焖腊肉、湘阴藠头炒火焙肉、江永的香姜焖香猪肉、醴陵的黄菜煨肉、桃源津山酸菜口福肉、大连的鲍鱼烧肉等等，汇聚了各地特色食材，巧搭一烹，琳琅满目，多滋多味，各方习俗纷呈。

"食材是有生命的。"张小春大师说，"一个好厨师在烹饪过程中一定要有延续食材生命的本事，这本事，就是手艺，烹饪技艺。"一块五花肉烹出湘菜百味，就是用不同的技法激活食材的生命活力。比如红烧肉，很多人习惯煨，张小春大师用传统的方法"炻"。微微火中炻出肉皮的糯、肉的软嫩，浸润在油脂中软糯不柴，清香扑鼻。

辣是湘菜之魂。这块五花肉做出的湘菜百味中，也不乏很多辣味十足的美食，各种辣椒的巧搭巧烹，让五花肉的滋味更加浓郁香辣。烧辣椒炒回锅肉、渣辣椒回锅肉、永丰辣酱烧肉、黄贡椒蒸五花肉、青椒醋蒸五花肉、白辣椒五花肉、豆豉辣椒蒸五花肉、酸辣味的东安花肉等，有自然的清鲜之辣，有绵软的微辣，有辣劲爆爽的复合辣，有五味杂陈的厚辣，一句话，都是诱人的香辣。

从春到夏、从秋到冬，张小春大师的弟子们贯穿适时而食的理念，巧搭精烹中承载着大地的风俗，用一道主料的烹调来展示湘菜的博大精深，这何尝不是湘菜人一种敢为人先的湖湘精神？

挑几道菜来分享。

怀化野胡葱肉汤

把封存了一个冬天的瓶野胡葱和新鲜的五花肉片置于一罐，隔水一蒸，原汁原味。轻轻地揭开罐盖，腾腾升起的热气中散发一股清香，先喝一口汤，微酸中清爽开胃，再喝一口，微辣中清鲜回甘。

野胡葱，一味在大湘西人的生活里最平凡不过的配料。野胡葱长在山坡草地，湘西人最喜欢用新鲜的野胡葱煎鸡蛋。炒鸭子，放上野胡葱，去腥增香。

秋收冬藏时，他们常常把野胡葱晒到九成干，切碎，往瓶水坛子里一瓶，一两个月后，由干变湿，变成深褐色，酸酸的香，即使季节过了，还随时能从坛子里拿出来做菜。张小春大师他们就是用这样的食材，搭配上新鲜的五花肉片，放水一蒸，"每人每"上席，虽不及海参煨小米高档，却也不失以酸辣著称的湘菜的精致与独特生鲜。

洞庭芦笋焖风吹肉

芦笋，一把来自洞庭湖湿地的春天时蔬，质地嫩鲜，号称"洞庭湖的虫草"，纯正本土的春养之物。这些野生的芦笋有增强人体免疫力的功效。

小春师门的弟子当然不会轻易放过它。把它和风吹肉一起焖出来，用孕育了一个冬天的风吹肉的咸鲜，挑逗着芦笋的春心，清纯的芦笋由此变得更加有魅力，十足的厚味春鲜。

软蒸五花肉

软蒸五花肉，肉包肉的清蒸。

五花肉与荸荠剁碎，打入蛋泡糊，捏成团，用一块薄薄的五花肉片包起来，一蒸，淋上用剁辣椒米子、葱花兑入的调味汁，白里透红，落口劲道爽滑却又鲜嫩可口。

红烧肉

红烧肉，很多人习惯煨，他们另辟蹊径，炻。微微火中炻出肉皮的糯、肉的软嫩，浸润在油脂中，清香扑鼻。

这个套路沿袭了他娭毑的家常做法。张小春大师说："红烧肉如果烧出来"柴"，不软糯和富于油脂香，那就丧失了五花肉的生命。"而炻是传统的解决手法，慢着火，少着水，炻出"火候足时它自美"的奥妙。

酱香肉炖粉

炖粉是这两年来的流行吃法。牛肉炖粉、牛腩炖粉、牛杂炖粉，在市场上十分火爆。

小春年轻时专长烤鸭，也做过面粉馆。这次活动晚宴上来了一个酱香肉炖粉，将五花肉用酱油煨出宽汤，一个砂钵滚开，下入常德圆粉，酱油色的汤汁煮沸中直入洁白的圆粉中，瞬间，米粉透味含鲜，一嗍，油而不腻，爽滑回甘。

炖粉之好，还有常德钵子的呈鲜之妙。这让人又想起了那句常德俗话："只要甑钵炉子嘎嘎叫，不愿朝中为驸马。"

零陵莲蓬肉

一块块薄薄的五花肉卷起一条条泥鳅，一蒸，泥鳅头规则地从五花肉卷中露出，形如莲蓬。

这种据说是零陵乡间吃法的菜，被他们完美演绎。

一坨一口，落口消融，细嫩之中满口清鲜。

醴陵黄菜肉

黄菜，醴陵人的家常菜。在过去青黄不接的三四月间，黄菜是醴陵人家的"半年粮"。不过，黄菜处理得当，确实好吃。

民国时期老家在醴陵的那些官宦，每年都要派车回乡采购黄菜，运到长沙家里待客。

黄菜切碎，挤干水分，下锅后炒干水，再放猪油、蒜末、姜丝、干辣椒，急火爆炒，喷上香醋出锅，吃起来嫩、爽、滑、脆、鲜、辣、香。

这种乱刀切出、大锅炒出、大海碗盛之的黄菜，是一种醴陵人家非常家常的吃法。

醴陵人炒黄菜的另一妙招是放米汤不放水炒。用米汤的浓香来激活黄菜那股特有的"沤"味。

这次，他们以巧出新，推出醴陵黄菜肉，五花肉切坨，煨至金黄软糯，和着黄菜一炒，炒干水分的黄菜，在高温中吸尽五花肉的油汁，变得柔软含香。五花肉在黄菜的包围下变得清爽多滋，一落口，就放松了对五花肉油腻的警惕。

酸肉

"三天不吃酸，走路打蹿蹿。"描述了湘西人嗜酸的饮食习俗。湘西酸肉就是他们生活中招待贵客的佳肴。

湘西酸肉的主料是猪肉的肥膘，切成100克重的小块，配以食

盐、五香粉、花椒粉先腌上几个小时，再拌上颗粒状的玉米粉、食盐，放入瓦罐坛中封存半个月，就成了酸肉。腌出来的酸肉随时取出来，将酸肉上的玉米粉敲下来，煸炒成金黄色搁一边，酸肉切片，用茶油配入干红椒煸炒出油，再和炒过的玉米粉合炒，倒入肉汤焖干收汁，撒把大蒜翻炒几下出锅。这道菜看起来色泽金黄，吃起来微酸带辣，肥而不腻，这就是神秘的湘西炒酸肉。

湘菜以酸为魅。屈原的《楚辞·招魂》中就说了："大苦咸酸，辛甘行些"。湘菜之酸，有原味酸和醋酸之说，也有素酸、荤酸之说。

湘西酸肉是一种原味荤酸。

老长沙把酸肉做出名气的是柳三和，长沙四大名厨之一。20世纪20年代在长沙市中山路国货陈列馆开设三和酒家，推出七星酸肉，引得谭延闿等湖南政要慕名而来。

肉塞华容辣椒

肉塞华容辣椒，其实就是青辣椒酿五花肉。不过，他们用的是华容的青辣椒。华容县产的辣椒很好吃，尤其是青辣椒，皮薄、肉嫩、香辣。他们把五花肉剁碎拌入葱花调味后，塞入青辣椒里，两面香煎，酥香藏嫩，青椒的清香和辣辣的味道，随着肉香，启齿之间在口腔里爆开，那感觉是男人们大碗喝酒的最佳兴奋剂。

辣椒炒肉披萨

辣椒炒肉，最家常的湘菜，湖南人的乡愁。

作为这场春宴的压轴主食，他们将辣椒炒肉、奶酪、黄油，摆在发酵的面团上一烤，成了"辣椒炒肉披萨"。

加入了黄油、奶酪的辣椒炒肉披萨，还能解乡愁吗？

不管怎样，这种中西结合的吃法味道还挺好。

清汤肉丸菜心

初秋雨夜，蔡栋老师从美国回长沙的接风洗尘宴，席上有画家石君。蔡栋老师介绍，石君先生的工笔花鸟画成就了得，他的《满园春色》都挂在了中南海，国家领导人在他的画前接见外宾。

谈笑间，蔡栋老师说起在美国曾尝试做石君的肉丸菜心，总不得其味。

石君哈哈大笑，很自负地说：炒菜我是拜过师的！

他说自己考上大学之前在益阳乡下供销社工作，单位食堂的老厨师喜欢他，告诉他炒菜，三个女儿随他挑一个，传个艺给他能养家糊口。师傅说："伢子哎，不要一天到晚看书，也学个手艺。万一没考上学校呢？"石君觉得有道理就学了几手。石君1981年考上大学了，没能成为师傅的女婿。但厨艺学到不少，肉丸菜心是其中一个。听他一说，还真有点小门道。

做好这道菜，关键要冷水浸刀。先备一盆干净泉水。肥瘦三七开搭配的新鲜肉在砧板上切碎，取一个发饼的四分之一放在肉上，多次反复将刀先放入泉水中打湿，剁肉成泥。剁好的肉泥中打入蛋黄，抓匀起胶。锅中放入泉水烧热挤入肉丸，小火煮开，下入上海青菜心滚开，调盐味出锅，肉丸菜心成菜。

石君做肉丸子和别人家不同的是，要多次将刀放入泉水中打湿后去剁肉和发饼，说是取活水剁肉。多次反复取水的好处，是每次靠刀上附着的又散又少的水量，浸润肉和饼，让其慢慢地均匀吸收水分，肉和饼充分交融，这样剁成的肉泥，更加富有弹性活力，肉丸煮熟后更加嫩滑鲜美，汤清而甜，一点不腻人。

同在席上擅长书法的欧程远先生也兴致勃勃地说，他妈妈曾是望城供销社饭店的厨师，菜做得特别好吃，在望城很有名。如果按照欧妈妈的老传统做肉丸子，放胡椒饼子、荞饼，味道更香。

长沙米粉好吃得很的店子，一般都是湘乡人开的，而且多为女厨娘，真的。不知道是什么原因。

在坡子街发迹的百味粉店就是湘乡人做起来的，名满全城。听朋友说，一次，北京客人来长沙，长沙主人请客到百味吃早饭，主人客气，每人点三份不同码子粉，肉丝、牛肉、排骨之类，叫客人每份尝一点，谁知客人一嗍，三份不同码子粉都吃完了，笑眯眯地说："好吃。"后来，请外地人到百味吃粉，"给每人点两三碗不同码子粉"几乎成了一个不成文的习惯，叫"开粉席。"福胜街起家的肆姐粉店也是几个湘乡老姐开的，风生水起。现在的百年老店甘长顺总店掌门人吕望国也是湘乡人，几十年来，把甘长顺的米粉和碱面做得甘甜长顺。后来，三王街的杨裕兴总店也干脆交给了他来打理……

在饮食行业混了几十年，我偶尔明白了一些开粉馆的小窍门，道上的行家能公开告诉你的是，长沙米粉，要用陈年糙米磨浆，手工一烫，一张张米粉皮按不同宽窄一切，就成了出锅不烂的扁粉，玉白软柔有筋力，启齿弹牙。下好一碗米粉要做到汤宽水开油少码子热。还有，豆豉熬汤，原汤盖码，香菜、芹菜做碗，都是厚味鲜香的原始手法，来点剁辣椒、酸豆角调味，更有长沙味。不过，你真这样循规蹈矩，又不一定开得下去。

长沙人好吃，嘴巴刁，虽是吃一碗米粉，也不会随意放弃自己的味蕾偏好。

那些年，我们一清早起来，开着车从南门到北门，从北门跑到南门，只为追自己好的那一口——

一家铁瓢炒码粉

登隆街，长沙剧院斜对面，一家米粉。

每天，这里的师傅们最早打破城市的寂静，成为这座古城起得最早又最忙碌的人。这家前灶后铺的店，堂上只有五十多个位子，每天早上 6 点多就开始打涌堂。人们一清早赶来，就为这煤火灶上的一个炒码粉。

椒脆、腰花、猪肝、腰椒脆、肝椒脆、腰肝椒脆、鱿椒脆、墨鱼椒脆……这些叫起来都拗口的炒码，一律闻报下锅。掌勺的师傅却是一位年近古稀的老头，只见他一条白毛巾搭在肩上，手脚非常麻利，炒码不用锅，用的是一个舀水的铁瓢，右手执勺，左手拿着铁瓢在红旺的煤火上快速地翻簸，几十秒的巧手翻飞，一个炒码就盖到了新下出来的色白如玉带的粉上，依次被排队追味的粉丝们端走。

手上装粉的白瓷碗敞口厚大而深，当天煎的猪油做碗，宽汤、细叶扁粉，炒码的调味料姜末、蒜末、剁辣椒、胡椒、料酒、酱油、麻油一样都不能少。每一位嗍粉的朋友好不容易端到自己要的粉，还得不厌其烦地去找座位，有的人干脆搬上一把骨排凳子，放在屋檐下的街基上，把粉放在凳子上，蹲在地上嗍起来。嗍完，又匆匆踏上上班的路。

那时，我在蔡锷路上班，也和无数一家的粉丝们一样，一清早赶来嗍上一碗粉再去上班，一碗腰椒粉，一碗肉椒，每天换一个口味，三十多个我喜欢的码子，一个月不同味，也就有了天天去嗍的瘾。

能让人上瘾的，一家的剁辣椒也有点与众不同。整红椒腌盐封坛，用时再剁，脆而鲜，活辣养码。一家的很多炒码要配涪陵榨菜丝炒，腰肝鱿鱼这些腥物，在高温油中撞上切得很细的、又厚味的榨菜丝，腥味全无，既酸辣脆爽，又嫩鲜适口。一家做碗的汤是放了豆豉包熬出来的杂骨鸡架汤，厚味出鲜，粉遇上汤柔软多滋弹牙，这就是掌勺人彭宗贵老师傅的独到之处。一辈子粉面人生，沉淀出一家米粉的千滋百味，引得粉丝成群，络绎不绝，只可惜随着彭老先生的逝去，那铁瓢子炒码粉也随他而去，销声匿迹。

化机的砂煲粉

涂家冲，化工机械厂的生活区露天坪里，一部踩士三轮车就是他的砂煲粉工作台。

工作台上每天的行头却不少：一篮子米粉、一篓子凤尾菌、一筛子豆芽菜、一小脸盆新鲜肉泥、一锅煎猪油、两个煤火炉子、几十个砂煲码一边、杂七杂八的调味罐子摆一摊。

一到周末的早晨，我们一家子就会去化机一人来一个砂煲粉。师傅一见到你，就笑眯眯地问："几个粉？""三个。"师傅把干爽的砂煲放在煤炉上，滴油，下凤尾菌煸香，放入清水，放肉泥、豆芽，煮开，下粉，调入盐味，再煮开，一个总能让你牵肠挂肚的砂煲粉熟了。各自再根据自己的口味，加葱花、芹菜叶末、香菜、辣椒粉、酸豆角、辣椒萝卜，一阵随心搭配之后，就能嗍到你渴望的清鲜软润，或者厚辣爽口。

这看似简单的食摊，其实是活用了中国传统烹饪生鲜的原理，菌子、豆芽、鲜笋是三大素鲜食材，没有味精的时代，厨师们常用这素三鲜熬高汤炒菜。摊主拿菌子和豆芽佘肉泥，荤素搭配，一滚当三鲜，这样的砂煲粉能不诱人？

樊西巷的酸菜粉

黄兴南路上进樊西巷右拐一条巷子口，门边有一个纸糊的牌子：好再来。

这个十多平方米的房子里，临窗一个水泥板垒起的简易灶台，卖粉，旁边摆一个带纱窗的柜子，卖凉面，屋子里摆着两张老旧的小方桌迎客。每天粉的出品量不很大，只做上午，凉面全天候。

从长郡中学毕业的小女孩在英国留学，回到长沙，还想起要去好再来嗍一碗粉，来一份凉面慢慢嚼。她每次吃完，总是开心地说，这是在长郡读书留下来的乡愁，晚上还得去学院街赶一场凉菜、卤菜与烧烤，补一补欠吃的长沙味道。

好再来的师傅是个老饮食，退休后开了这个小店，粉只卖汤粉，一个肉丝码，一个酸菜码。肉丝切得特别细，酱油色的原汤。我喜欢酸菜码子。酸菜码子炒出来油亮亮的，不是油多，是酸菜工艺出色，雪里蕻晒软汆水，揉去水凉晒后搓盐，瓿入坛子半月，再拿出来油亮转黑，切碎放辣椒一炒，清清爽爽，清香开胃。拌入米粉一口嗍下去，刺激着味蕾迅速从梦境中醒来，从此埋下馋的味根。好，再来。

周记买筹嗍粉

县正街，周记粉店。

天心阁下，能和天心阁的古老历史相匹配的，唯有县正街周记粉店的凭筹取粉传统方式。

这里，没有时尚，只有传统，依旧保持着20世纪30年代米粉店经营模式，顾客进店先买筹再取粉，什么肉丝酸辣牛肉排骨

349

肉饼蛋码子粉、轻挑重挑双油双码光头免青带迅干落锅起，全记在他们自制的竹牌筹码上，筹码一端不同的颜色与花样形状对应不同的粉码，一般的人是看不懂的，只有店里的人一看就明白，筹码在帐房柜台和前锅之间成为一种哑语传递，顾客叫的粉不会出半点差错。在互联网时代商家们都用电脑收银，而他们依然是人脑识别，虽然麻烦，甚至落伍了，却传承着老长沙米粉味道之外的另一种传统老味道，让人们穿越百年，与历史玩一次亲吻。

这里，没有奢华，只是县正街上的一个普通小馆，唯一的装饰是黄点斑斑的墙壁与窗户上偶尔贴一两张报纸遮遮丑，然而，这样的环境里每天食客盈门，只为一碗粉。

这里，也是女人当家，没有逐利时代的浮躁。清一色的女厨娘举箸掌勺，每一个粉码的制作依旧遵循老传统规矩。

周记，一个享誉长沙近三十年的老长沙米粉符号。

津市刘聋子的炖粉

我第一次吃津市牛肉粉是 20 世纪 80 年代末，在长沙的邵阳坪，味道不错，牛肉软糯弹牙，汤清味厚。

后来，随着津市牛肉粉在长沙的泛滥，很少吃了。

春节期间，有人推荐开福区政府北边的津市刘聋子牛肉粉。

去到那里，店里有两种粉，一种带汁不带汤，比如红烧牛肉粉、麻辣牛肉粉等，一种是炖粉，宽汤现煮。炖粉品种不少，牛胸肋肉炖粉、牛排炖粉、牛杂炖粉等，大份 168 元一锅，不便宜。

我要了一碗红烧牛肉粉，把粉挑松一嗍，厚味、弹牙、回甘。

后来，八月初的夜晚，湘菜大师王焰峰又带我们专程去吃炖粉。

不像上次一个人吃粉，这次排场很大。原来开福区店的老板黄震是湘菜大师聂厚忠的徒弟，湘菜大师聂波、陈灿、世纪金源大酒店的厨师长蔡渊，都先后到场。

黄震老总告诉我们，他的父亲叫黄承余，黄承余先生一辈子在津市坚守着刘聋子米粉的经营，成为津市刘聋子米粉传人。

后来，黄震接过父亲的班，子承父业，在津市把刘聋子米粉店开得红红火火。但他有更大的梦想，要把父亲传下来的品牌开到长沙去。于是，几经考察，在长沙开福区凤亭路开起了第一家津市刘聋子粉店，生意兴隆。

我们点了牛杂、牛胸肋肉、牛肉三锅炖粉，一一上来，在火锅的沸腾中将粉滚开，有常德钵子的老辣，有慢火煨炖的热辣，一滚当三鲜，各取所好，原汁透味。

辉记寒菌粉

苏家巷，辉记。

辉记，典型的夫妻粉店，老公煨码挑粉挑面，老婆收银盖码，在苏家巷短短上十年时间就赢得了一个雅称：星城粉少。

在辉记，有人喜欢干拌粉，加入他们免费的酸菜、青椒炒油渣子一拌，柔润中酥脆香辣。有人喜欢那里的宽汤牛肉粉，厚味软糯，而我喜欢寒菌粉。

每年3月9月寒菌上市，辉记一般是那个最早推寒菌粉的店子，每份25元，写在红纸牌子上挂在店门口。辉记的寒菌码子是煨的，铜绿色的寒菌在五花肉、生姜的滋润下，经文火慢煨，清鲜含香，每下一碗粉，盖上寒菌码子，撒一把白胡椒粉，将热腾腾的粉快速挑松，淡雅微辣生鲜。难怪汪曾祺先生在《菌小谱》中写道："湖南极度重菌油。秋凉时，长沙饭馆多卖菌油豆腐、菌油面，味道很好，但不知是何种菌耳。"

辉记用的"菌耳"是寒菌。寒菌生长在潮湿的树林里，"色如鹅掌味如蜜，滑似薄丝无点涩。崧羔楮鸡避席楣，餐玉菇芝当却粒。"这样的妙物下粉，能不叫人追味？

臭豆腐

一年四季，长沙街头有一道靓丽风景：臭豆腐摊前美女多。有人打趣地说：这是臭美。

窈窕而娇柔的美女站在简陋的油炸臭豆腐摊前，耐心地等购臭豆腐，是一种幽雅之美。而当美女们从摊主手中接过臭豆腐，用一根长长的竹签往臭豆腐里一插，举到嘴边就是一口，吃得满嘴油辣汁流，马上又伸出脖子又是一块，飞快地三下五除二，那黑乎乎、美滋滋、热辣辣、香喷喷、一块钱四片的臭豆腐瞬间下肚，吃得满头大汗，然后从拎包里掏出一张餐巾纸往嘴上一擦，露出红润的嘴唇，连嘬两下说："辣是辣，就是要吃这个味。"其酣畅淋漓之态，又是另一种美了。

这一静一动，强烈的反差，折射出长沙辣妹的两面性，既隽衣清姿、温柔恬静，又热辣可爱、敢作敢为、豪爽执着。

有人说，长沙是个染缸，外地人到了长沙，一闻到臭豆腐，就想吃。

自从1978年美国老布什将火宫殿臭豆腐写进他的笔记本，臭豆腐成了东西两半球传说中的美味。2016年3月3日晚，现任美国驻华大使马克斯·博卡斯继前任洪博培大使之后，又一行造访火宫殿品味臭豆腐。马克斯·博卡斯大使欣然题词："火宫殿的臭豆腐味道棒极了。"容祖儿参加湖南卫视"我是歌手"节目，她一到长沙就来到火宫殿吃臭豆腐，看到玲琅满目的小吃，连说了几个"我喜欢"。

美文家汪曾祺老先生在他的《果蔬秋浓·逐臭》一文中就曾这样风趣地写道："我们在长沙，想尝尝毛泽东在火宫殿吃过的臭豆腐，循味跟踪，臭味渐浓，'快了，快到了，闻到臭味了嘛！'到了眼前，是一个公共厕所！据说毛泽东曾特意到火宫殿去吃了一次臭豆腐，说了一句话：'火宫殿的臭豆腐还是好吃！''文化大革命'中，这就成了一条最新指示，用油漆写在火宫殿的照壁上。"

不错，火宫殿的臭豆腐还是那样的地道、传统。黑如墨，香如醇，嫩如酥，软如绒。外焦内嫩，香辣爽口。"闻起来臭，吃起来香。"

汪老文中提到"毛泽东曾特意到火宫殿去吃过一次臭豆腐"的时间是1958年4月12日晚。当年毛主席一回到家乡，就带着青年时留下的记忆和饮食情结来到了火宫殿。

火宫殿的臭豆腐诞生，是一种巧合。

清同治年间，长沙府的湘阴县，一姜姓人家，世世代代制作豆腐。除做豆腐脑、白豆腐干子之外，还做一种用坛子腌制的酱腌豆腐干。有一次，姜家发现一坛久腌而忘记及时卖出的酱腌豆腐干，夫妇俩试探着启封，发现卤水和酱干都已发黑，臭不可闻。店主难忍其臭，端起坛子就欲倒掉，老板娘从未见过这样黑的豆腐，又这样臭，很是好奇，便夹出几片想尝尝口感。她先是用豆豉辣椒蒸，由于臭味太重，难以入口。便换着方式用茶油炸了两片，炸得满屋子弥漫着一种特殊的清香。夫妇俩很是诧异，抢着品尝，感觉味道香鲜，满口清爽，便决定当成一种新品种卖。臭豆腐一推出，风靡一时。

姜家这门手艺传男不传女，世代相传，薪火不绝。12岁便随父学艺的姜二爹远走长沙，一口铁锅、一个挑担、一个炉子、一把蒲扇，将臭豆腐搬到当时庙会庙戏火热的火宫殿来卖，这一卖，卖出了名声。1938年初《观察日报》就以"火宫殿，吃喝玩乐门门有，油炸豆腐最著名"为题报道："火宫殿的食品中，油炸豆腐最负盛名……不必说吃，只要远远闻着那股味儿，就该使你垂涎三尺了，到那里去逛的人谁不是人手一块呢。"这一卖，卖出了百年品牌。连美国老布什的笔记本里也记着火宫殿的臭豆腐。

火宫殿的臭豆腐之所以遗"臭"百年，飘香万里，是因为有姜二爹的执着与勤劳，使臭豆腐工艺日渐成熟。经他传艺的臭豆腐，炸出锅一定是外焦内嫩，既有白豆腐的细嫩，又有油炸豆腐的芳香，鲜香可口。据火宫殿当厨制作技师、姜二爹第三代传人何谷良介绍，姜氏臭豆腐制作十分讲究：豆要选成色新、颗粒壮的黄豆，制成老嫩适宜的豆腐坯，再经过用冬菇、鲜冬笋、曲酒、浏阳豆豉等十几种原料发酵而制成卤水浸泡后，再下小油锅油炸，出锅后滴入用辣椒末、味精、酱油、芝麻油配成的调味汁而成。有趣的是，火宫殿的臭豆腐卤水还是姜二爹留下来的陈年老卤水，上百年了。为什么保管得这么好？有讲究。这陈年老卤水必须恒温控制在25℃，通风良好，女人身上不洁不得入内，女人有孕在身也不得接触。

这样的陈规、这样的工艺、这样的陈年老卤，卤炸出来的臭豆腐能不好吗？怎么不令人爱不释手、令远离家乡的人魂牵梦系？

有诗为证："油炸豆腐臭中香，有客追忆在台湾，青年田汉回湘日，姊妹团子当早餐。"这是田汉生前好友台湾洞庭归客回长沙火宫殿，追忆抗日时期田汉回长来火宫殿品尝小吃情景时，所发的感慨。

这火宫殿的臭豆腐臭得香，在外地是否有诱惑力，我感受过一次。那年在福州参加第十四届中国厨师节，节会上我逛游了福州的美食一条街，街上有一道美食摊的叫卖吸引了我："臭豆腐，臭豆腐，长沙火宫殿的臭豆腐，又臭又香，快来吃热的，吃热的。"我挤过人群抬头一看招牌：长沙火宫殿的臭豆腐，用二十几种中药材卤制而成。真是哭笑不得，这是姜二爹的哪门徒孙把配方给改了？但是要让人思考的是这品牌还真管用，发出股股臭味的摊前挤买的人还不少。

有人说，臭豆腐不臭和女人不娇，是人生中不完美的两大极致。

火宫殿臭豆腐的臭、长沙女人的娇，应该是长沙人的人生福份。不管是寒冬腊月，还是炎炎烈日，长沙街头的空气中，总是弥漫着臭豆腐的臭香，也少不了妙龄少女们娇滴滴地拉着帅哥的手，像追星族一样，去追赶着从火宫殿老灶、从南门口五娭馳的摊子上、从铜铺街立着"我爷爷的品牌"的推车上飘溢出的臭豆腐香味，急骤地赶来，再悠悠地排队，然后又迫不及待地大快朵颐。这也算是饮食的一种最高境界：热吃臭豆腐。

食物本以香为美，这个城市、这个城市的人民却以臭为美。

生活本来如此，"情之所钟，虽丑不嫌。"

好东西流芳仅百世，我还真希望这"臭豆腐"能遗"臭"万年。

火宫殿神话

引子

　　一抹金色的阳光，暖暖的打在火宫殿的古牌楼下从坡子街涌入火宫殿的人流中。

　　这人流，从明万历年间一直穿流到今天，他们来追寻火神守护的时光里的湖湘味道。

　　这里是湖湘美食胜地，近五百年来，香火旺盛，薪火相传。琳琅满目、有口皆碑的湘菜小吃，留下了火宫殿曾经的神话："进门火宫殿，出门钱圆工。"——火宫殿的美食太诱人，进门火宫殿钱包还是鼓鼓的，走出火宫殿口袋里的钱就给吃完了。

【故事】2001 年 5 月，坡子街火宫殿总店经营遇困，入不敷出。接手经营总店才几个月的谭飞，毅然决定将总店迎客的大门关上了，停止营业。谭飞说：我这辈子感觉最难堪的事件之一，就发生在关门前。在走道上听到两个顾客的交谈："切！这个火宫殿，这个样子！"

一个企业的命运，总是由相遇的人物决定。

1996 年 8 月，30 岁的谭飞到火宫殿担任副总经理。2000 年 11 月兼任坡子街火宫殿总店经理。

谭飞把店子关了，不是放弃经营，而是要从头再来。

经过几个月关门冷静思考的谭飞作为总店经理，给重新开张的总店做出了一个全新的经营定位："湘人的神龛，故乡的厨房。"这个定位是他到火宫殿 5 年来的一个周密思考，当然是为火宫殿历史与发展量身定做。果敢直率的谭飞说，要复活火宫殿，必须打出"五张牌"：立顾客立场、兴火神庙会、造戏曲江湖、筑小吃王国、树湘菜首府，再造一个老长沙味道的全新火宫殿，借力火神凤凰涅磐。

一场与火神对话的老长沙味道的火宫殿盛宴由此慢慢摆开。

【故事】谭飞要把东栋老茶楼拆了搞个戏台！店里上上下下炸开了锅。老城寸土寸金的地方，正嫌营业面积不够呢，一致劝他不要搞那些没用的。

2003 年春节。近几十年来火宫殿第一场庙会，隆回花瑶民俗庙会在火宫殿庙会广场隆重开幕。

这支来自谭飞家乡的花瑶民俗文化表演队向火神和前来拜祭火神的人们，来了一场别开生面、别有情趣的表演。

花瑶，一个对服装色彩非常讲究的民族，她们身着红黄白织出的艳丽衣裳舞蹈，带给人们的是神秘、火辣与热情。以赋有花瑶民俗风情的舞蹈方式进行。会同来自坊间的糖画、面塑、古玩、糖葫芦、棕编，一起成就火神庙会的丰富多彩。从此，赶一场火神庙会成为了人们另一种休闲方式。

后来，火神庙会繁华带来的人流拥挤，促使谭飞力排众议，做出了一个大胆的决定：拆除东栋老茶楼，恢复火宫殿古戏台。每天晚上火宫殿古戏台上有一场草台班子湖南花鼓戏。

在花鼓戏推出之初的那些日子，观看花鼓戏的观众真的只有火神和零散几个过客，加上附近工地上的民工师傅。但花鼓戏的演出是要付费的，很多人对谭飞说，坪里根本没有几个人看，又浪费企业的钱，还不如把它停了。他耐心地向同事们解释："文化一定要坚守，我们要复兴火宫殿，更需要文化的自觉。"

"有舍才有得。"经过四年精心植入的火宫殿独特的文化定位：湘人的神龛，故乡的厨房，终于被外界关注与认可。

《长沙晚报》任波老师以《在火宫殿韵味长沙》为题，在《长沙晚报》发了一个整版。画面直指一位"少小离家老大回的双鬓斑白老人"的自语："火宫殿，是供在游子心中故乡的神龛，这里有让人不忍释怀的故乡厨房的味道。"

"是的，火庙出味道，呷的是故事。"谭飞坚定着自己的愿景战略落地："火宫殿不能仅仅是游子老大的乡愁，我们要把花季的儿童培养成为火宫殿未来的粉丝食客，让一代又一代长沙长大的游子的乡愁也在火宫殿。"

庙会的时候，谭飞喜欢静静地站在小吃王国假山边观看。这是他二十年来最喜欢站的地方。在这里，能看到客流，能估测客人的满意度，能消化自己内心的苦，在永不畏难的坚守中，将孤独与温暖、艰难与顺畅在这里转化。

就是这样的坚守，火宫殿庙会广场上游子老大多了，少小儿童来了，密密麻麻地挤着，或挤在人缝里，或坐在父亲、爷爷的肩膀上，观看着花鼓戏《张先生讨学钱》、京剧《闹天空》……成为火宫殿庙会的一道风景。从坪大人稀到坪小人挤，一个戏曲江湖浑然天成，这一切，都源于时间的守候与文化的自觉。

这样的庙会场景，一演，就是 15 年多。

这是一场源自远古的与火神对话的延续，日复一日，独白着湘俗的文明。

他们，不仅与火神对话，而且在用湖南民俗元素与世界对话。

【故事】谭飞在浏阳大围山、在南岳衡山、在韶山的行政经理和技术骨干会上碎碎念：火宫殿是百年老店，几百年老店不能在我们这一代、不能在我们手里垮了。

"人们大抵已经知道，一切文物都是历来的无名氏所逐渐的造成。建筑、烹饪、渔猎、耕种，无不如此；医药也如此。"鲁迅在《南腔北调集·经验》中这样说到文物的形成。

一点不假，火宫殿就是一代又一代无名氏建造的文物。

1938年1月26日的长沙《观察日报》，以"火宫殿吃喝门门有，油炸豆腐最著名"为题报道："假如来到北京的天桥，天津的三不管，以及上海的城隍庙的时候，一定也会联想起长沙的火宫殿……"

那时的人们，慕名前来火宫殿只有三件事，火神庙前拜一拜，祈福消灾保平安，挤在古戏台前看戏听评书，钻进四线支棚寻吃：姜二爹的臭豆腐、胡桂英的龙脂猪血……走过一摊又一摊，流连忘返。

难怪开国领袖毛泽东建国后回湘考察火宫殿说"火宫殿的臭豆腐还是好吃……""闻起来臭，吃起来香。"前国家总理朱镕基也说"我想起火宫殿的小吃就垂涎欲滴……"

这些，正是今天的小吃王国的灵魂所在。

谭飞借势打出了第四张牌：打造小吃王国。从复活这些无名氏的小吃老味道上突破，并鼓励大家推出新的无名氏特色小吃。

火宫殿的传统食单里本没有糖油粑粑，只是长沙街头巷尾的摊担小吃，谭飞经理发现了它的价值，火宫殿一定要有。小吃部开发了这个老产品的新吃法——糖油煮。可谁也没有料到，不到三年时间，它的销量成了仅次于臭豆腐的核心产品。

糖油粑粑的火爆热销，激活了小吃部开发产品的热情。糖饺子、剁椒青菜脑壳皮、葱油粑粑、猪油炒面……一个个原来菜单上没有的产品，都被开发出来了。

2009 年 11 月，中南十省餐饮高峰论坛在郑州举行。

湖南以火宫殿作为代表参会，要求摆一个展台。谭飞认为，湖湘作为稻作文明的摇篮，应该选些米食参展，拿米食文化去碰撞面食文化，以石磨对擀面杖。

摆上展台的糖油粑粑、葱油粑粑、百粒丸、米粉、米发糕、糍粑、姊妹团子，以小出巧，精致有型，组成"米食七小福"，震撼中原。

小吃有原初的稻香，有面食的缠绵，有小品凉菜蒸菜炖菜的蛊惑，有说不完的厨房秘密与时间的味道。火宫殿每天有 380 多个小品供应，俨然一个王国。

【故事】2000 年底，当时的市委书记在火宫殿接待外地客人，这次接待，火宫殿餐部的出品非常糟糕，书记很恼火，一脸铁青无语地离开了火宫殿。身在现场、刚接手管理总店才一个月的谭飞更难堪，不仅丢了长沙的面子，而且确实无脸向书记解释。这件事深深地刺痛着谭飞的心：百年老店的匠心传承到哪里去了？

他想把火宫殿办成长沙人的客厅。

有段时间，火宫殿小吃声名远播，食客如云，但火宫殿湘菜占的比重较小。不了解火宫殿历史的人，都以为火宫殿是吃小吃的地方，其实，湘菜占有重要一席。早在 20 世纪30 年代，以李子泉饭铺为代表的湘菜占去了火宫殿半边天，人称李子泉为"李半边"。

火宫殿的湘菜、小吃不平衡的市场形象，引起了谭飞的警觉。他提出打造"湘菜首府"：首屈一指，湖南最正宗的湘菜味道。

火宫殿，是各国政要名流来长沙的美食目的地。

2007 年 4 月，谭飞组织厨师长对来过火宫殿的名流政要的用餐宴席菜单梳理，从中整理推出了火宫殿十大名流宴席菜单。更多的客人从中发现，这种由湘菜、小吃组成的独特宴席，才是湖南餐饮市场上唯一的特色，是大家最需要的。

在全行业一窝蜂搞新派湘菜的时候，谭飞格外冷静：火宫殿当然需要创新，但更需要传统。他说："手艺的价值在当前的餐饮业还远远没有得到体现，但终究有一天会的，我们愿意承担起这份坚守。"

于是，在 2011 年，谭飞开启了"传统湘菜传承定型工程"。请来湘菜大师许菊云、聂厚忠、王墨泉，依次给火宫殿厨师传授了 30 道传统湘菜。一时间，尊重传统、超越传统蔚然成风。

谭飞主张把三湘四水的地方美食引入火宫殿。比方邵阳的猪血丸子。餐部推出了"猪血丸子蒸腊肉"，这个从隆回走出来的特产最早在火宫殿与腊肉热恋，谁都没想到，她们的结合成了与传统名菜"腊味合蒸"的竞争对手，一直热销。

这些年来，在"湘菜首府"里能听到的是传统与创新的碰撞声音，飘出来的是老味道与新滋味的鲜香。

火宫殿"最湖南的正宗"的湘菜形象，得到前所未有的提升。

【故事】"日市不足夜市补。"这曾是谭飞经理当年接手难以为继的火宫殿总店的最后一根救命稻草，在面向坡子街的那栋综合楼车库摆夜摊。六张桌子，一个炉子，一个案板台。案板上摆满了卤牛肉、猪尾巴、黄瓜等生鲜卤味时蔬，希望露天的小炒能招来恋摊宵夜的客人。一年多的坚守，收效不大，微薄的收入弥补不了日市的不足。

机会总是留给有准备的人。

2006 年 5 月邻居万达开张。万达想把人气炒起来，找到谭飞，说把万达东广场免费给你做火宫殿夜宵如何？万达东广场人流如潮，自然比自己地盘上的一楼敞口车库好。谭飞答应了。

每天下午五点半，火宫殿的小伙伴们冒着酷暑陆陆续续开始把桌椅板凳炉灶往万达东广场上搬，小炒小吃小笼，开张首日一炮打响，卖了一万多元。虽然每天晚上夜市结束，要把营业的用具搬回店，还要清洗地面，劳动强度很大，但火宫殿的小伙伴们依然毫无怨言。一月下来，销售收入达到了 70 万元，相当于开了一个店。大家第一次尝到了"日市不足夜市补"的甜头。

2007 年 5 月，拆掉东栋后的火宫殿古戏台建成，庙会广场更大了，到了晚上空荡荡的。谭飞又把它当作一次机遇到来：火宫殿要开设长期夜宵市场，先在坪里炒热，再把客人引到西栋一楼食街里去。

就这样，又一次搬来搬去的夜宵摊，在火神庙前大坪里摆起来了。

那一年恰逢欧洲杯足球赛贯穿整个夏天。于是，到火宫殿吃露天夜宵看欧洲杯的营销创意，成了夜市的新生机遇。从当年的每晚收入六千多元，到今天的每晚收入六到八万元的常态化，当长沙大部分传统夜宵相继退出市场时，火宫殿的小伙伴们又搬出了一个店。

三摆夜宵摊，跨度七年，一次失败两次成功，带来的是产业裂变，摆出了又一个支撑火宫殿发展的夜宵产业，从无到有，每年夜宵增收突破 2000 多万元，这在长沙没有第二家。

【故事】有年春节，一位七十岁的老人推着九十多的岁父亲到火宫殿大门口，轮椅推不上来，谭飞连忙伸手帮助老人把轮椅推上来，带到餐厅用餐。谭飞非常清楚地记得，他站在大门口帮着推了好几对这样的客人。"看到年岁已大的老人家还想来火宫殿尝尝老味道，我感到有成就感。"谭飞说。

连续很多年的正月初一，中央电视台春节的新闻联播会花上一二分钟报道火宫殿春节庙会盛况。全国这么多地方可以报道，为什么偏偏只选取了火宫殿等几家上新闻联播？因为火宫殿是最民俗的地方，火宫殿春节庙会代表了一种文化，一种地域民俗文化，湖湘文化，饮食文化，是留得住乡愁的地方。在过去，想请本地媒体来宣传很难的，而现在中央电视台的报道是免费的。

"火宫殿样样有，有饭有菜有甜酒，就只有得位子。"这是 2008 年以来，常常听到火宫殿的高管们说的最神气的一句话。

这些年来，一个黄金周七天下来，757 万元。最高的·天 143 万元。一个单店一年销售从 16 年前的 270 万元到突破 1.5 亿元，谭飞带领队友们用了 15 年。火宫殿创造了一个又一个行业神话。

谭飞自称"护火人"。

谁都不会忘记，自从谭飞打理总店以来，每年的大年三十晚上 10 点多开始，他总是和当晚做夜班的同事在一起，一起迎接新年的到来，一起拉开新年第一个夜市营业的大门。正月初一上午，又到营业的各部门给同事们拜年。

这些年来，谭飞始终把"湘人的神龛，故乡的厨房"的经营定位一步步植入到经营的每一个环节，从当初打出五张牌，到如今已手握三张王牌：火神庙会、小吃王国、湘菜首府，汇成独一无二的"殿中有庙、庙外有戏、戏外有吃"的老长沙味道，吸引着八方来宾。

虽然火宫殿总店创造了湖南单店持续高增长奇迹，但谭飞也是最忧虑的餐饮店负责人。在他那大大咧咧的外表下，总有一颗为数据里企业隐藏的问题而揪着的心。

谭飞始终以数据说话分析市场找问题，始终坚持凭业绩激励凝聚人心、抓质量提升品位，始终以强烈的危机意识寻找增长点，在火宫殿 600 多名小伙伴们的齐心协力下，凭良心做事，用生意兴隆复写着火宫殿的旺盛生命力，一如大门口那个高大古铜火鼎中喷薄而出的火焰：红红火火，天天向上。

火宫殿人说："我们要用著名歌唱家韩磊那雄浑洪亮的声音，继续为火宫殿飙音：再活五百年。"

尾声

火神，给予了人间温暖、光明、饮食文明。

火神庙，蕴藏着人们对火神祈福的原始尊崇敬畏的情绪。

火宫殿，珍藏着人们对风味小吃湘菜的原始依恋情结。

护火人，传承着湖南最民俗的薪薪火种。如今的火宫殿庙会庙戏庙食演绎的繁华，已经成为湖南独特的文化地标。一如谭飞20年前写下的"火宫殿之梦"美梦成真："守着本色，守着万家灯火下的百年口味，火宫殿，粗粗品味，觉得简单，深入下去，楚风湘韵里的万种风情，真的便那么的迷人。"

作者简介

范命辉，中国湘菜文化首席专家，美食散文写作者。

30多年来，在潜心研究湘菜文化的同时，行走于神州大地山山水水间，寻找风味美食。

主要作品：参加湖南省大型出版文化工程项目《湖湘文库》，著有《湖湘文库·湘菜谱》，填补湘菜文化有史无书的空白。著有《湘菜六味》。主编大型湘菜技术丛书《经典湘菜》。创作出版散文集"范哥点菜三部曲"《神策湖南名小吃》、《寻味三湘》、《风味中国》。2017年，《寻味三湘》上榜"湘版好书榜"湖南六本好书之一。

图书在版编目（CIP）数据

风味中国 / 范命辉著 . — 长沙：湖南科学技术出版社，2020.1

ISBN 978-7-5710-0285-5

Ⅰ . ①风… Ⅱ . ①范… Ⅲ . ①散文集—中国—当代　Ⅳ . ① I267

中国版本图书馆 CIP 数据核字 (2019) 第 185075 号

FENGWEI ZHONGGUO

风 味 中 国
著者：范命辉

责任编辑：刘宏伟 罗大庆
书籍设计：范嘉树
责任美编：殷　健

出版发行：湖南科学技术出版社
社址：长沙市湘雅路 276 号
http://www.hnstp.com
湖南科学技术出版社天猫旗舰店网址：http://hnkjcbs.tmall.com
邮购联系：本社直销科 0731-84375880
印刷：长沙超峰印刷有限公司
厂址：宁乡市金州新区泉洲北路100号
邮编：410600
版次：2020 年 1 月第 1 版
印次：2020 年 1 月第 1 次印刷
开本：889 mm×1194 mm　1/32
印张：12.125
字数：270000
书号：ISBN 978-7-5710-0285-5
定价：48.00 元